Janette Oke

Reise in eine neue Welt

W0348752

Janette Oke

Reise in eine neue Welt

Erzählung

Verlag Schulte + Gerth Asslar

Die amerikanische Originalausgabe erschien im Verlag Bethany House Publishers, Minneapolis, Minnesota, USA, unter dem Titel „Love's long Journey"
© 1982 by Janette Oke
© der deutschen Ausgabe 1985 Verlag Schulte + Gerth, Asslar
Aus dem Amerikanischen übersetzt von Beate Peter

Best.-Nr. 15 366
ISBN 3-87739-366-7
1. Auflage 1985
2. Auflage 1986
3. Auflage 1987
Umschlaggestaltung: Bethany House / Gisela Scheer
Satz: Typostudio Rücker + Schmidt
Druck und Verarbeitung: Mohndruck, Gütersloh
Printed in Germany

Aufbruch nach Westen

Missie schob die Haube zurück, um sich den lauen Wind durch die Locken wehen zu lassen. Doch jetzt brannte ihr die glühende Nachmittagssonne um so unbarmherziger auf den Kopf. Liebe Güte, diese Hitze war ja kaum zu ertragen! Aber es würde jetzt wohl nicht mehr lange dauern, bis eine frische Abendbrise ihr heißes Gesicht kühlte.

Dieser erste Tag ihrer Reise nach Westen kam Missie unendlich lang vor. Seit dem Aufbruch am Morgen mit all der Aufregung, dem Menschengewühl und dem Stimmengewirr schienen schon Wochen vergangen zu sein.

Bei dem Gedanken an die hektischen Reisevorbereitungen und die Aufbruchstimmung heute früh spürte Missie wieder diese prickelnde Abenteuerlust in allen Gliedern. Man stelle sich nur vor: Willie und sie waren tatsächlich unterwegs in den fernen Westen! Ihr langgehegter Wunschtraum war endlich Wirklichkeit geworden! Manchmal meinte sie noch immer zu träumen. Aber ihre müden, schmerzenden Beine bewiesen ihr das Gegenteil.

Unruhig rutschte sie auf der harten Holzbank hin und her. Die Zügel in der Hand, schaute Willie sie fragend an.

„Hast du kein Sitzfleisch mehr?“

Missie lächelte zurück und strich sich eine feuchte Haarsträhne aus der Stirn.

„Ist schon reichlich holprig hier oben. Ich glaube, ich sollte mir wieder mal ein bißchen die Füße vertreten.“

Willie nickte und sah wieder nach vorn.

„Das Laufen tut dir bestimmt gut. Soll ich gleich anhalten?“

„In ein paar Minuten.“ Missie verfiel wieder in ihr Schweigen.

Willie warf ihr einen besorgten Seitenblick zu. Nein, sie schaute eigentlich recht zufrieden drein.

„Ist schon ’ne mächtig staubige, rumpelnde Angelegenheit, so ’ne Fahrt im Wagentreck!“ seufzte Missie jetzt. „Knarrendes Zaumzeug, stampfende Pferde und dazu das Geschrei! Hätte nicht gedacht, daß es so laut zugehen würde!“

„Mit der Zeit wird’s bestimmt ruhiger, denk’ ich.“

„Ja, da magst du recht haben.“

Missie langte zu ihm hinüber und versteckte ihre kleine Hand unter seinem Arm. Sie spürte jede Bewegung seiner starken Muskeln. Sein grobgewebtes Baumwollhemd hatte dunkle Schweißränder; am Kragen hatte er ein paar Knöpfe geöffnet.

„Ein gutes Stück von dem Lärm und Betrieb zu Hause haben wir wohl mitgebracht“, bemerkte Missie.

„Wie meinst du das?“

„Na, du weißt doch, wie’s in den letzten Wochen daheim zugegangen ist bei all dem Planen, Einkaufen, Packen und Verladen. Ich hab’ schon gedacht, es nimmt gar kein Ende mehr. Und dann der Lärm! Alle reden durcheinander, Hammerschläge, rumpelnde Fässer und klapperndes Kochgeschirr – verrückt war’s, fast wie in einem Irrenhaus!“

Willie lachte kurz.

„Ja, so kann man’s wohl ausdrücken!“

Wieder schwiegen beide.

Willie sah seine junge Frau verstohlen von der Seite an. Ein Schatten schien ihre sonst so strahlenden blauen Augen zu trüben. Als Missie längere Zeit schwieg, begann er behutsam: „Machst dir wohl Gedanken, nicht?“

Ein leises Seufzen war Missie entfahren, bevor sie antworten konnte.

„Ach, es ist eigentlich kaum der Rede wert. Ich hab' nur eben an zu Hause gedacht. Muß mächtig still dort sein jetzt. Ganz ungewohnt ruhig nach all den geschäftigen Wochen und Monaten ..."

Gedankenverloren schaute sie vor sich hin. Willie wollte sie in ihren Träumen nicht stören.

Die junge Frau schaute auf die beiden hochbeladenen Planwagen zurück. Nie hätte sie es für möglich gehalten, daß man so viele Dinge auf zwei Wagen unterbringen könnte. Beinahe ein ganzer Hausstand war hier verladen worden – und dazu manche Gegenstände, die eigentlich gar nicht dringend notwendig gewesen wären, gestand sie sich ein. Zum Beispiel hatte ihre Mutter darauf bestanden, von ihrem aufgesparten Eiergeld ein hübsches Eßgeschirr zu kaufen und es eigenhändig in mit Sägespänen gepolsterte Kisten zu verpacken. „Eines Tages wirst du froh sein, daß du es mitgenommen hast", hatte Marty zu ihr gesagt, und Missie wußte, daß sie die Teller und Tassen später tatsächlich einmal mit einem wehmütigen Lächeln auf den Lippen einzeln aus dem Schrank hervorholen und mit dem Finger über die glasierten Ränder fahren würde.

Eine große Sehnsucht überkam die junge Frau plötzlich, doch Willie zuliebe wollte sie sich nichts davon anmerken lassen. Die Gedanken an ihr Zuhause, ihre Eltern und Geschwister, hatten den ersten Funken von Heimweh in ihr entzündet. Wenn sie nicht aufpaßte, würde sie noch in Tränen ausbrechen – Heulsuse, die sie war! Sie schluckte und zwang sich zu einem tapferen Lächeln.

„Vielleicht sollte ich jetzt doch mal ein Stück Weg auf Schusters Rappen gehen", schlug Missie vor.

„Gut, dann halte ich da vorn an dem Grasstreifen an", versprach ihr Mann.

Missie nickte.

„Ist dir auch aufgefallen, daß wir unsere Nachbarsfarmen längst hinter uns gelassen haben?“ fragte Willie.

„Stimmt. Ich kenne mich schon gar nicht mehr aus.“

„Stell dir bloß vor, jetzt sind wir endlich auf großer Fahrt!“

Sie teilte zwar Willies Hochstimmung, doch zugleich blieb ein bohrender Schmerz in ihr. Ja, endlich war sie mit Willie unterwegs nach Westen – aber alle ihre Lieben hatte sie weit hinter sich zurücklassen müssen. Wann würde sie sie wohl wiedersehen? Ob sie sie überhaupt jemals wiedersah? Sie spürte, wie ihr die Tränen in die Augen stiegen.

Erleichtert stieg Missie vom Wagen, als Willie angehalten hatte. Das davontrottende Gespann wirbelte eine große Staubwolke auf, so daß sie ein paar Schritte zurücktrat und sich ihre Haube vor das Gesicht hielt. Sie wartete, bis auch die anderen Wagen an ihr vorübergezogen waren. Dann hielt sie Ausschau nach einem vertrauten Gesicht. Aber die Menschen, die da hinter den Wagen hermarschierten, waren ihr alle fremd. Mit einem beherzten Lächeln reihte sie sich in den Zug ein.

Bei jedem Schritt auf dem staubigen, unebenen Weg schmerzten ihr die Glieder. Insgeheim fragte sie sich, wie es wohl den älteren Frauen ergehen mochte. Zu ihrer Rechten wanderten zwei Frauen, die etwa so alt wie ihre Mutter sein mochten. „Mama ist gesund und kräftig, und bei der Arbeit macht sie mir oft noch etwas vor. Trotzdem würde ich sie nicht ohne weiteres auf so eine Reise schikken“, überlegte sie.

Die beiden Frauen machten einen müden und abgekämpften Eindruck. Plötzlich war Missie froh über die Ankündigung des Treckführers, der jeweils kurze Wegstrecken für die ersten paar Tage angeordnet hatte. Erst jetzt verstand sie, wie klug dieser Reiseplan war. Sie selbst würde sich ja nur zu gern auf der Stelle ausruhen. Ob Willie sich ebenso wie sie auf das frühe Nachtlager freute? Vielleicht hätte er ja in seinem Eifer lieber eine größere Wegstrecke zurückgelegt, dachte sie.

Missie war stolz auf ihren Mann. Stattlich sah er aus mit seinem dichten, lockigen Haar, seinen dunkelbraunen Augen, dem markanten, energischen Kinn und der wohlgeformten Nase, die einzig durch einen Sturz vom Baum, als er neun Jahre alt war, an Makellosigkeit eingebüßt hatte. Das war ihr Willie, ihr breitschultriger, hochgewachsener, starker Willie.

Doch mehr als seine äußere Erscheinung schätzte sie seinen Charakter. Wie vertraut sie doch mit seinen Wesenszügen geworden war! Willie, der ihr die Gedanken von den Augen ablesen konnte, der stets zuvorkommend mit anderen umging, doch unnachgiebig gegen sich selbst war; Willie, der entschlossen und unbeirrt seine Ziele verfolgte – ein wenig starrköpfig, wie manche meinten, doch Missie betrachtete diese Eigenschaft als Charakterfestigkeit. Aber vielleicht war doch eine Spur von Starrköpfigkeit dabei, wenn man seine Beharrlichkeit, den Traum seines Lebens zu verwirklichen, so bezeichnen wollte. Er hatte es sich nun einmal in den Kopf gesetzt, eine eigene Ranch zu haben, Viehzüchter zu werden und eines Tages die besten Rinder und Pferde im ganzen Westen zum Verkauf anzubieten.

Als Willie vor zwei Jahren allein eine Erkundungsfahrt nach Westen unternommen hatte, ließ er sich weder durch die zunächst unergiebige Landsuche noch durch die schier endlose Jagd nach Unterschriften der Behörden von seinem Vorhaben abbringen, bis er endlich den Kaufvertrag für sein erträumtes Stück Land in den Händen hielt. Die lange Zeit bis zu ihrer endgültigen Abreise bedeutete für Willie eine harte Geduldsprobe. Doch sein Traum war lebendig geblieben. Von seinem Arbeitslohn in der Sägemühle hatte er jeden Groschen auf die hohe Kante gelegt, bis er endlich genug Rücklagen zu haben glaubte. Voller Stolz hatte Missie ihr Lehrerinnengehalt dazugelegt, so daß die Summe um so schneller angewachsen war. Willies Traum war auch ihr Traum geworden.

Missie sah auf zum Himmel. Dem Sonnenstand nach zu urteilen, mochte es zwischen drei und vier Uhr nachmittags sein.

Zu Hause konnte man die Tageszeiten an dem, was die einzelnen Familienmitglieder gerade taten, ablesen. Ma gönnte sich jetzt bestimmt eine Pause von den anstrengenden Arbeiten, um es sich mit ihrem Strickzeug im Schaukelstuhl bequem zu machen, während Pa noch draußen auf dem Feld war. Auch Missies Eltern hatten großzügig zu Willies Ersparnissen beigetragen. Wieder mußte sie schweren Herzens an den Abschied von ihnen denken.

Clark, ihr Vater, hatte sie alle um sich versammelt und ein letztes Gebet im Kreis der Familie gesprochen. Marty hatte verzweifelt mit den Tränen kämpfen müssen. Missie hatte ihr den Arm um die Schultern gelegt und gesagt: „Schon gut, Ma, wein ruhig, wenn dir davon besser wird!“ Und dann waren sich die beiden Frauen in die Arme gefallen und hatten geschluchzt, bis die Tränen versiegt waren und ihnen leichter ums Herz war.

Missie wischte sich eine heimliche Träne aus den Augenwinkeln und sah sich beschämt um. Es bedurfte ihrer ganzen Willenskraft, um das Heimweh in den hintersten Winkel ihres Herzes zu verdrängen. Wenn sie nicht aufpaßte, würde sie mit rot verheulten Augen das Lager erreichen! Außerdem hatte sie ja ihren Willie. Ganz einsam würde sie also nie werden.

Mühsam schleppte sie sich weiter, immer einen Fuß vor den anderen setzend. Selbst in ihren derben Wanderschuhen wirkten ihre Füße schmal und zierlich, und ihr einfacher, aus grober Baumwolle gewebter Rock konnte die jugendliche Anmut ihrer Gestalt nicht verbergen. Beinahe mechanisch strich sie sich eine vorwitzige Locke aus dem Gesicht, die sich von ihrem Hinterkopf gelöst hatte und ihr nun um die Wangen tanzte. Ihre sonst so helle, klare Gesichtshaut war gerötet und von Hitzeflecken übersät. Trotz des nagenden Heimwehs, der bleiernen Müdigkeit und der glühenden Sonne am Himmel funkelte aus ihren blauen Augen noch ein waches Interesse an allem, was um sie herum vorging.

Einige der Frauen begannen, trockene Zweige vom Wegrand aufzulesen. Auch die Kinder halfen, Brennholz zu sammeln. „Wir sind bestimmt nicht mehr weit von unserem Lagerplatz für die Nacht entfernt“, dachte Missie. „Am besten such' ich mir auch etwas Holz für unser Feuer.“

Aus den Wagen vor ihnen wurden jetzt Stimmen laut. Die Wagenführer lenkten die Gespanne im Kreis zu einer Wagenburg, wie es ihnen am Morgen erklärt worden war. Missies Schritte wurden beschwingter. Nicht mehr lange, und sie würde sich irgendwo im Schatten ein wenig ausruhen können! Oh, wie sie sich darauf freute, nur einfach im Gras zu sitzen und sich die heiße Stirn von der Abendbrise kühlen zu lassen! Außerdem konnte sie es kaum erwarten, ein wenig mit Willie zu plaudern, nachdem sie eine Weile von ihm getrennt gewesen war.

Ob sie heute abend bei dem knisternden Lagerfeuer den richtigen Zeitpunkt finden würde, um Willie die große Neuigkeit mitzuteilen? Bei dem Gedanken daran machte ihr Herz vor Aufregung einen Sprung. Ja, sie war sich inzwischen recht sicher, daß sie im Begriff war, Mutter zu werden. Bisher hatte sie ihrem Mann noch nichts von ihrem Geheimnis verraten. „Lieber keine falschen Hoffnungen wecken!“ hatte sie sich gesagt.

Ob Willie ihre Freude teilen würde? Sie wußte, wie

sehr er Kinder mochte, und daß er sich eines Tages einmal einen Sohn wünschte, aber sie ahnte auch, daß er sehr besorgt um sie sein würde. Bestimmt hatte er die Reise nach Westen hinter sich bringen wollen, bevor sie gemeinsam eine Familie gründeten. Die lange Fahrt mit dem Wagentreck konnte an den Kräften einer werdenden Mutter zehren. Vielleicht würde Willie am Ende meinen, daß dieses Baby sich ganz und gar die falsche Zeit für seine Ankunft ausgesucht hatte.

Missie selbst machte sich in dieser Hinsicht keinerlei Sorgen. Sie war jung und gesund, und außerdem würden sie ihr Reiseziel längst erreicht haben, bis das Kind geboren wurde. Zugegeben, sie hatte Willie absichtlich nichts von ihrem wachsenden Verdacht verraten wollen, bis sie endgültig unterwegs waren. Sonst hätte er womöglich die ganze Reise verschoben, und das wollte Missie ihm ersparen.

Deshalb hatte sie ihr Geheimnis für sich behalten. Nicht einmal ihrer Mutter hatte sie es zuflüstern können, obwohl sie sich mit allen Fasern ihres Herzens danach gesehnt hatte. „Wenn sie es weiß", hatte Missie sich gesagt, „hat sie keine ruhige Minute, solange wir unterwegs sind!"

Missie entdeckte ihre beiden nebeneinanderstehenden Wagen in der kreisförmigen Aufstellung schon von weitem. Willie spannte gerade die Pferde von dem ersten Wagen los, während Henry Klein, sein zweiter Wagenführer, mit dem anderen Gespann beschäftigt war. Bei den Reisevorbereitungen hatte sich sehr bald herausgestellt, daß ein Wagen allein längst nicht als Transportvehikel und Nachtlager zugleich ausreichen würde. Clark, Missies Vater, hatte deshalb den Vorschlag gemacht, einen zweiten Wagen mit auf die große Fahrt zu nehmen, und hatte sogar einen Kutscher dafür ausfindig gemacht. Manche Familie im Treck war mit mehr als einem Wagen unterwegs, wobei die meisten von ihnen ohne einen bezahlten Fahrer ausgekommen waren, weil ein Familienglied die Gespanne lenken konnte.

Missie näherte sich der Wagenburg, als der letzte Wagen, der siebenundzwanzigste, gerade seine Position bezog.

Willie begrüßte sie mit einem fröhlichen Lächeln.

„Siehst mir ein bißchen abgekämpft aus, Schatz“, sagte er dann besorgt.

„Kein Wunder – bei dieser Hitze!“ stöhnte sie gespielt und verdrehte die Augen.

„Du hast dir ’ne kleine Ruhepause redlich verdient. Ein bißchen Schatten tut dir bestimmt gut. Soll ich dir einen Schemel oder die Decke aus dem Wagen holen?“

„Laß nur, das mach’ ich schon selbst. Du hast ja erst dein Gespann zu versorgen.“

„Herr Blake sagt, hinter der Baumgruppe dort fließt ein Bach. Wir führen gleich alle Pferde dahin und binden sie dann an den Bäumen fest. Blake meint, da gibt’s so viel Gras, das ihnen die Augen übergehen würden!“

„Wann möchtest du denn zu Abend essen?“ erkundigte sich Missie.

„Nun, vielleicht in ein oder zwei Stunden, eher nicht. Laß dir nur Zeit damit!“

„Zuerst werde ich mich um mehr Brennholz kümmern müssen, fürchte ich. Die paar Zweige, die ich da beisammen habe, reichen ja kaum von zwölf bis Mittag!“

„Auch damit hat’s keine Eile. Ich bring’ dir Holz von dort drüben mit. Henry wird sich bestimmt nicht lumpen lassen und mir beim Sammeln helfen. Setz du dich nur in den Schatten und ruh dich aus. Du schaust mir regelrecht erledigt aus, Liebling!“ Seine Stimme klang besorgt.

„Ach, das ist bestimmt nur die ungewohnte Aufregung am ersten Tag, weiter nichts“, beruhigte ihn Missie. „Ich werde mich schon bald an dieses Zigeunerleben im Treck gewöhnen, sollst mal sehen. Aber schön, wenn du meinst, setz' ich mich halt fein gehorsam in den Schatten unter den Baum dort. Nur ein kleines Weilchen, dann bin ich wieder ganz die alte."

Während Willie sich mit den Pferden und den beiden Rindern, die an die Wagen angebunden waren, auf den Weg zum Bach machte, holte Missie eine Decke aus dem Wagen, um sie im kühlen Gras auszubreiten.

Nicht ohne Selbstvorwürfe ließ sie sich im Schatten nieder, denn alle anderen Frauen waren geschäftig auf den Beinen. Nun, sie würde es ihnen gleichtun, sobald sie sich ein wenig ausgeruht hatte. Wie wohl es tat, die müden Glieder einmal auszustrecken!

Missie lehnte den Kopf an den Baumstamm und schloß die Augen. Das Gesicht wandte sie der lauen Brise zu und ließ sich das lose Haar um die Wangen wehen. Oh, wie ihre Glieder schmerzten! Ein entspannendes Bad wäre jetzt genau das richtige. Zu Hause ..., aber nein, so durfte sie jetzt nicht mehr denken, schalt sie sich selbst. Das geräumige, weißgestrichene Haus ihrer Eltern war jetzt endgültig nicht mehr ihr Zuhause. Das Zimmer im oberen Stockwerk mit dem bunten Teppich und den duftigen Vorhängen war nicht mehr ihr eigenes Reich. Sie gehörte jetzt zu ihrem Mann, und er gehörte zu ihr. In ihrem Herzen bat sie Gott um Hilfe, daß sie sich eines solchen Mannes wie Willie würdig erweisen und es ihr gelingen möge, ihr gemeinsames Zuhause einmal mit Liebe und Geborgenheit zu erfüllen.

Dann spürte sie nichts als nur die bleierne Schwere in ihren Gliedern. „Gib bloß nicht nach!" befahl sie sich mit geschlossenen Augen. „Gib bloß nicht nach! Es geht ja schon viel besser."

Erste Abendrast

Missie schlug die Augen auf und stutzte. Sie mußte wohl eingenickt sein und gleich mehrere Stunden lang geschlafen haben! Es war jetzt viel kühler, und die Sonne, die den ganzen Tag über so unbarmherzig auf sie herabgebrannt hatte, stand inzwischen schon recht tief über dem westlichen Horizont.

Ein starker, würziger Rauchgeruch hing in der Luft. Der Duft von geröstetem Brot und heißem Kaffee erinnerte Missie daran, wie hungrig sie war. Hellwach fuhr sie auf und sah sich um. Sie stellte verlegen fest, daß über jedem Lagerfeuer das Essen kochte. Was mochten die anderen Frauen nur von ihr denken? Bald würde Willie von den Tieren zurückkehren und nicht einmal eine Feuerstelle vorfinden!

Missie hastete auf den Wagen zu. Unterwegs strich sie schnell ihren Rock glatt und fuhr sich mit der Hand durch das wirre Haar.

Es dauerte einen Augenblick, bis sie begriffen hatte, daß das Feuer dort vor dem Wagen ihr Feuer war und daß der köstliche Duft von gebratenem Fleisch und Kaffee aus keinen anderen als ihren eigenen Kochtöpfen kam. Sprachlos stand sie da, als Willie plötzlich seinen Kopf unter der Wagenplane hervorsteckte. Seine Besorgnis wich einem erleichterten Ausdruck.

„Da bist du ja wieder! Siehst schon viel erholter aus. Wie fühlst du dich denn?“

„Gut ... bestens“, stotterte Missie und fügte dann kleinlaut hinzu: „Aber ich schäme mich in Grund und Boden.“

„Schämen?" Das hätte Willie nicht gleich so herauszutrompeten brauchen, fand Missie. „Wieso denn das?"

„Also ... Hier verschlaf' ich den halben Tag, und du ..., du hast in der Zeit schon das Feuer gemacht und das Essen gekocht! Liebe Güte, was sollen denn die andern von mir denken? Daß mein Mann seine eigene Arbeit und meine noch dazu tun muß?"

„Na, wenn das alles ist, was dir Sorgen macht, dann werden wir schon damit fertigwerden!" antwortete Willie gut gelaunt. „Außerdem hab' ich das Feuer gar nicht gemacht. Das haben wir Henry zu verdanken. Der konnte das Abendessen nämlich kaum erwarten. Meine Güte, der Bursche kann vielleicht reinhauen! Ich seh's schon kommen, daß wir eines Tages noch unsere Kühe schlachten müssen, um Henry bei Kräften zu halten!"

„Dann hat er also schon gegessen?"

„Gegessen? Das könnte man auch anders ausdrücken! Vielleicht hat er uns auch noch ein bißchen von dem Schmaus übriggelassen. Er hatte es furchtbar eilig, sich wieder aus dem Staub zu machen. In unserem Treck befinden sich nämlich zufällig ein paar hübsche Mädchen. Ich glaub', er ist mal rübergegangen, um sich vorzustellen." Willie zwinkerte mit den Augen.

„Kommst du denn nicht vom Wagen runter?" fragte Missie.

„Ich suche gerade das Brot. In all den Kisten und Kästen hier oben finde ich mich nicht zurecht. Hast du irgendein Geheimfach? Henry hat sein Essen schon ohne Brot runtergeschlungen, aber ich hätte ganz gern eine Scheibe dazu."

„Gleich beißt's dich!" lachte Missie. „Da ist es doch, direkt vor deiner Nase!" Sie kletterte auf den Wagen. „Hier, ich hol's dir. Mama hat uns auch ein paar von ihren Früchtebroten für die ersten Tage unterwegs mitgegeben."

Als Missie nun das Brot aus dem Tongefäß hervorholte, spürte sie wieder einen leisen Stich im Herzen. Sie sah Marty vor sich, wie sie mit gerötetem Gesicht ihre duftenden Backwaren aus dem heißen Ofen zog.

Willie schien Missies schwermütige Gedanken zu erraten. Er legte den Arm um sie und zog sie an sich.

„Sie vermißt dich bestimmt auch", flüsterte er in ihr Haar.

Missie schluckte mühsam.

„Ja, da magst du recht haben", flüsterte sie zurück.

„Missie?" Willie zögerte. „Bist du dir ganz sicher? Es ist noch nicht zu spät zum Umkehren, weißt du. Wenn du Zweifel hast ..."

„Kommt ja gar nicht in Frage!" sagte Missie mit Nachdruck. „Ich habe nicht die geringsten Zweifel. Im Gegenteil! Ich freue mich doch auf dein Land und unser gemeinsames Zuhause! Natürlich werde ich Ma und Pa und die andern daheim mächtig vermissen, besonders in der ersten Zeit, aber irgendwann muß schließlich jeder erwachsen werden. Und damit basta!" Wie konnte Willie nur denken, daß sie ihm selbstsüchtig den Traum seines Lebens verwehren würde?

„Bestimmt?"

„Ganz bestimmt."

„Ein Sonntagsausflug wird diese Reise nicht gerade werden. Das weißt du doch, oder?"

„Natürlich weiß ich das."

„Und wenn wir erst da sind, wird's auch nicht einfach sein. Wir werden lange Zeit auf ein richtiges Haus, auf Nachbarn und auf eine Kirche verzichten müssen. Du wirst dich bestimmt manchmal einsam fühlen, Missie."

„Ich hab' doch dich."

Willie nahm sie fest in seine Arme.

„Viel hast du an mir nicht bei allem, was du zurücklassen mußt. Aber ich liebe dich, Missie. Ich liebe dich mehr als alles auf der Welt!"

„Mehr brauche ich nicht zum Leben", flüsterte sie. „Liebe ist das einzige, auf das ich nicht verzichten kann!" Sie stellte sich auf die Zehenspitzen und gab ihm einen Kuß auf das Kinn. „Solange du mich liebhast, fehlt's mir an gar nichts."

Sanft löste sie sich aus seinen Armen.

„Aber meinst du nicht auch, daß es längst Essenszeit ist? Ich hab' einen Bärenhunger!"

Willie schmunzelte.

„Na, vielleicht überlegst du dir's doch noch anders, wenn du erst von meinen armseligen Kochkünsten gekostet hast!"

Sie lachten fröhlich.

Nachdem sie gegessen hatten und die wenigen Teller, sauber abgewaschen, wieder in der Geschirrkiste verpackt waren, holte Willie seine Bibel hervor. Sie war liebevoll mit einem Umschlag aus samtweichem Hirschleder und schützendem Wachspapier darüber eingebunden.

„Ich denke, daß wir morgens alle Hände voll zu tun haben werden", sagte er. „Abends finden wir bestimmt mehr Zeit und Ruhe zum Bibellesen."

Missie nickte und setzte sich neben ihn. Noch war es hell, doch die Dämmerung würde bald hereinbrechen. Willie blätterte und begann zu lesen:

> „Fürchte dich nicht, ich bin mit dir, weiche nicht, denn ich bin dein Gott. Ich stärke dich, ich helfe dir auch, ich halte dich durch die rechte Hand meiner Gerechtigkeit" (Jesaja 41,10).

Langsam schlug er die Bibel wieder zu.

„Dein Pa hat uns diesen Vers unterstrichen. Als er mir die Bibel heute morgen gab, hat er ihn mir vorgelesen und dieses rote Lesezeichen hineingelegt. Er sagte, wir sollen diesen Vers jeden Tag laut lesen und uns ganz bewußt davon ansprechen lassen, bis er uns in Fleisch und Blut übergegangen ist."

„Ein schöner Vers!“ sagte Missie mit bebender Stimme. Sie schloß die Augen und sah ihren Pa am Küchentisch mit der aufgeschlagenen Familienbibel vor sich. Sie konnte sogar seine Stimme hören, wie er das Morgengebet für die um ihn versammelte Familie sprach. Pa war das geistliche Oberhaupt der Familie – doch jetzt war Willie ihr neues geistliches Oberhaupt. Jetzt hatte sie ihn, um an seiner Seite Kraft und Mut für jeden Tag, ob in guten oder bösen Zeiten, zu schöpfen. Sie war nicht mehr Clarks kleine Tochter; sie war eine erwachsene, verheiratete Frau. Pa hatte seinen Segen zu ihrer Ehe mit Willie gegeben, und obgleich sie sich der Liebe und Fürbitte ihres Vaters gewiß war, zweifelte sie keinen Augenblick daran, daß er sie an Willies Seite in guter Obhut wußte.

Missie schob ihre Hand in Willies, als sie nun gemeinsam beteten. Willie dankte Gott für seine Gegenwart und für die Eltern und Geschwister zu Hause. Er betete um besondere Kraft in diesen ersten Tagen der Reise, die Missie und er ohne ihre Angehörigen zurücklegten, und bat um Bewahrung vor allen Gefahren und um Kraft für Missie, um die Strapazen der Reise gesund zu überstehen.

Missie erkannte, daß heute abend kaum der richtige Zeitpunkt dafür war, Willie in ihr Geheimnis einzuweihen. Er würde sich nur unnötige Sorgen machen. Sie würde warten, bis sie sich an die unbequeme Wagenfahrt und die anstrengenden Fußmärsche gewöhnt hatte. Und außerdem, sagte sie sich, konnte sie sich immer noch geirrt haben.

Wenn sie aber recht hatte – und im Grunde wußte sie, daß es so war –, dann würde sie sich bestimmt mit jedem neuen Tag besser fühlen. Die frische Luft und das Laufen würden ihr guttun. Ja, sie würde es Willie erst sagen, wenn er sich mit eigenen Augen davon überzeugt hatte, wie gesund und kräftig sie war. Dann würde er ihre Vorfreude unbeschwert teilen können.

Oh, wenn sie es doch ihren Eltern vor der Abreise hätte sagen können! Sie stellte sich vor, wie sie ihnen geradewegs ins Gesicht geschaut und ausgerufen hätte: „Na, ihr beiden, was haltet ihr denn davon, bald zu den Großeltern zu zählen?“ Und dann wären sie sich in die Arme gefallen und hätten gelacht und geweint und Freudentänze aufgeführt. Aber so hatte es eben nicht sein können, und auch für Willie war der Zeitpunkt, das Geheimnis zu erfahren, noch nicht gekommen. Sie würde noch eine Weile warten.

Ein neuer Tag

Noch im Halbschlaf streckte Missie ihre schmerzenden Glieder. Oh, wie steif ihre Arme und Beine waren! Was war nur geschehen?

Dann fiel ihr plötzlich alles wieder ein. Sie waren unterwegs nach Westen. Sie hatte neben Willie auf dem Kutschbock gesessen, bis sie das ständige Rütteln und Schütteln des Wagens auf dem unebenen Weg nicht mehr ertragen konnte, und war zu Fuß hinter dem Wagenzug hergegangen. Schließlich hatten sie ihre Beine keinen Schritt mehr tragen wollen, und nach einer unruhigen Nacht auf dem engen, harten Strohlager fühlte sie sich nun beinahe noch abgeschlagener als gestern abend.

Willie erging es sicher nicht viel besser, dachte sie und wollte nach seiner Hand greifen, doch ihre Hand landete auf dem leeren Kissen. Willie war längst aufgestanden. Er war aus dem hochbeladenen Wagen geklettert, der für die kommenden Wochen und Monate ihr Heim auf Rädern sein sollte, um sich draußen ein wenig die Beine zu vertreten.

Missie erhob sich stöhnend von ihrem Bett. „Liebe Güte, wenn Willie sich bloß nicht wieder selbst das Essen gemacht hat!“ murmelte sie.

Doch nachdem sie schnell in ihre Kleider geschlüpft und vom Wagen gestiegen war, stellte sie erleichtert fest, daß die ersten Sonnenstrahlen gerade über dem östlichen Horizont glänzten. Im ganzen Lager war es noch still. Willie hatte ein Feuer in Gang gebracht und es für sie brennen lassen. Missie legte ein paar Zweige nach und sah zu, wie die Flammen sie hungrig verschlangen.

„Eine Schande ist das!“ murmelte sie vor sich hin. „Als ob ich lauter Blei in den Armen und Beinen hätte!“

Sie ging ein wenig auf und ab und schwang dabei ihre Arme im Kreis, um ihre Muskeln zu lockern.

„Da bin ich schon auf der Farm aufgewachsen, aber so’n Zuckerpüppchen ist aus mir geworden, daß ein einziger Tag mit dem Treck mir so zusetzt! Mama hätte mir mehr Arbeit aufladen sollen!“

Bald entdeckte Missie einen weiteren Grund, um sich ständig in Bewegung zu halten: in der Kühle des frühen Morgens schwirrten die Stechmücken in dichten Schwärmen auf der Suche nach einem Opfer umher. Missie griff nach einer Jacke, um sich gegen ihre Angriffe zu schützen.

Sie goß frisches Flußwasser in die Waschschüssel und begann ihre Morgentoilette. Das Wasser war so kalt, daß sie sich mit dem rauhen Handtuch die Wärme wieder in die Wangen reiben mußte. Erfrischt wandte sie sich dann ihren morgendlichen Arbeiten zu. Sie hängte das Handtuch an den Haken zurück und bereitete das Frühstück.

Der Kaffee kochte schon sprudelnd, und die Rühreier verbreiteten einen herzhaften Duft, als Henry auftauchte.

Für Missie war Henry noch ein junger Bursche. Lächelnd mußte sie sich aber eingestehen, daß Willie nicht älter war als Henry. „Trotzdem wirkt er längst nicht so erwachsen wie mein Willie“, dachte sie.

„Morgen, Henry!“ begrüßte sie ihn.

„Morgen, Ma’am!“

Diese Anrede ließ Missie wieder schmunzeln.

„Hungrig?“

„Und wie!“ grinste Henry.

„Haben Sie gut geschlafen?“

„Die lästigen Mücken lassen einen doch keine Sekunde zur Ruhe kommen! Die Pferde haben bestimmt die ganze Nacht lang mit dem Schweif um sich schlagen müssen.“

„Komisch, ich hab' von alledem nichts gemerkt, bis ich aufgestanden bin. Vielleicht hatten wir ja keine in unserem Wagen."

„Willie sagte, ihm hätten sie unheimlich zugesetzt."

Missie sah von der Bratpfanne auf.

„Wirklich? Mich haben sie überhaupt nicht gestört. Ich muß wohl todmüde gewesen sein. Übrigens, wo steckt Willie denn?"

„Wir haben vorhin nach den Pferden und Kühen gesehen, und danach ist er zum Treckführer rübergegangen."

„Stimmt irgendwas nicht?" Eine Sorgenfalte legte sich auf Missies Stirn.

„Alles in bester Ordnung! Willie wollte nur ein Weilchen mit ihm plaudern, um zu hören, wie weit wir heute fahren."

„Ach so!" Missies Stimme klang erleichtert. Sie begann, die Blechteller für das Frühstück hervorzuholen.

Es dauerte nicht lange, bis sie Willies vertrautes Pfeifen hörte. Ihr Herz schlug schneller. Wie sehr sie ihn doch liebte! Wenn Willie vor sich hin pfiff, war die Welt in Ordnung.

Inzwischen hatte Willie den Wagen erreicht und blieb stehen.

„Nanu? Du bist schon auf?" begrüßte er sie. „Die Stechmücken haben dich wohl auch nicht mehr schlafen lassen, wie?"

Missie lächelte.

„Wenn ich ehrlich sein soll, hab' ich sie nicht mal bemerkt. Es waren eher meine lädierten Knochen, die mich aus dem Bett getrieben haben. Sag mal, bist du auch so steif?"

„Ich müßte schon lügen, wenn ich nicht zugeben würde, daß es mich hier und da 'n bißchen zwickt", lachte Willie, „aber mehr Bekenntnisse kriegst du nicht aus mir heraus. Ein gestandener Mann sollte sich schämen. Man könnte direkt meinen, ich hätte mein Lebtag noch keine harte Arbeit angefaßt!"

Missies Augen streiften den kräftigen, muskulösen Oberkörper ihres Mannes.

„Das denkt bloß einer, der keine Augen im Kopf hat!" erwiderte sie lächelnd.

„Also, ich geb's ohne Umschweife zu", meldete sich Henry zu Wort. „Ich spüre jeden einzelnen Knochen. Wußte gar nicht, daß man so viele davon hat. Nie hätte ich mir träumen lassen, was für 'ne Schwerarbeit das ist, mit den Zügeln in der Hand auf dem Bock zu sitzen!"

„Wir haben uns bestimmt bald daran gewöhnt", tröstete ihn Willie. „Noch ein paar Tage, und wir lachen darüber!"

Sie setzten sich auf einen Baumstamm, und Willie sprach das Dankgebet, bevor Missie das Frühstück brachte.

Nachdem sie gegessen hatten, machte Henry sich gleich auf den Weg, um nach dem anderen Wagen zu sehen. Während Missie das Geschirr aufwusch und die Lebensmittel wieder verstaute, untersuchte Willie seinen Wagen und das Zaumzeug sorgfältig auf Bruchstellen und Risse. Die anderen Mitreisenden waren inzwischen auch auf den Beinen. Die Luft war erfüllt vom Jauchzen der spielenden Kinder, Hundegebell und den Rufen der Mütter. Inmitten all dieser Geschäftigkeit hörte Missie einen Säugling schreien.

„Hab' gar nicht gewußt, daß auch ein Baby mit von der Partie ist", sagte sie bewußt lässig und beobachtete Willie aus dem Augenwinkel.

„Das ist das kleine Collins-Mädchen", gab Willie zurück. „Ganze sieben Monate ist sie alt."

„Die Kleine hat sich aber mächtig viel vorgenommen."

„Und ihre Mutter erst!"

„Ist das ihr einziges Kind?"

„Nein, sie hat noch eins. Muß ungefähr zwei Jahre alt sein."

Missie überlegte.

„Da wird sie aber alle Hände voll zu tun haben. Vielleicht können wir anderen Frauensleute ihr hin und wieder ein bißchen von ihrer Arbeit abnehmen."

„Da würde sie bestimmt nicht nein sagen. Es ist noch eine andere Frau dabei, die auch Hilfe gebrauchen könnte, glaube ich."

Missie sah auf.

„Ist sie krank?"

„Nun, krank vielleicht nicht gerade. Sie erwartet Nachwuchs."

„Ach so!"

Missies Wangen röteten sich ein wenig. Sie hoffte, daß Willie es nicht bemerkt hatte.

„Das Kleine könnte sogar noch unterwegs ankommen. Ich hab' mit dem Treckführer gesprochen. ‚Keine Sorge!' hat der gemeint. ‚Das ist schließlich nicht das erste Kind, das mitten in der Prärie zur Welt kommt. Außerdem haben wir eine Hebamme dabei. Frau Kosensky heißt sie. Die hat schon unzählige Säuglinge ans Licht der Welt geholt.' Trotzdem weiß ich nicht so recht. Also, wenn's meine Frau wär' ..."

„Was denn, wenn's deine Frau wäre?" wiederholte Missie ängstlich.

„Wenn's meine Frau wäre, dann säh' ich lieber, daß das Kind in einem richtigen Haus geboren wird, und zwar mit einem Doktor dabei – für alle Fälle. Blake macht zwar große Worte, aber ganz wohl ist ihm bei der Sache vielleicht auch nicht. Ihm wär's bestimmt lieber, die junge Frau brächte ihr Kind irgendwo in einer Stadt zur Welt, wo ein Arzt in erreichbarer Nähe ist."

„Allzu große Sorgen scheint er sich aber kaum zu machen. Sonst hätte er sie nicht mitfahren lassen."

„Soviel ich weiß, hat niemand ihm etwas von der Sache gesagt, bis alles geregelt war. Und dann wollte er die beiden jungen Leute auch nicht mehr fortschicken. Sie hatten längst ihr ganzes Hab und Gut verkauft."

„Nun ja, wenigstens kann niemand Herrn Blake irgendwelche Vorwürfe machen. Er hat's ja nicht gewußt!"

„Ihr Mann hat's aber von Anfang an gewußt."

Missie wandte sich ab und machte sich an dem Kaffeekessel und der Bratpfanne zu schaffen.

„Wird schon alles gutgehen", sagte sie. „Ich geh' sie gleich heute besuchen. Wie heißt sie denn eigentlich?"

„Clay ist der Nachname. Wenn ich mich nicht irre, heißt der Mann John."

„Hast du die Frau gesehen?"

„Ja, von weitem. Ihr Wagen ist der erste im Treck. Gestern abend, als ich die Pferde ans Wasser führte, sah ich zufällig, wie er ihr vom Wagen half. Ich glaube nicht, daß ihr den ganzen Tag über nach einem Fußmarsch zumute war."

„Sie gewöhnt sich bestimmt schnell an das Reisen", meinte Missie, doch es klang nicht sehr überzeugt. „Vielleicht geht sie ja heute ein Stück zu Fuß, und dann kann ich sie kennenlernen."

Einer der Treckbegleiter kam auf einem lebhaften Rotschimmel an die Wagen herangeritten und rief den Wagenführern zu: „Alle Mann anspannen! Gleich geht's los!"

Wie auf Kommando hasteten die Männer auf die Baumgruppe zu, wo die Pferde angebunden standen. Die Frauen beeilten sich, das Kochgeschirr wieder in den Wagen zu verstauen, die Feuerstellen auszulöschen und ihre Kinder um sich zu versammeln. Missie, deren Pfannen und Teller längst eingepackt waren, lehnte sich an ihren Wagen und schaute dem geschäftigen Treiben zu.

Da hörte sie wieder den Säugling schreien. Sie hatte ein Herz für Kleinkinder, doch mit einem so jungen Erdenbürger diese strapaziöse Reise zu unternehmen erschien ihr doch recht gewagt. Vielleicht würde sie der Mutter hier und da eine Hilfe sein können.

Dann wanderten ihre Gedanken zu der schwangeren jungen Frau. Missie freute sich darauf, sie kennenzulernen. Sie hoffte, daß ihre junge Mitreisende die Schwangerschaft gut überstehen würde, doch Willies Worte klangen noch in ihr nach und legten sich wie ein eisernes Band um ihr Herz. „Ich werde einfach mal diese Frau Kosensky aufsuchen und ein Weilchen mit ihr plaudern", nahm sie sich vor. „Sie ist schließlich erfahren in solchen Sachen und wird sich zu helfen wissen."

Damit verschwanden Missies Bedenken wie der Nebel vor der Sonne.

Missies Weggefährtinnen

An diesem Tag nahm Missie sich vor, ihre Mitreisenden ein wenig näher kennenzulernen. Frau Collins war nicht schwer zu finden. Sie brauchte nur dem Schreien des Kleinkindes zu folgen. Es war schon Mittag, und Frau Collins kochte gerade das Essen. Ein kleiner Junge hielt sich an ihren Rockfalten fest, während der Säugling auf ihrem Arm aus Leibeskräften schrie.

Missie begrüßte die junge Frau und stellte sich vor.

„Wir haben gerade gegessen", sagte sie. „Kann ich Ihnen vielleicht das Baby abnehmen, während Sie kochen?"

„Sie schickt der Himmel!" Überraschung und Erleichterung zugleich standen ihr im Gesicht geschrieben. „Meggies Geschrei macht mich noch wahnsinnig, sag' ich Ihnen!"

Sie schob den kleinen Jungen von sich.

„Jamie, ich bitte dich, hab doch Geduld! Mama gibt dir ja gleich dein Essen. Setz dich hin und warte!"

Der Junge ließ sich auf den Boden fallen und brach in ein lautstarkes, entrüstetes Gebrüll aus.

Missie nahm das Baby auf den Arm. Die Kleine ließ sich durch das Geschrei ihres Bruders zu noch verzweifelteren Unmutsäußerungen hinreißen. Missie seufzte. Mit dem schreienden Jamie würde die arme Mutter irgendwie selbst zurechtkommen müssen. Den Säugling trug sie zu ihrem Wagen. Dort wiegte sie die Kleine in ihren Armen und sang ihr alle Wiegenlieder vor, die ihr gerade einfielen. Nach und nach wurde aus dem Schreien ein leises

Schluchzen, und wenig später war Meggie fest eingeschlafen.

Als Missie das schlafende Kind zum Wagen der Familie Collins zurücktrug, räumte die junge Frau gerade ihr Kochgeschirr wieder in den Wagen. „Hoffentlich konnte sie bei der Hektik wenigstens selbst ein paar Happen zu sich nehmen“, dachte Missie.

Jamie saß satt und zufrieden auf einer Decke im Gras. Die Tränen waren längst versiegt, und nur eine dunkle Schmutzspur auf seinen Wangen erinnerte noch an seinen Ausbruch. Jetzt schaute er schläfrig vor sich hin, so daß Missie sich im stillen fragte, wie lange es wohl dauern mochte, bis er vor Müdigkeit wieder zu weinen anfing.

„Vielen Dank! Haben Sie vielen herzlichen Dank!“ sagte Frau Collins zu Missie. „Sie ahnen ja nicht, welch große Hilfe Sie mir waren! Legen Sie die Kleine nur auf das Bett im Wagen!“

Missie tat, wie ihr geheißen. Das Bett, das die vierköpfige Familie Collins teilte, war noch schmaler als Willies und ihr Bett.

Missie schlüpfte unter der Wagenplane hindurch wieder ins Freie.

„Jamie könnte ein Mittagsschläfchen bestimmt auch nicht schaden“, bemerkte sie.

„Ja, er ist ziemlich müde“, seufzte seine Mutter. Missie fand, daß sie selbst zum Umfallen erschöpft aussah.

„Ich bring' ihn auch zu Bett“, erbot sie sich. Sie hoffte inständig, Jamie würde nicht protestieren, und der kleine Junge ließ sich willig auf den Wagen helfen. Missie nahm ihren Schürzenzipfel und tunkte ihn geschwind in den Wassereimer an der äußeren Wagenwand, um die Tränenspuren von seinem Gesicht zu wischen. Das kühle Wasser tat seinen heißen, geröteten Wangen wohl. Liebevoll legte Missie den Kleinen auf das Bett. Noch bevor sie wieder vom Wagen gestiegen war, flatterten seine Augenlider. Der Schlaf würde ihn bald übermannt haben, danach würde er frisch und munter wieder aufwachen.

Als Missie vom Wagen sprang, räumte Frau Collins gerade die letzten Messer und Gabeln in die Kiste. Der Wagentreck stand kurz vor der Weiterfahrt.

„Legen Sie sich doch auch ein wenig hin, solange die Kinder schlafen", schlug Missie vor.

Frau Collins seufzte erschöpft.

„Sie haben recht", sagte sie. „Ich bin wirklich todmüde. Aber haben Sie nochmals herzlichen Dank! Ich war schon der Verzweiflung nahe." In ihren Augenwinkeln stand eine Träne.

„Mit der Zeit wird's schon besser werden", tröstete sie Missie.

„Ach ja, hoffentlich!"

„Wir helfen Ihnen gern, wo wir können."

„Danke, vielen Dank!" sagte die junge Mutter mit gesenktem Kopf und feuchten Augen. „Sie sind sehr freundlich."

Das Signal zur Weiterfahrt ertönte, und Missie wandte sich zum Gehen.

„Legen Sie sich nur schlafen!" sagte sie. „Bis bald!"

Frau Collins nickte nur und sah ihr lächelnd nach. Dann stieg sie mühsam in den Wagen. Unter der Plane war es heiß und stickig, doch eine andere Zuflucht hatte sie nicht. Sie legte sich zwischen ihre schlafenden Kinder und ließ sich erschöpft auf dem schaukelnden Strohlager in den Schlaf wiegen.

Missie unterbrach die Wagenfahrt mehrmals, um ein Stück des Wegs zu Fuß zu gehen. Beim Laufen plauderte sie mit den anderen Frauen und Kindern, die ebenfalls hinter dem Treck hermarschierten.

Auf diese Weise hatte sie auch die Bekanntschaft von Frau Standard gemacht, einer freundlichen, aber resolut wirkenden Frau mit ergrauten Schläfen. Acht Kinder gehörten zu ihr: fünf Mädchen und drei Jungen. Vor sieben Monaten erst hatte sie zum zweiten Mal geheiratet und damit ihre große Kinderschar auf einen Schlag erworben. Da sie aus erster Ehe keine Kinder mitbrachte, bedeutete die plötzliche Verantwortung für acht Söhne und Töchter eine einschneidende Veränderung für sie. Sie hatte sich zwar schon immer Kinder gewünscht, doch acht unterschiedliche kleine Wesen zu versorgen, war eine gewaltige Aufgabe. Missie bewunderte den Mut dieser Frau. Zudem war Frau Standard das Stadtleben gewöhnt; ihre Ehe mit einem Witwer und die Reise in den kaum besiedelten Westen stellten daher eine doppelte Herausforderung für sie dar. Ihr Mann war ein rechter Hansdampf in allen Gassen, der sich das große Glück in den Goldminen des Westens erhoffte. So hatte Frau Standard sich entschlossen ans Werk gemacht und die ganze Familie samt dem wenigen Hab und Gut, das sie unterbringen konnte, in den Wagen gepackt, um mit ihm loszuziehen.

Frau Standards ständige Begleiterin war Frau Schmidt, eine kleingewachsene Frau, die das eine Bein leicht nachzog. Sie hatte drei Kinder: zwei beinahe erwachsene Söhne und eine achtjährige Tochter.

Die beiden Frauen gingen meist schweigend nebeneinander her. Missie vermutete, daß Frau Standards Redebedürfnis innerhalb ihrer Familie voll und ganz befriedigt wurde, und Frau Schmidt schien sowieso eher eine Frau der Tat als der Worte zu sein. Unterwegs sammelte sie mehr trockene Zweige auf, als sie je während der Abendstunden am Lagerfeuer verbrennen konnte.

Unter den anderen Frauen lernte Missie noch Frau Larki, die stets unglücklich und leidvoll dreinschaute, und Frau Page kennen. Deren Mund arbeitete noch flinker als ihre Füße – und dabei marschierte sie schon recht forsch. Jede Frau im ganzen Treck kannte inzwischen Frau Pages gesamten Hausstand sowie den Kaufpreis jedes einzelnen Teils in- und auswendig. Missie hielt es nicht lange in der Nähe dieser redseligen Frau aus. Brennholzsammeln diente ihr oft als eine willkommene Entschuldigung, um dem ständigen Wortschwall zu entfliehen.

Frau Thorne, eine hochgewachsene, aschblonde Mutter von drei Kindern, schritt steif und aufrecht wie ein Zinnsoldat voran. Selbst ihre Kinder taten es der Mutter nach und ließen die Arme beim Gehen weit vor- und zurückschwingen. Frau Thorne schien das Zeug dazu zu haben, den rauhen Westen mit Leichtigkeit zu bezwingen.

Ein junges Mädchen, das Missie am ersten Tag von weitem zugewinkt hatte, stellte sich ihr heute persönlich vor. Kathy Weiss hieß sie. Sie war mit ihrem verwitweten Vater nach Westen unterwegs. Stets hatte sie ein Lächeln und ein freundliches Wort auf den Lippen. Manchmal wirkte sie geradezu verträumt, so daß Missie sich fragte, ob sie sich überhaupt im klaren darüber war, wohin die Reise führte. Sie schien die Fahrt beinahe als Spaziergang ins Grüne zu betrachten.

Kathy hatte sich inzwischen mit der jungen, zarten Frau Crane angefreundet, die wie eine kostbare Porzellanpuppe aussah. Die beschwerliche Reise schien sie in einen schockähnlichen Zustand versetzt zu haben. Sie war das Schaustück des ganzen Trecks und weigerte sich rundheraus, einfache, für eine solche Reise äußerst praktische Baumwollkleider zu tragen. Statt dessen bestand ihre Garderobe aus modischen Rüschenkleidern, Spitzenhäubchen und zierlichem Schuhwerk mit hohen Absätzen. Auf ihre Morgentoilette verwandte sie weitaus mehr Zeit und Mühe als auf die Frühstücksvorbereitungen. Missie belächelte dieses eitle Gebaren, doch das Mädchen selbst hatte sie bald in ihr Herz geschlossen.

Frau Kosensky, die Hebamme, fand Missie auf den ersten Blick sympathisch. Sie war eine mütterliche, behäbige Frau, der das Laufen schwerfiel. Ihr liebenswertes Lächeln ließ Missie wünschen, sie könnte der älteren Frau die beschwerliche Wegstrecke verkürzen.

Missie beobachtete die Frauen und Kinder um sich herum, wie sie miteinander plauderten und spielten. Merkwürdig, wie unterschiedlich sie doch alle trotz ihres gemeinsamen Ziels waren! Sie nahm sich vor, jeden einzelnen von ihren Mitreisenden sobald wie möglich persönlich kennenzulernen.

Den ganzen Tag über hielt Missie Ausschau nach der schwangeren jungen Frau, von der Willie gesprochen hatte. Sie konnte es kaum erwarten, Frau Clay kennenzulernen, fühlte sie sich doch auf eine besondere Weise mit ihr verbunden, wenn sie ihr Geheimnis auch noch eine Zeitlang für sich behalten mußte. Obwohl Missie sich jedoch aufmerksam umsah, konnte sie keine werdende Mutter unter den Fußgängerinnen entdecken.

Wie am Tag zuvor erreichte Missie auch heute abgekämpft das Lager für die Nacht. Sie legte ihr Brennholz neben dem Wagen ab und trat neben Willie. Während er das Gespann von seinem Zaumzeug befreite, bemerkte sie die Blasen und wunden Stellen an seinen Händen.

„Oh, Willie, sieh nur, wie die Zügel deine Hände wundgescheuert haben!“ rief sie erschrocken. Doch Willie lachte nur.

„Ich werd’ schon tüchtig Hornhaut entwickeln!“ meinte er unbesorgt. „Sollst mal sehen: in drei Tagen ist alles überstanden. Und du? Wie ist’s dir ergangen?“

„Ach, ich bin schlichtweg hundemüde, und meine Beine sind bleischwer. Aber den anderen ist’s bestimmt noch viel elender zumute. Frau Crane ist regelrecht ins Lager gehumpelt.“

„Frau Crane? Ist sie nicht der Pfau des ganzen Trecks?“

Missie lächelte.

„Du darfst nicht so hart gegen sie sein, Willie. Sie macht sich halt gern ein bißchen zurecht.“

„Das Leben wäre garantiert wesentlich bequemer für sie, wenn sie ihre Federhüte und ihre hochhackigen Schuhe wegpackte und statt dessen vernünftige Sachen trüge.“

„Da hast du zwar recht, aber das muß sie wohl selbst entscheiden.“

„Am besten ruhst du dich erst mal aus“, wechselte Willie das Thema. „Du siehst mir schon wieder restlos zerschlagen aus!“

Missie folgte seinem Vorschlag, doch diesmal war sie fest entschlossen, nicht wie gestern dabei einzuschlafen. So setzte sie sich mit ihrem Strickzeug neben den Wagen ins Gras. Andere Frauen und deren Kinder suchten ebenfalls Zuflucht vor der glühenden Sonne im Schatten ihrer Wagen. Die einzige, die sich keine Pause gönnte, war Frau Schmidt, die noch immer unablässig nach Brennholz suchte.

Aus einiger Entfernung hörte Missie ein gedämpftes Schnarchen. Frau Thorne lag, der Länge nach ausgestreckt, im Gras neben ihrem Wagen und schlummerte sanft.

Am gegenüberliegenden Ende der Wagenburg war Frau Standard damit beschäftigt, den verstauchten Zeh eines ihrer Stiefkinder zu verbinden. Zuerst schrie der kleine Junge Zeter und Mordio, doch das Gebrüll verstummte schlagartig, sobald ihm aufgegangen war, welch interessanten Gesprächsgegenstand der dicke weiße Verband abgeben würde. Eifrig humpelte er davon, um nach jemandem Ausschau zu halten, der seinen Fuß gebührend bewunderte.

Ein anderes von den Standard-Kindern tollte mit dem Hund der Familie im Gras. Die Mutter wandte dem lebhaften Treiben den Rücken zu und ließ sich seufzend auf dem Boden nieder. Dann knöpfte sie sich die hohen Wanderstiefel auf und begann, ihre wehen Füße zu reiben. Missie konnte sich nur zu gut vorstellen, wie sehr ihre Zehen und Fersen schmerzen mußten; ihre eigenen Füße hatten ebenfalls manche wunde Stelle erlitten.

Die Zeit schien dahinzufliegen. Allmählich warf die Sonne längere Schatten, und ein erstes kühleres Lüftchen kam auf. Nach und nach regte sich wieder Leben im Lager. Frau Schmidt hatte ihr Feuer als erste angezündet – aber wenn sie ihre reichlichen Vorräte an Brennholz noch aufbrauchen wollte, würde sie wohl oder übel früh damit anfangen müssen, dachte Missie.

Bald brannten hier und da im Lager mehrere Feuer und erfüllten die Luft mit ihrem Rauch. Missie legte ihr Strickzeug beiseite und stand auf.

Als Willie zum Wagen zurückkehrte, flackerte längst ein munteres Feuer, und im Kessel kochte die Suppe. Missie hatte noch kein neues Maisbrot zu backen brauchen. Der Brotvorrat ihrer Mutter würde noch für ein paar Tage ausreichen, wenn er auch an Frische einbüßen mußte. Heute abend jedoch war das Brot noch knusprig und duftend. Missie biß herzhaft in ihre Scheibe. Henry legte einen gesunden Appetit an den Tag, doch sein Chef stand ihm darin in nichts nach.

„Eigentlich", meinte Missie, „hätten wir eher zwei Milchkühe mitnehmen sollen, anstelle von zweien, die kurz vor dem Kalben stehen."

„Wieso? Hast du Durst auf Milch?"

„Kaffee und Tee schmecken mir am besten, aber sieh doch nur, wie viele Kinder wir im Treck haben! Denen könnte 'ne Tasse Milch hin und wieder nicht schaden." Insgeheim überlegte Missie, daß Milch auch ihr selbst guttun würde, doch darüber schwieg sie sich vorläufig aus.

Willie sah sich im Kreis der Wagen um. Es waren tatsächlich mehrere Kinder und Kleinkinder unter den Mitreisenden.

„Hast recht“, antwortete er. „An Kleingemüse mangelt's uns wirklich nicht! Hast du Frau Collins seit heut' mittag gesehen?“

„Nein. Ich glaube, sie sitzt die meiste Zeit bei den Kindern im Wagen. Wer würde auch schon stundenlang zwei kleine Kinder auf dem Arm tragen wollen? Ich hab' gedacht, vielleicht gehe ich gleich nach dem Essen mal zu ihr rüber und frage, ob sie Wäsche zu waschen hat.“

Willie runzelte die Stirn.

„Du brauchst es aber nicht zu übertreiben mit der nachbarschaftlichen Hilfsbereitschaft! Siehst selbst arg blaß und müde aus.“

„Apropos Nachbarn“, meldete sich Henry zu Wort und stellte den leeren Teller beiseite, „ich mach' eben noch einen kleinen Besuch.“

Damit sprang er auf und trollte sich.

„Mir geht's gut“, versicherte Missie ihrem Mann schnell. „In ein paar Tagen hab' ich mich bestimmt an alles gewöhnt.“

Willie nickte ein halbherziges „Na, hoffentlich“, doch der besorgte Ausdruck war nicht aus seinen Augen gewichen.

„Frau Clay habe ich immer noch nicht kennengelernt“, fuhr Missie fort. „Den ganzen Tag über hab' ich nach ihr gesucht.“

„Sie hat sich bestimmt nicht lange aus dem Wagen hervorgewagt. Ich habe John an der Wasserstelle getroffen. Er hat gemeint, daß ihr die Hitze wohl sehr zu schaffen macht.“

„Was hältst du davon, wenn wir den beiden gleich mal einen Besuch abstatten?“

„Gute Idee! Da werden sie sich freuen.“

Willie nahm die Bibel von dem Schemel neben sich und schlug die Stelle auf, die sein Schwiegervater für sie markiert hatte.

„Fürchte dich nicht, ich bin mit dir …“, las er und hielt inne. „Was bedeutet dir das eigentlich, Missie?“

Während Missie über die Worte des Verses nachsann, begannen ihre Augen zu leuchten.

„Für mich heißt das“, sagte sie langsam, den Blick in die Ferne gerichtet, „daß Gott hier bei uns ist. Ganz nahe! Ach, Willie, wir brauchen ihn doch so sehr! Nicht bloß wegen der langen, gefährlichen Reise – auch für unsere Seele. Er gibt uns Kraft und Mut, denn ohne Gott wär' ich ganz und gar verloren. Daß wir uns von Ma und Pa und den Geschwistern trennen mußten, war schon schwer genug, aber Willie, wenn ich auch ohne Gott hätte losziehen müssen, dann …, dann wäre ich lieber nicht mitgefahren. Niemals! Ich bin ja so froh, daß Er immer bei uns ist. So froh!“

Willie legte den Arm um seine Frau und zog sie an sich. Es dauerte eine Weile, bis er antworten konnte.

„Genau das hab' ich auch gedacht“, sagte er leise. Dann sprach er ein aufrichtiges Dankgebet.

Rebecca Clay

Missie räumte die Essensvorräte wieder in den Wagen, während Willie den Wassereimer am Bach auffüllte. Danach machten sich die beiden auf den Weg zum Wagen der Clays. Zwischendurch blieben sie hier und dort stehen, um ein Wort mit ihren Weggefährten zu wechseln. Missie stellte den Frauen und Kindern, deren Bekanntschaft sie während ihrer Fußmärsche geschlossen hatte, stolz ihren Willie vor, und er wiederum machte sie mit den Männern bekannt.

Als sie den Wagen der Familie Collins erreichten, erbot sich Missie, bei der Wäsche zu helfen, doch Frau Collins meinte, vorerst habe sie noch genug frische Kleidung für ihre Familie. Missie bemühte sich, ihre Erleichterung darüber nicht allzu deutlich zu zeigen. Sie hätte der jungen Mutter von Herzen gern ein wenig geholfen, wenn sie sich nur nicht am ganzen Leib so müde und abgeschlagen gefühlt hätte. Vielleicht ging es ihr ja morgen schon viel besser.

Endlich hatten sie den Wagen der Clays erreicht. Willie begrüßte John und stellte ihm Missie vor. John rief nach Rebecca, die gerade im Wageninneren zu tun hatte. Später wußte Missie nicht zu sagen, wie sie sich die junge Frau eigentlich vorgestellt hatte, doch Rebecca Clay hatte etwas an sich, das ihr sofort gefiel. Mit der Hand schob sie die Plane beiseite und ließ sich behutsam von ihrem Mann vom Wagen helfen. Ihr bleiches Gesicht wirkte noch blutjung und zugleich unendlich müde, doch bei Missies Gruß erhellte ein freundliches Lächeln ihre

Züge. Das lange, kastanienbraune Haar war auf dem Hinterkopf von einem grünen Band zusammengehalten. Ihre Augen hatten einen smaragdgrünen Schimmer. Missie hätte für ihr Leben gern gewußt, ob ihre Farbe Rebeccas Stimmungen folgte. Ihr Lächeln war natürlich und herzlich. Missie fühlte sich auf den ersten Blick zu ihr hingezogen. Rebecca war eine hübsche junge Frau und strahlte echte Herzensgüte aus. Missie wünschte sich nichts sehnlicher, als ihre Freundschaft zu gewinnen.

Sobald die junge Frau sicher auf dem Boden stand, reichte sie Missie die Hand.

„Ich bin Rebecca Clay", sagte sie. „Wie ich mich freue, Sie kennenzulernen!"

„Und ich bin Melissa LaHaye", antwortete Missie. Sie wußte selbst nicht, warum sie sich mit ihrem Taufnamen vorgestellt hatte, doch irgendwie war es ihr wichtig, daß ihre neue Freundin wußte, wer sie wirklich war. „Ich werde aber meistens Missie genannt", fügte sie dann hinzu.

„Und mich nennt jeder Becky."

„So? Das paßt auch gut zu Ihnen", erwiderte Missie lächelnd. Sie nahm Willie bei der Hand. „Das ist mein Mann Willie. Er und Ihr John kennen sich bereits."

„Ja, John hat mir von Ihnen erzählt. Ich wollte Sie beide auch gern kennenlernen, aber ich habe mich in den letzten paar Tagen nicht recht wohl gefühlt. Hoffentlich kann ich auch bald mit den anderen Frauen zu Fuß gehen."

Sie machte eine einladende Handbewegung.

„Aber bitte, nehmen Sie doch Platz! Einen Lehnsessel haben wir zwar nicht gerade anzubieten, aber die glatten Steine dort, die John herangerollt hat, sind gar nicht mal so unbequem!"

Missie stimmte in Beckys fröhliches Lachen ein, als die vier sich jetzt auf den Steinen niederließen. John legte frisches Holz auf das Feuer in der Hoffnung, die Stechmücken damit in sichere Entfernung zu verweisen.

„Und wo soll eure Reise hingehen?" fragte Willie, nachdem sie alle miteinander auf du und du standen. Plötzlich hoffte Missie von ganzem Herzen, daß die Clays zu ihren zukünftigen Nachbarn zählen würden.

„Wir fahren bis Tettsford Junction. Dort machen wir ein paar Tage Rast und fahren dann mit einem anderen Treck in Richtung Nordwesten", antwortete John. „Mein Bruder ist im vorigen Jahr dorthin gezogen. Er schreibt, daß er noch nie so gutes Ackerland gesehen habe. Ich kann's kaum erwarten, bis wir hinkommen. Er schreibt, man brauche das Land nicht mal zu roden. Es ist wie zum Pflügen geschaffen!"

Missie zweifelte ein wenig an diesem märchenhaft klingenden Bericht, obwohl sie ähnliches schon mehrmals gehört hatte. Sie war maßlos enttäuscht darüber, daß es die Clays in eine völlig andere Gegend, als sie und Willie ausgesucht hatten, verschlagen sollte.

„Und ihr?" erkundigte sich John.

„Wir fahren mit dem Gütertreck von Tettsford Junction aus südwärts. Ich habe ein Stück Weideland dort."

„Gefällt's euch im Süden?"

„Traumhaft schön ist es dort! Grüne Berge, blauer Himmel und jede Menge Weidefläche. Bäume gibt's kaum. Unser Tal hat zwar ein paar kleinere Bäume; aber das ist nichts gegen die Wälder im Osten."

„Wo wir hinziehen, soll's überhaupt keine Bäume geben."

„Ich kann mir ein Land ohne Bäume gar nicht vorstellen", sagte Becky leise. Ihre Stimme hatte so sehnsüchtig geklungen, daß Missie nur erahnen konnte, wie sehr sie ihre geliebten Bäume von daheim vermissen würde.

„Wir gewöhnen uns bestimmt ganz schnell daran", sagte sie – auch sich selbst zum Trost.

Becky lächelte.
„Ja, bestimmt. Außerdem werde ich sowieso alle Hände voll zu tun haben. Da wird mir nicht viel Zeit zum Träumen bleiben!“
Die beiden Männer gingen an das vordere Wagenende, um sich das Zaumzeug einmal genauer anzusehen. Eins der Pferde hatte eine wundgescheuerte Stelle an der Schulter, und John war es bisher nicht gelungen, die Riemen auf die richtige Länge einzustellen. Missie und Becky waren für ein paar Minuten unter sich.
„Hast du auch Eltern und Geschwister zu Hause zurücklassen müssen?“ fragte Missie.
„Nur meinen Pa“, antwortete Becky. „Mama starb, als ich fünfzehn war.“
„Du siehst eigentlich jetzt noch kaum älter als fünfzehn aus“, bemerkte Missie.
Becky mußte lachen.
„Alle denken, daß ich noch in den Kinderschuhen stecke! Ich sehe wohl nicht besonders erwachsen aus. Dabei werde ich im Oktober neunzehn.“
Missie war überrascht.
„Viel älter bin ich auch nicht! Wann soll denn dein Kind ankommen?“
„In zwei Monaten. Wir hoffen, daß wir bis dahin in Tettsford Junction sind. Da gibt's nämlich einen Doktor.“
„Ach, wirklich? Ich hätte gar nicht gedacht, daß der Ort so groß ist.“
„Das muß ein regelrechter Verkehrsknotenpunkt da draußen im Westen sein. Fast alle Wagentrecks kommen durch Tettsford Junction und fahren von dort aus in alle Himmelsrichtungen weiter.“
„Schade, daß ihr nicht in unsere Gegend zieht!“ seufzte Missie.
Becky schaute sie geradeheraus an.

„Das habe ich auch gerade gedacht. Mir wäre längst nicht so bange zumute, wenn ich euch in der Nähe wüßte!“

Die beiden Frauen hingen eine Zeitlang ihren eigenen Gedanken nach. Missie zupfte an dem Saum ihres Schultertuchs herum, während Becky ziellos im Feuer herumstocherte.

„Missie“, sagte Becky dann leise, „hast du auch manchmal so entsetzliche Angst?“

Missies Blick blieb gesenkt.

„Vor der Reise nach Westen, meinst du?“

„Ja.“

„Bis jetzt eigentlich noch nicht so arg.“ Sie zögerte. „Willie konnte es ja kaum erwarten, bis es endlich losging, und ich habe mich mit ihm auf den Westen gefreut. Wir sind uns unserer Sache ganz sicher, aber – aber ich habe nicht gewußt, daß der Abschied von meinen Eltern so weh tun würde. Ich hätte nie gedacht, daß man sich innerlich so, so leer fühlen kann.“

Sie sah auf und erwiderte Beckys Blick.

„Ja, wenn ich ganz ehrlich sein soll, habe ich schon ein bißchen Angst.“

„Ich bin froh, daß ich da nicht allein bin! Manchmal komme ich mir vor wie ein richtiges Hasenherz. Hab' aber noch niemandem was davon gesagt, nicht mal John. Ich möchte doch so gern, daß sein Traum Wirklichkeit wird, aber manchmal, manchmal hab' ich Angst, ihm dabei im Weg zu stehen. Wenn ich so arges Heimweh hab', dann kann er doch nie im Westen glücklich werden!“

Missies Augen weiteten sich vor Überraschung.

„Hast du etwa auch Heimweh?“

„Und wie!“

„Sogar ohne eine Mutter, die du daheim lassen mußtest?“

„Vielleicht noch ärger. Pa hat meine Mama so sehr geliebt, daß er's kaum verwinden konnte, als sie starb. Sie war ihm alles, und ... und als ich John kennenlernte, da hab' ich mich Hals über Kopf in ihn verliebt. Meinen Pa habe ich ganz allein zurückgelassen."

Beckys Augen füllten sich mit Tränen. Sie wischte sie hastig von den Wangen und fuhr fort:

„Wenn Mama noch lebte, bräuchte ich mir jetzt nicht solche Sorgen um ihn zu machen. Er fehlt mir so sehr! Ist ein feiner Mensch, Missie; groß und stark, aber tief innen hilflos und allein. Er hat so etwas Sanftes an sich, so etwas verständnisvolles ... Ich weiß nicht, wie ich's erklären soll. Klingt ein bißchen verworren, nicht?"

Jetzt war auch Missie den Tränen nahe. Sie schüttelte den Kopf.

„Überhaupt nicht. Ich kenne nämlich selbst so einen Mann, und der denkt bestimmt so oft an mich wie ich an ihn!"

„Dann fühlst du dich auch manchmal einsam?"

Missie nickte nur.

„Aber mit der Zeit wird's schon besser werden."

„Ach, das hoff' ich auch!" seufzte Missie. „Jeden Tag bete ich darum."

„Glaubst du auch an Gott?"

„Ja! Wenn Gott mir nicht jeden Tag neuen Mut geben würde, weiß ich nicht, wie ich zurechtkommen sollte!"

„Oh, wie mich das freut!" rief Becky. „Gott gibt auch mir täglich neue Kraft. Ich bin von Natur aus nicht besonders tapfer, aber ohne Gott wäre ich ein unbeschreiblicher Angsthase!"

Trotz ihrer Tränen mußte Missie lachen.

„Ich bin ja so froh, daß ich meinen Willie hab'! Er hat genug Mut für uns beide."

„John auch. Er sieht immer nur auf das Gute im Leben. Ach, ich hoffe so sehr, daß ich ihn nicht enttäusche!"

Missie legte ihre Hand auf Beckys Arm.

„Das wirst du schon nicht“, sagte sie zuversichtlich. „Du hast mehr Mut im Leib, als du dir selbst zutraust. Sonst wärst du doch gar nicht hier!“

„Wenn du da bloß recht hättest, Missie!“

„Fürchtest du dich auch wegen des Babys?“

„Ja, ein wenig schon – aber diese Gedanken schiebe ich lieber weit weg. Ich bin halt meistens müde, und von der heißen Sonne und dem Rumpeln und Schaukeln auf dem Wagen wird mir manchmal übel. Wenn ich erst größere Wegstrecken zu Fuß gehen kann, fühle ich mich bestimmt besser.“

„Gib acht, daß du dich in der ersten Zeit unterwegs nicht übernimmst!“

„John meint, daß das Laufen mir guttun wird. Er sagt, ich brauche viel frische Luft und Bewegung. Seine Mutter hat neun Kinder zur Welt gebracht und hat sich nie auch nur einen Tag lang unterkriegen lassen.“

„Dreimal Hoch für Johns Ma!“ hätte Missie am liebsten gerufen, doch statt dessen sagte sie nur: „Wir haben übrigens eine Hebamme im Treck. Sie hat schon unzählige Kinder in die Welt geholt. Sie kann dir bestimmt sagen, ob du dich wirklich zum Laufen zwingen sollst.“

„John sagte auch schon was von einer Hebamme, aber ich habe sie noch nicht kennengelernt.“

„Du wirst sie gleich mögen. Sie hat ein goldenes Herz! Ich bringe sie mal zu dir, wenn du möchtest.“

„Würdest du das für mich tun, Missie? Ich habe mich bisher einfach zu miserabel gefühlt, um mich unterwegs aus dem Wagen zu trauen. Dabei habe ich doch tausend Fragen. Wenn ich meine Mama noch hätte, dann ...“ Wieder mußte sich Becky eine Träne aus dem Augenwinkel wischen.

„Ich bring’ Frau Kosensky gleich morgen zu dir“, versprach Missie.

Beide Frauen schwiegen, bevor Missie fortfuhr:

„Als wir abfuhren, Willie und ich, da hat mein Pa uns einen ganz besonderen Bibelvers mit auf die Reise gegeben. Ich möchte ihn gern an euch weitergeben. Er steht in Jesaja und heißt so: ‚Fürchte dich nicht, ich bin mit dir, weiche nicht, denn ich bin dein Gott. Ich stärke dich, ich helfe dir auch, ich halte dich durch die rechte Hand meiner Gerechtigkeit.' Das ist ein ganz wunderbares Versprechen, und Gott meint es ernst damit. Er ist immer bei uns, ganz gleich, wo wir auch sein mögen."

„Danke, Missie. Das hat mir gutgetan! Wenn du morgen vorbeikommst, würdest du mir diesen Vers in der Bibel zeigen? Jetzt ist's schon zu dunkel, aber ich möchte so gern wissen, wo er geschrieben steht, damit ich ihn immer wieder selbst lesen kann. Denkst du wohl daran?"

„Aber gern!"

Die Männer waren zu den Pferden gegangen, um etwas von Willies Wundsalbe auf die wehe Schulter des Schwarzen zu streichen. Die Stille, die auf Missies Worte folgte, wurde nur von dem Knistern des Feuers unterbrochen.

Wie gern hätte Missie ihr freudiges Geheimnis mit Becky geteilt! Doch Willie sollte es zuerst erfahren. Sie mußte es ihm einfach bald sagen. Es war nicht recht, es ihm vorzuenthalten. Wenn er sich nur nicht so sorgen würde! Und wenn sie doch diese bleierne Müdigkeit abschütteln könnte! Aber sie war dankbar, daß ihr die morgendliche Übelkeit, unter der so viele Schwangere litten, bisher erspart geblieben war.

„Ich hab' dir vorhin nicht die ganze Warheit gesagt, Missie", unterbrach Becky ihre Gedanken. „Ich habe furchtbare Angst vor der Geburt ... und daß vielleicht doch kein Doktor in der Nähe sein könnte ... und auch, weil ich mich so elend fühle. Ich verstehe überhaupt nichts vom Kinderkriegen, Missie, noch von der Säuglingspflege. Der Gedanke, das Baby mitten in der Prärie zur Welt zu bringen, verursacht mir geradezu Alpträume, aber John sagt immer ..." Sie sprach nicht zu Ende, sondern schüttelte nur verzweifelt den Kopf.

Missie zögerte keine Sekunde, ihre Freundin zu trösten.

„Und John hat recht. Dein Kind erblickt ganz bestimmt in einem gemütlichen Zimmer in Tettsford in Gegenwart eines Doktors das Licht der Welt. Aber selbst wenn's ein bißchen früher kommen sollte, haben wir immer noch Frau Kosensky, eine bessere Hebamme kannst du dir gar nicht wünschen, sollst mal sehen. Sie wird dich schon zu beruhigen wissen. Ich bringe sie zu dir, sobald ich kann."

Becky zwang sich zu einem Lächeln.

„Dank' dir, Missie. Liebe Güte, du mußt mich für 'ne richtige Heulsuse halten – anstatt mich auf unser Kind zu freuen, jammere ich dir nur was über meine Ängste vor. Ich freue mich darauf, diese Frau Ko ... Ko ... – wie heißt sie doch gleich? – kennenzulernen. Vielleicht kann sie mich wieder zurechtbringen, so daß ich öfter mal mit dir zu Fuß gehen kann. Mir schmerzt jeder Knochen im Leib nach dieser holprigen Wagenfahrt!"

Sie lächelte und stand auf.

„Die Männer kommen wahrscheinlich gleich wieder. Sie werden sicher auch gern eine Tasse Kaffee trinken."

Unterwegs

Am Samstag abend berief Herr Blake eine Zusammenkunft der Reisenden ein.

„Das Leben im Treck kann gelegentlich ein bißchen langweilig werden“, sagte er ohne Umschweife. „Wenn einer von Ihnen irgendein Instrument spielt, ganz egal, welches, holen Sie’s nur hervor. Ein wenig Abwechslung könnte uns allen nicht schaden.“

So stellte sich heraus, daß Henry Gitarre spielte und Herr Weiss eine abgegriffene Fiedel besaß. Man versammelte sich zum geselligen Liederabend um ein großes Lagerfeuer, und jedermann stimmte kräftig mit ein. Die Kinder hüpften sogar im Takt zu der Melodie.

Herr Weiss entlockte seiner alten Fiedel die lustigsten, mitreißendsten Klänge, und auch Henry erwies sich als tüchtiger Musikant. Zudem hatte Henry eine wohlklingende Singstimme und kannte eine ungeahnte Anzahl an Volksliedern auswendig, die er eins ums andere anstimmte. Missie genoß den fröhlichen Reigen in vollen Zügen. Henry war seine Beköstigung wert, dachte sie schmunzelnd, und beschloß, stets eine Extraportion für ihn bereitzuhalten.

Viel zu bald erhob sich Herr Blake und gebot Ruhe.

„Vielen Dank, ihr Männer! War ’n netter Abend! Jetzt ist’s aber Zeit für den Zapfenstreich. Sehen Sie nur die Stechmücken! Sie scheinen heute abend besonders durstig zu sein.“

Er schlug mit der Hand nach den lästigen Insekten über seinem Kopf.

„Morgen ist Sonntag. Wir legen einen Ruhetag ein und ziehen erst am Montag weiter. Ich bin wahrhaftig kein frommer Mann, aber so eine Rast hin und wieder muß einfach sein. Auch die Tiere brauchen eine Pause. Diejenigen, denen was an der Religion liegt, wollen vielleicht einen kleinen Gottesdienst veranstalten. Das überlass' ich Ihnen selbst. Ich werde indessen morgen an den Bach da unten gehen; will doch mal sehen, ob ich die Fische zum Anbeißen bewegen kann. Also, wer von Ihnen hätte denn gern einen Gottesdienst?"

Mehrere Hände gingen in die Höhe.

„Gut", sagte Herr Blake. „Klein, kann ich Ihnen das Kommando dafür übertragen?"

Henry nickte, und das Beisammensein wurde aufgelöst.

Bevor er zu Bett ging, machte Henry eine letzte Runde durch das Lager, um den Gottesdienst ein wenig vorzubereiten. Einige der Mitreisenden waren an einer solchen Zusammenkunft nicht interessiert, doch die meisten sagten ihre Teilnahme zu.

Willie sollte die Lesung des Bibeltextes übernehmen; Henry selbst würde das gemeinsame Singen leiten, und Herr Weiss erklärte sich gern dazu bereit, die Choräle auf seiner Fiedel zu begleiten.

Am nächsten Morgen ging die Sonne strahlend und warm auf. Der Gottesdienst war für neun Uhr festgesetzt worden, um der glühenden Mittagshitze zuvorzukommen. Die kleine Gemeinde versammelte sich im Schatten einer Baumgruppe am Bach, wo Willie und Henry Baumstämme als Sitzgelegenheiten herangerollt hatten.

Zu Beginn ihres Gottesdienstes wurden Choräle gesungen. Henry stimmte sie mit seinem klaren Bariton an. Kathy Weiss lehrte die eifrigen Sänger ein einfaches neues Lied, das dank seiner eingängigen Melodie jeder schnell mitsingen konnte. Manch einer klatschte fröhlich den Takt dazu.

Schließlich gebot Henry Einhalt und bat Herrn Weiss, das Gebet zu sprechen. Sein schlichtes Beten erinnerte Missie wieder an die Andachten daheim.

Danach wurde zum Austausch und Zeugnis aufgerufen. Einer nach dem anderen erhob sich, um dankbar von seinen Erlebnissen mit Gott zu berichten. Die meisten hatten Gottes Führung, seine Kraft und seine Hilfe in Zeiten der Not und des Zweifels erfahren. Missie und Becky lächelten einander vielsagend zu.

Nachdem der letzte Sprecher sich wieder gesetzt hatte, verlas Willie mehrere Bibelverse. Jeder hörte aufmerksam zu, als Willie bewegt mehrere Verheißungen Gottes an sein Volk las. Als er seine Bibel wieder zuschlug, ging ein „Amen!" durch die Reihen.

Der Gottesdienst hatte allgemein großen Anklang gefunden. Die Teilnehmer schüttelten Henry im Anschluß daran die Hand und dankten ihm dafür, daß er ihn so eindrucksvoll gestaltet hatte. Einige schlugen sogar vor, am Abend noch eine Liederrunde am Lagerfeuer zu veranstalten, und so geschah es dann auch.

Die Gottesdienste und Liederabende am Sonntag erfreuten sich bald größerer Beliebtheit bei den Reisenden als das gesellige Beisammensein am Vorabend. Im Verlauf der folgenden Wochen wuchs die kleine Gemeinde; viele von denen, die anfangs ablehnend gewesen waren, wuschen sich nun Hände und Gesicht und zogen saubere Kleidung an, um der Einladung zum Gottesdienst zu folgen. Missie und Willie freuten sich von Herzen darüber. Dieser Tag der Ruhe schien ihnen allen gutzutun.

Herr Blake jedoch ging sonntags nach wie vor seine eigenen Wege. Er verbrachte seine freien Stunden mit Jagen oder Angeln; manchmal ruhte er sich auch einfach im Schatten aus. Eines Sonntags jedoch hielt er sich in der Nähe des Lagers auf, und Missie bemerkte, wie er dem Gottesdienst von seinem Wagen aus aufmerksam zuhörte.

Beschwerliche Strecken

Die Tage wurden zu Wochen. Selbst das Wetter wurde mit der Zeit eintönig. Tag für Tag brannte die Sonne vom Himmel, und nur gelegentlich brachte ein Regenschauer eine willkommene Abkühlung.

Allmählich gewöhnten sich die Reisenden an das Schaukeln der Wagen und die beschwerlichen Fußmärsche. Ihre Glieder schmerzten abends längst nicht mehr so arg wie am Anfang, und die Blasen an den Händen der Männer waren verheilt. Einige der Pferde hatten gelahmt, doch die Wagenführer waren umsichtig auf das Wohl ihrer Tiere bedacht.

Die Familie Wilbur war durch ein krankes Pferd gezwungen worden, die Reise in den Westen vorzeitig abzubrechen. Herr Blake leitete den Treck etwa zwei Meilen von der Wegstrecke um, wo die junge Familie bei einem kleinen Außenposten der Armee abgeliefert wurde. Der Sergeant versprach, einige seiner Männer mit Herrn Wilbur zu dem verlassenen Wagen zu schicken, um Pferde und Wagen sicher in das Fort zu geleiten. Sobald wie möglich sollten die Wilburs dann zum nächsten Ort gebracht werden. Missie hätte vor Mitleid weinen mögen, als sie die grenzenlose Enttäuschung in den Gesichtern des jungen Paares sah. Der Treck zog weiter, doch sie mußten allein zurückbleiben. Alle ihre Hoffnungen und Träume waren mit einem Schlag zunichte gemacht worden.

Dies war aber nicht das einzige Mißgeschick der Reise: eins der Page-Kinder hatte sich beim Spielen am Feuer ein paar Brandwunden zugezogen; Herr Weiss war von einem Pferd, dessen Hufeisen er gerade erneuern wollte, getreten worden; Frau Crane hatte sich in ihrem modischen Schuhwerk den Fuß böse verstaucht, und einige der kleineren Kinder hatten entzündete Moskitostiche. Aufs Ganze gesehen hatte man sich jedoch recht gut an das Vagabundenleben zu Wagen und auf Schusters Rappen gewöhnt.

Allmählich nahm die Landschaft ein anderes Aussehen an. Missie rätselte, was es eigentlich genau war, das ihr so neu und fremdartig erschien. Die Bäume waren kleiner und irgendwie anders als die daheim. Auch die Hügel und Berge hatten wenig Ähnlichkeit mit denen in ihrer Heimat. Vielleicht lag es auch an den niedrigen Sträuchern, die den Erdboden bedeckten.

Diese Fremdartigkeit brachte Missie immer deutlicher zum Bewußtsein, daß sie sich mit jedem Schritt weiter von ihrer Heimat und all ihren Lieben dort entfernte. Das Gefühl der Einsamkeit und des Heimwehs war ihr inzwischen zum vertrauten Begleiter geworden. Manchmal mußte sie sich auf die Lippen beißen, um ihre Tränen zurückzuhalten. Aber sie wollte sich zusammennehmen und mehr beten, nahm sie sich vor. Während sie zu Fuß ging, kochte oder aufwusch, sagte sie sich immer wieder den Vers aus Jesaja vor. Solange sie alle Hände voll zu tun hatte, würde sie keine Zeit für Rührseligkeiten finden, überlegte sie. Deshalb hielt sie sich tagein, tagaus beschäftigt.

Missie besuchte Becky oft in ihrem Wagen. Frau Konsensky hatte sie ihr längst vorgestellt. Die Hebamme hatte Becky davon abgeraten, länger als unbedingt notwendig auf den Beinen zu sein. Becky fügte sich gehorsam, wenn es ihr auch manchmal schwerfiel.

Missie fand auch häufig Gelegenheit, Frau Collins bei der Beaufsichtigung ihrer Kinder zur Hand zu gehen. Die kleine Meggie nahm sie hin und wieder zu Becky mit, damit die junge werdende Mutter sich in der Säuglingspflege üben konnte.

So tapfer sie sich auch dagegen wehrte, Missie konnte sich ihrer Sehnsucht nach daheim nicht erwehren. Jeden Tag wanderten ihre Gedanken zu ihren Lieben in der Ferne. „Heute fährt Pa wieder in die Stadt", dachte sie dann, oder: „Heute flattert Mamas schneeweiße Wäsche in der Sonne zum Trocknen." „Jetzt steigen sie alle in den Wagen und fahren zum Gottesdienst in die kleine Holzkirche, wo Pastor Joe predigt." Ihr Schwager Joe würde eine einfache, aber eindringliche Predigt halten, und die Gemeindeglieder würden innerlich bereichert wieder nach Hause gehen.

Und so vergingen die Tage und Wochen. Äußerlich reiste Missie mit ihren Weggefährten westwärts, doch ihre Gedanken waren daheim bei ihren Eltern und Geschwistern.

Eines Abends, als sie das Essen kochte, stellte sie überrascht fest, daß sie jetzt schon fast vier Wochen lang unterwegs waren. In mancher Hinsicht war ihr die Reise wie eine Ewigkeit erschienen, doch zugleich meinte sie manchmal, der Abschied von der Heimat sei erst gestern gewesen. Wenn aber tatsächlich schon vier Wochen vergangen waren, warum hatte ihre Sehnsucht dann noch nicht nachgelassen? Die Zeit, so hatte sie immer geglaubt, heilte doch alle Wunden. Wie lange sollte es noch dauern, bis sie wieder richtig froh sein konnte?

Mit jedem Tag, an dem Missies Glieder weniger schmerzten, nahm das Heimweh zu. Wie sie sich danach sehnte, ihre Mutter zu umarmen und die Hand ihres Vaters auf ihrer Schulter zu spüren! Und wie sehr vermißte sie ihre Geschwister: Clare und Arnie, die beiden Spaßvögel der Familie, und Ellie, ihre jüngere Schwester, die im Eiltempo heranwuchs. Und dann der kleine, anhängliche Luke. „Ach, lieber himmlischer Vater“, betete sie immer wieder, „mach mich doch stärker, daß ich's ertragen kann!“

Sie setzte alles daran, ihren Kummer vor Willie zu verbergen, doch bemerkte sie dabei nicht einmal, daß sie ihm gegenüber auf diese Weise still und ausweichend geworden war. Oft spürte sie Willies forschenden Blick auf sich. Er sorgte sich um sie: daß sie auch nur ja genug Schlaf bekam und ordentlich aß und nicht zu schwer arbeitete.

Wenn sie ehrlich war, mußte Missie sich außerdem eingestehen, daß sie sich gar nicht so recht wohl fühlte. Neben ihrem Heimweh litt sie immer häufiger an Übelkeit und Mattigkeit. Doch auch das verbarg sie noch immer vor Willie. „Dazu ist's einfach noch zu früh“, sagte sie sich. „Willie würde keine ruhige Minute mehr haben!“ Die Kluft jedoch, die sich zwischen ihr und ihrem Mann auftat, wurde immer größer, und das stimmte sie noch trauriger.

In eintöniger Gleichförmigkeit verstrich ein Tag nach dem anderen. Die LaHayes gehörten zu den Frühaufstehern des Trecks. Missie stellte das Frühstück für Willie und Henry bereit, während die beiden Männer die Tiere mit Wasser und Futter versorgten. Nach dem Frühstück luden sie das Kochgeschirr, die Schemel und Decken wieder auf den Wagen und warteten auf das Signal zur Abfahrt. Gegen Mittag legte der Treck dann eine kurze Pause ein, und Missie kochte eine einfache Mahlzeit.

Abends, wenn der Wagenzug zum Übernachten angehalten hatte, mußte das Feuer angezündet, das Essen gekocht und das Geschirr abgewaschen werden. Der Vorrat an frischen Lebensmitteln war inzwischen nahezu aufgebraucht, so daß Missie auf die Trockenwaren und das Eingemachte von daheim angewiesen war. Der eintönige Speisezettel war Missie bald zum Überdruß geworden.

Ob Willie und Henry wohl ein ebenso großes Verlangen nach frischem Brot und Gemüse verspürten? Ein Königreich für den reichgedeckten Tisch ihrer Mutter!

Die Länge der Wegstrecken, die Missie täglich zu Fuß zurücklegte, richtete sich nach der Geländebeschaffenheit und der Hitze. Becky Clay wagte sich nur noch selten aus ihrem Wagen hervor. John drängte sie längst nicht mehr zum Laufen an der frischen Luft; er hatte einsehen müssen, daß nicht alle Frauen die robuste Gesundheit seiner Mutter besaßen.

Mit der Zeit lernten die Reisenden sich gegenseitig immer besser kennen. Für viele war das ein Gewinn. Frau Standard und Frau Schmidt hatten Freundschaft geschlossen und hofften, in ihrer neuen Heimat Nachbarinnen zu werden.

Auch Kathy Weiss und Tillie Crane freundeten sich miteinander an, wenn Kathy auch manche Stunde mit Anna, dem ältesten der Standard-Mädchen, verbrachte. Anna und Tillie wiederum hatten wenig miteinander gemeinsam, so daß sie sich zumeist aus dem Weg gingen. Frau Standard ihrerseits schien Kathy zu mögen und behandelte sie wie eine ihrer eigenen Töchter. Missie mußte oft denken, daß Frau Standard, wenn Not am Mann war, bestimmt die ganze Welt unter ihre Fittiche nehmen würde.

Auch Henry war ein gerngesehener Gast am Lagerfeuer der Standards. Missie fragte sich, ob es eine der Töchter war, die diese Anziehungskraft auf ihn ausübte, oder die mütterliche, fürsorgliche Art von Frau Standard. Henrys eigene Mutter war gestorben, als er noch ein Säugling war. Eine richtige Mutter hatte er nie gekannt.

Aber nicht nur Freundschaften wurden auf dieser Reise geschlossen. Es traten auch Spannungen auf. Frau

Thorne marschierte stocksteif geradeaus, ohne ihren Weggefährtinnen besondere Beachtung zu schenken. Um das Lagerfeuer der Thornes ging es abends still zu; niemals baten sie einen ihrer Mitreisenden, sich zu ihnen zu gesellen.

Jedermann schien die geschwätzige Frau Page zu meiden, doch sie hatte eine Art, unvermutet aus dem Nichts aufzutauchen, daß man sich ihr nicht entziehen konnte, ohne ausgesprochen grob zu wirken. Frau Page hätte sich selbst mit einem Kaktus angefreundet, wenn er Ohren gehabt hätte – doch nicht einmal sie hegte uneingeschränktes Wohlwollen gegen alle Mitreisenden.

Wie es nun seinen Anfang genommen hatte, wußte Missie nicht zu sagen, doch war es offensichtlich, daß zwischen Frau Page und Frau Tuttle eine erbitterte Feindschaft entstanden war. Frau Tuttle war Witwe und hatte mit ihrem Bruder zusammen die Heimat verlassen. Im Gegensatz zu Frau Page hatte sie im allgemeinen wenig zu sagen, doch ihre Worte waren geradezu ätzend. Die gesprächige Frau Page genoß es nun, sich in langen Abhandlungen über jedes nur erdenkliche Thema zu ergehen – besondern aber über den Grund für Frau Tuttles Reise nach Westen. Wenn man Frau Page Glauben schenken wollte, so wartete ein Pelzjäger, der ihr brieflich einen Heiratsantrag gemacht hatte, am anderen Ende der Reisestrecke auf Frau Tuttle. „Der weiß ja nicht, was ihm blüht“, spottete Frau Page. „Das kommt davon, wenn man die Katze im Sack kauft! Wenn der erst sieht, was er sich da eingehandelt hat, dann ist's aus mit den süßen Worten!“ Und so ging es hin und her zwischen den beiden Kampfhähnen.

Die meisten Attacken dieses Kleinkriegs wurden per Boten ausgetragen: „Sagen sie Jessie Tuttle, sie soll sich in acht nehmen, daß ihr Gesicht keinen Sprung kriegt, wenn sie aus Versehen mal lächeln sollte! Nicht mal 'n

Pelzjäger nimmt eine mit Scherben überm Kragen zur Frau!“

„Sie können Frau Page ruhig ausrichten“ – Jessie Tuttle war weit darüber erhaben, Frau Page bei ihrem Vornamen anzureden –, „daß an ihrem Gesicht längst nichts mehr zu retten ist. Der Korken ist ihr ja in der Wiege schon aus dem Mund gefallen!“

Selbstverständlich überbrachte niemand der Angesprochenen die Botschaft an die Empfängerin. Die beiden Kontrahentinnen schleuderten ihre giftigen Bemerkungen stets laut und deutlich in Hörweite der Feindin von sich. Die Wortgefechte waren im Grunde eine harmlose Angelegenheit; sie brachten allenfalls ein wenig Abwechslung in das eintönige Dasein der Mitreisenden. Es gab sowieso selten genug etwas, worüber man sich amüsieren konnte, so daß selbst ein Gezänk wie dieses willkommene Unterhaltung bot.

Hin und wieder wurde eine Versammlung der Erwachsenen einberufen, bei der der Treckleiter die Gruppe über die Wegstrecke unterrichtete, neue Anweisungen gab oder ungewöhnliche Umstände erklärte. Auch diese Zusammenkünfte wurden als Unterbrechung der täglichen Eintönigkeit begrüßt.

Wieder einmal hatte Herr Blake eine Versammlung einberufen. Er berichtete, daß er mit dem bisherigen Verlauf der Reise höchst zufrieden war. Alles hatte sich genau nach Plan entwickelt. Als nächstes galt es nun, den breiten Strom, der vor ihnen lag, zu überqueren. Wenn weiterhin alles reibungslos vonstatten ging, würden sie die Furt in vier Tagen erreicht haben. Er rechnete mit einem niedrigen Wasserstand, was das Überqueren wesentlich erleichtern würde. Nur durch schwere Regenfälle könne das Unternehmen gefährdet werden, sagte Herr Blake, doch das Wetter war in den letzten Wochen außergewöhnlich klar und trocken gewesen. Wenn sie erst den Großen Fluß, wie die Indianer ihn nannten, hinter sich gelassen hätten, wären keine großen Hindernisse mehr zu überwinden.

Die Worte des Treckleiters versetzten die ganze Gruppe geradezu in Hochstimmung, doch Missie konnte sich nicht recht mitfreuen. Tief in ihrem Herzen hegte sie den geheimen Wunsch, daß der Fluß nicht zu überqueren wäre und Willie sich zur Rückkehr entschließen würde.

Willie dagegen war hellauf begeistert. Bei dem Lagebericht des Treckführers hatte er aus voller Kehle in die Hurrarufe der anderen mit eingestimmt. Nur eine Handvoll Frauen war stumm geblieben; unter ihnen Missie, Becky, Sissie Collins und Tillie Crane.

Auf dem Weg zu ihrem Wagen war Missie recht still, doch Willie war zu aufgeregt, um das zu bemerken.

„Stell dir bloß vor", rief er, „nur noch vier Tage, und wir sind über den Großen Fluß! Dann geht's erst richtig los!"

Missie nickte und rang sich ihrem Mann zuliebe ein Lächeln ab.

„Sag mal, du sorgst dich doch nicht immer noch um Becky, oder?" suchte Willie nach dem Grund für Missies plötzliche Zurückhaltung.

„Doch – ein bißchen", antwortete Missie. Das war immerhin nicht gelogen, sagte sie sich, und eine willkommene Ausflucht.

„Irgendwas macht dir doch zu schaffen, Missie, nicht wahr? Ich hab's dir schon seit langem angemerkt. Fühlst du dich nicht wohl, Liebes?"

Tiefe Besorgnis spiegelte sich in seinen Augen. Missie wußte, daß sie ihm eine aufrichtige Antwort schuldete. So hatte sie sich diesen Moment eigentlich nicht vorgestellt. Sie hatte davon geträumt, es ihm eines Abends in der Stille ihres Wagens zu sagen. Statt dessen wanderten sie nun inmitten ihrer Reisegefährten auf einem staubigen, unebenen Pfad. Sie würde so leise wie möglich sprechen müssen, um nicht von den anderen gehört zu werden, doch der Zeitpunkt war endgültig gekommen. Jetzt gab es keine Ausflüchte und Vorwände mehr.

„Ich – ich hätte es dir schon längst sagen sollen, Willie, aber ich habe einfach nie die passende Gelegenheit dazu gefunden“, sagte sie ruhig. Sie holte tief Luft. „Willie ... wir kriegen auch ein Kind.“

Willie blieb stehen und nahm Missie bei den Schultern. Sein Gesicht war plötzlich sehr ernst und nüchtern.

„Wirklich?“

„Ja, Willie.“

„Bist du ganz sicher?“

„Ja.“

Einen Moment blieb Willie schweigend stehen. Dann schüttelte er langsam den Kopf.

„Ich weiß nicht, ob Treckreisen und Babys sich vertragen.“

Für den Bruchteil einer Sekunde hoffte Missie inständig, daß Willie sich jetzt endlich zur Rückkehr bewegen ließe, doch im gleichen Augenblick machte sie sich Vorwürfe wegen ihrer Selbstsucht. Sie versuchte ein Lächeln.

„Komm schon, Willie, mach dir deshalb nur keine Gedanken. Bis das Kind ankommt, sind wir längst auf deinem Landstück!“

„Meinst du wirklich?“

„Sicher! Wir werden schließlich keine Ewigkeiten mehr unterwegs sein, oder?“

Da wich der besorgte Ausdruck auf Willies Gesicht einer unbändigen Freude, und aus Leibeskräften schrie er: „Hurra!!!“ Missie konnte ihn gerade noch davon abhalten, das süße Geheimnis für jedermann hörbar auszuposaunen. Willie verstummte und nahm sein Frauchen stürmisch in die Arme. Eine Welle der Erleichterung durchflutete sie. Er freute sich! Ach, wie hatte sie nur die geringsten Zweifel daran haben können!

Sie wußte selbst nicht, warum sie am liebsten in Tränen ausgebrochen wäre. Eine Zentnerlast fiel von ihr ab, jetzt, da sie Willie endlich alles gesagt hatte und sich in seinen starken Armen geborgen wissen durfte. Es war ja so dumm von ihr gewesen, ihm das große Geheimnis vorzuenthalten! Aufs neue überwältigt von ihrer Liebe zu ihm, wäre sie auf der Stelle mit ihm bis ans Ende der Welt gezogen.

Sie lachten und weinten und hielten einander fest umschlungen. Willie küßte ihre Stirn ein ums andere Mal. Ihre Reisegefährten hatten sie längst überholt und die Wagenburg erreicht.

Als Willie sich wieder gefaßt hatte, sprudelten die Worte nur so aus ihm heraus:

„Deshalb warst du also die ganze Zeit so bedrückt! Von jetzt an geben wir aber besser auf dich acht. Du brauchst mehr Schlaf und bessere Kost. Ich besorge uns öfter mal frisches Fleisch. Du mußt aufpassen, daß du dich nicht übernimmst, hörst du? Ich hatte ja solche Angst, Missie, daß du dir's vielleicht anders überlegt hast ..., daß du gar nicht mit mir in den Westen willst ... oder daß du mich am Ende nicht mehr liebhast ... oder daß du ganz arg krank bist ... oder ... oder ... Ach, ich hab' tausend Nöte ausgestanden. Tag und Nacht hab' ich gebetet, und dabei ..."

Missie hatte nichts davon geahnt, wie schwer ihre Mattigkeit und ihr unausgesprochenes Heimweh auf Willie gelastet hatten. Nie wieder würde sie ihm etwas verheimlichen!

„Willie, das tut mir so leid", flüsterte sie. „Ich wußte ja nicht, was da alles in dir vorgegangen ist. Bitte verzeih mir!"

„Schon gut, Liebling! Es war ja nicht dein Fehler. Ich bin so froh – bloß, daß du dich nicht so recht wohl fühlst, das gefällt mir nicht. Wir werden dich von jetzt an richtig verwöhnen. Dazu haben wir schließlich allen Grund!"

„Willie, ich bin so froh, daß du dich mit mir freust, aber …“ Doch da unterbrach er sie wieder und zog sie erneut an sich.

„Jetzt wird alles gut, Missie. Bestimmt fühlst du dich bald besser. Wir statten Frau Kosensky einen Besuch ab. Du mußt dich mehr ausruhen. Bald geht's dir besser, sollst mal sehen!“

„Willie – da ist aber noch etwas. Es stimmt schon, daß mir ein wenig flau zumute war, aber ich glaube, viel ärger als das war mein Heimweh. Ich habe solche Sehnsucht nach Ma und Pa gehabt, und …“ Ihre Worte erstickten in Tränen.

Willie hielt sie fest in seinen Armen und strich ihr über das Haar.

„Warum hast du mir das denn nie gesagt?“ fragte er schließlich. „Ich hätte dich verstanden. Ich vermisse doch auch meine Eltern und Geschwister. Deine Sehnsucht hätte ich dir vielleicht nicht abnehmen können, aber geteilt hätte ich sie mit dir!“ Er umschloß ihr Gesicht mit beiden Händen und küßte sie zärtlich. „Ich habe dich so lieb, mein Schatz!“

Warum war sie nur so dumm gewesen und hatte ihren Kummer für sich behalten? Wie hatte sie nur meinen können, Willie würde kein Verständnis für sie haben? Sie hätte ihm längst ihr Herz ausschütten sollen, und er hätte sie liebevoll getröstet. In seinen Armen ließ sie ihren Tränen jetzt freien Lauf, bis sie versiegt waren. Endlich konnte sie ihn wieder ansehen und wagte ein Lächeln.

Willie gab ihr einen Kuß auf die Nasenspitze und drückte sie noch einmal an sich.

„Augenblickchen mal“, sagte er dann plötzlich, „gehört diese kleine Mama nicht langsam ins Bett? Ab jetzt gehen wir früher schlafen, Madame. Und mit dem Laufen und der Arbeit bist du mir auch ein bißchen vorsichtiger.“

„Aber Willie!“ protestierte Missie. „Das Laufen ist

doch längst nicht so anstrengend wie dieser olle, rumpelige Wagen!"

„Meinst du wirklich?"

„Bestimmt! Schließlich haben wir nicht gerade eine feingefederte Herrschaftskutsche, weißt du."

Willie lachte und nahm sie bei der Hand. Gemeinsam gingen sie auf die Wagenburg zu.

„Gib acht auf die Stufen", mahnte er, als er ihr auf den Wagen half.

„Also ehrlich, Willie!" lachte Missie entrüstet. Nun, sie würde sich wohl daran gewöhnen müssen, von jetzt an wie ein rohes Ei behandelt zu werden. Vielleicht würde sich das halbwegs ertragen lassen, wenn Willie es nur nicht übertrieb. Schmunzelnd stieg sie unter der Plane hindurch ins Wageninnere.

Regen

In bester Stimmung wachte Willie am nächsten Morgen auf, um einen neuen Tag zu begrüßen. Er streifte sein graues Wollhemd über den Kopf und steckte die Zipfel in seine Drillichhose. Sollte es heute wieder so heiß werden, dann würde er das wollene Hemd gegen ein leichteres aus Baumwolle vertauschen, nahm er sich vor. Er zog die Hosenträger über die Schultern und schnallte sie fest. Am Eingang blieb er stehen, um die wadenhohen Lederstiefel anzuziehen. Als er sich dann auf den Weg zu den Pferden machte, war sein Schritt beschwingter und sein Pfeifen fröhlicher als gewöhnlich. Die Aussicht, Vater zu werden, versetzte ihn geradezu in Hochstimmung. Dazu beflügelte ihn der Gedanke, daß sie nur noch vier Tage vom Großen Fluß trennten. Für Missie jedoch bedeuteten diese vier Tage die letzte Gelegenheit zur Umkehr. Danach würde sie von ihrer Heimat so gut wie abgeschnitten sein.

Willie zuliebe bemühte sie sich, ihren Schmerz abzuschütteln, und begann ihre morgendlichen Essensvorbereitungen mit dem festen Entschluß, den Tag frohgestimmt zu beginnen. Vielleicht würde sie auch heute endlich den richtigen Zeitpunkt finden, Becky in ihr Geheimnis einzuweihen. Dann konnten sie sich gemeinsam auf die Geburt ihrer Kinder freuen!

Willie hielt das Gespann an diesem Vormittag häufig an, um Missie vom Wagen zu lassen, doch nur, um sie kurz darauf wieder zu ermahnen, sich beim Laufen nur nicht übermäßig anzustrengen. Sie nahm es gutmütig hin und fuhr auf dem Kutschbock mit, sooft er es vorschlug. Es hätte ihr nicht das Geringste ausgemacht, den ganzen Vormittag über zu Fuß zu gehen, doch sie wollte Willie nicht unnötig beunruhigen.

Am Nachmittag zogen plötzlich dunkle Gewitterwolken auf. Der ganze Wagentreck schien vor Spannung den Atem anzuhalten. Es war bald abzusehen, daß mehr als nur ein kurzer Regenschauer auf sie zukam. Jedermann hoffte inständig, daß das Unwetter nicht allzu lange andauern würde. Selbst die Tiere schienen den herannahenden Sturm zu spüren; sie waren längst, bevor die ersten Blitze und Donnerschläge fielen, unruhig und nervös.

Dann fielen die ersten schweren Regentropfen klatschend auf die Planen hernieder. Die Frauen und Kinder suchten im Wageninneren Unterschlupf, während die Männer sich feste Drillichjacken überstreiften und die Pferde durch Wind und Wetter vorantrieben.

Immer heftiger tobte der Sturm. Von der dunklen, schweren Wolkendecke peitschte der Regen auf Mensch und Vieh herunter. Bald mußten die Gespanne sich ihren Weg durch knöcheltiefen Schlamm bahnen. Diejenigen unter den Reisenden, die zusätzliche Pferde oder Ochsen mit sich führten, spannten sie zu den Zugpferden vor die Wagen.

Die Treckbegleiter ritten an die Spitze des Zugs, um vor möglichen Hinternissen zu warnen. Das erste Mißgeschick ereignete sich trotzdem sehr bald. Einer der ersten Wagen geriet auf einem Abhang ins Rutschen und prallte mit der Hinterachse gegen einen großen Felsbrocken. Die hölzernen Radspeichen zerbarsten krachend. Der ganze Wagen wurde ruckartig zur Seite geschleudert, doch er kam zum Stehen, ohne umzukippen. Herr Callay konnte seine aufgeschreckten Pferde nur mit Mühe am Ausbrechen hindern.

Die übrigen Wagen mußten nun mit aller Vorsicht um

den verunglückten Wagen herumgesteuert werden. Es war ein schwieriges Unterfangen, die Gespanne den steinigen, mit Schlamm bedeckten Abhang hinunterzulenken, doch schließlich hatten alle Wagen die Ebene erreicht, und Herr Blake gab das Signal zum Anhalten. Ihr eigentliches Tagesziel lag noch mehrere Meilen entfernt, doch es war zwecklos, die Fahrt unter diesen Umständen fortzusetzen. Der Große Fluß mußte warten.

Die Wagen reihten sich im Kreis auf, und die Pferde wurden ausgespannt. Ein paar der Männer gingen zum Abhang zurück, um den Calleys zu helfen. Bevor der Wagen weitergezogen werden konnte, mußte das Rad repariert werden. Bei strömendem Regen schafften die Männer Steine und Aststücke heran, um den Wagen damit aufzubocken. Die Calleys würden wohl oder übel hier am Hang ihr Nachtlager aufschlagen müssen.

Während Willie und Henry unterwegs waren, warf Missie sich ein wetterfestes Schultertuch um und machte sich auf die Suche nach Brennholz. Auch die anderen Frauen und Kinder hielten Ausschau nach trockenen Zweigen, doch die Ausbeute war spärlich. Fröstelnd und trotz ihrer festen Kleidung bis auf die Haut durchnäßt, bückte sich Missie auch nach den kleinsten Zweigen.

Von ferne drangen plötzlich Stimmen zu ihr, und kurz darauf krächzte es laut und weithin vernehmlich: „Sie können Jessie Tuttle ausrichten, daß ein Stück Brennholz noch immer dem gehört, der's zuerst gesehen hat!" Beinahe gegen ihren Willen mußte Missie lachen. Die beiden waren doch unverbesserlich!

Frau Schmidt war die einzige, der die mühselige Suche nach Brennmaterial erspart blieb. Ihre beträchtlichen Holzvorräte lagen, fein säuberlich gestapelt, unter dem Kutschbock. Missie seufzte. Ach, hätte sie doch auch in weiser Voraussicht mehr Holz auf Vorrat gesammelt!

Endlich hatte sie genügend Zweige für ein kleines

Feuer beisammen und watete durch den Schlamm zu ihrem Wagen zurück. Es dauerte eine Weile, bis die ersten Flammen aufzüngelten, und Missie mußte alles daransetzen, sie am Verlöschen zu hindern. Doch schließlich gelang es ihr, die Suppe wenigstens halbwegs aufzuwärmen, und der lauwarme Kaffee wurde dankbar von den Männern in Empfang genommen.

Nach dem Essen räumte Missie geschwind mit Willies Hilfe ihre Utensilien beiseite; dann kletterten sie ins Wageninnere, um ihre durchnäßte Kleidung gegen trockene, warme Sachen zu vertauschen.

Obwohl ein anstrengender Tag hinter ihnen lag, wollten sie noch nicht schlafen gehen. Willie zündete die Lampe an und machte es sich daneben bequem, um sein Tagebuch auf den heutigen Stand zu bringen. Missie holte ihr Strickzeug hervor, doch zum Handarbeiten waren ihre Finger noch zu klamm. So legte sie die Nadeln seufzend beiseite und zog sich eine Decke über die Beine. Willie warf ihr einen besorgten Blick zu.

„Ist dir kalt? Willst du dich nicht lieber ins Bett legen? Daß du dir bloß keine Erkältung holst! Komm, ich helfe dir! Mal sehen, ob ich nicht einen warmen Ziegelstein für deine Füße auftreiben kann!“

Er breitete eine zweite Decke über sie und griff nach seiner Jacke.

„Willie, geh doch nicht wieder in den Regen hinaus. Bitte! So kalt sind meine Füße gar nicht. Mir wird bestimmt gleich warm. Ich zieh’ einfach ein Paar von deinen Wollstrümpfen über!“ Das tat sie auch gleich, damit Willie sich von ihrer Absicht überzeugen konnte.

Es war noch zu früh, um ans Schlafen zu denken, doch Missie wußte, daß ihre Proteste zwecklos sein würden. Ergeben kuschelte sie sich unter den Decken zurecht, und allmählich ließ das Frösteln nach. Sie wurde sogar ein wenig schläfrig.

Willie schlug sein Tagebuch zu und nahm eine in Leder gebundene Ausgabe der „Pilgerreise“ von dem Engländer John Bunyan zur Hand. Das Buch war ein Hochzeitsgeschenk von Missies Schulkindern gewesen.

„Du, wenn’s dir nichts ausmacht, liest du mir wohl etwas vor?“ bat Missie.

So verging der lange Abend mit Lesen und Gesprächen.

Draußen regnete es noch immer unablässig. Die schweren Tropfen trommelten auf das Wagendach. Bevor Willie zu Bett ging, prüfte er die Plane auf undichte Stellen. Dann schlüpfte er zu Missie unter die Decken, und bald darauf verriet sein ruhiger, gleichmäßiger Atem, daß er fest eingeschlafen war. Missie dagegen lag noch längere Zeit wach und hörte dem anhaltenden gleichförmigen Prasseln des Regens zu. Wieder mußte sie an daheim denken.

Wie warm und geborgen sie sich in ihrem Bett unter der weichen Steppdecke gefühlt hatte, wenn draußen der Regen sanft gegen das Fenster plätscherte! Damals war ihr der Regen wohltuend und erfrischend erschienen, doch heute hatte er etwas Bedrohliches an sich. Ein Schaudern durchlief sie, und sie rückte dichter an Willie heran. Oh, wie dankbar war sie für seine Nähe und Wärme!

Stillstand

Als Missie am nächsten Morgen die Augen aufschlug, regnete es noch immer. Der aufgeweichte Boden war von Pfützen übersät. Von den Sträuchern und Wagen tropfte es unablässig.

Willie kam zum Wagen zurück, als Missie sich gerade anschickte, ins Freie zu klettern. Sie war völlig ratlos, wie sie bei diesem Wetter ein Feuer anzünden sollte. Willie schob sie unter die Wagenplane zurück und kümmerte sich selbst um das Feuer. Nach einiger Zeit war es ihm tatsächlich gelungen, das feuchte Holz zum Brennen zu bringen und Kaffee und Pfannkuchen über der spärlichen Flamme zuzubereiten. Ungeachtet ihrer Proteste brachte er Missie das Frühstück in den Wagen.

„Hat doch keinen Zweck, daß wir beide klatschnaß werden", meinte er. „Außerdem hat Herr Blake uns noch nicht gesagt, ob wir heute überhaupt weiterziehen."

Herrn Blake war jedoch sehr daran gelegen, den Großen Fluß zu erreichen, bevor die ersten Überschwemmungen eintraten, und so entschloß er sich trotz der schwierigen Bodenverhältnisse zur Weiterfahrt.

Willie war längst bis auf die Haut durchnäßt, als er auf den Kutschbock stieg und die widerwilligen Pferde zum Gehen antrieb.

Mühsam ging es voran. Die Wagen schlingerten auf dem Morast hin und her. Immer wieder mußten Räder vom schwerem Lehm befreit werden. Sowohl Pferde als auch Kutscher waren innerhalb weniger Stunden am Ende ihrer Kräfte. Als eines der Pferde schließlich stürzte und nur mit größter Anstrengung wieder auf die Beine gebracht werden konnte, gab der Treckführer das Signal zum Anhalten. Es war einfach zu gewagt, bei diesem Wetter weiterzuziehen.

Missie war erleichtert und zugleich bekümmert über den Stillstand. Der Regen hatte inzwischen etwas nachgelassen, so daß sie ihr wollenes Schultertuch überwarf und sich von neuem auf die Suche nach Brennholz machte. Als Willie einige Zeit später zum Wagen zurückkehrte, hatte sie das Feuer noch immer nicht in Gang bringen können. Sie war den Tränen nahe. Das feuchte Holz wollte einfach nicht brennen! Willie versprach, sich um das Feuer zu kümmern, und schickte Missie ins Wageninnere zurück, denn sie war inzwischen völlig durchnäßt. Dann ging er zu Frau Schmidt hinüber und erbat sich etwas von ihrem heißen Wasser. Frau Schmidts Feuer flackerte mit einer geradezu unverschämten Lebhaftigkeit. Gern teilte sie ihr kochendes Wasser mit ihren Lagernachbarn – wenn auch etwas selbstgefällig, wie Willie fand.

Missie brühte eine Kanne Tee mit dem kostbaren Wasser auf, und sie, Willie und Henry wärmten sich bei dem heißen Gebräu und Plätzchen ein wenig auf.

Es regnete ohne Unterbrechung den lieben, langen Tag. Missie strickte, während Willie sich an dem Zaumzeug zu schaffen machte. Dann nahm er sein Tagebuch hervor, um eine neue Eintragung zu machen, doch auch das hielt ihn nicht lange beschäftigt. Wieder schlug er die „Pilgerreise“ auf und begann zu lesen, um kurz darauf unter dem Vorwand, nach den Tieren sehen zu müssen, ins Freie zu gehen.

Ohne Willie kroch die Zeit für Missie noch langsamer dahin. Sie wollte gerade selbst dem engen Quartier entfliehen, als Willie zurückkehrte und von draußen nach ihr rief. Missie hob die Plane und schaute hinaus. Er reichte ihr ein in Decken gewickeltes Baby.

„Bei den Collins ist die Plane undicht“, erklärte er. „Im ganzen Wagen gibt's keinen trockenen Fleck, wo die Kinder schlafen könnten. Ich bringe gleich noch den Jungen!“

Missie nahm die Kleine und wickelte sie aus den Dekken. Bald brachte Willie auch Jamie zu ihr in den Wagen. Meggie war unruhig und schrie. Missie wiegte sie sanft in ihren Armen, bis sie eingeschlafen war. Willie und Jamie bastelten derweil eine Hütte aus kleinen Holzstücken. Dann las Willie dem Jungen ein paar Abschnitte aus seinem Buch vor. Obwohl es das Fassungsvermögen des Kindes überstieg, hörte der Kleine gebannt zu.

Später kam Sissie Collins, um nach ihren Kindern zu sehen und den Säugling zu stillen. Willie machte wieder eine Runde durch das Lager und sah nach, wo Hilfe nötig war.

Als auch dieser lange Tag endlich vorüber war, tranken Willie und Missie den Rest ihres längst abgekühlten Tees und aßen Brot mit kalten Bratenscheiben dazu.

Willie und Henry bezogen Quartier in dem anderen Wagen, und Sissie Collins übernachtete mit ihren Kindern bei Missie.

Wieder lauschte Missie beim Einschlafen auf das ununterbrochene Trommeln der Regentropfen. Wann würde die Sonne endlich wieder zum Vorschein kommen? Wie sollten sie auch nur einen einzigen weiteren Regentag ertragen?

Doch irgendwie brachten sie auch den nächsten verregneten Tag hinter sich, und auch die darauffolgenden. Es war ein wahrer Landregen. Manchmal nieselte es nur schwach, um bald wieder in Strömen herabzuprasseln. Jedesmal, wenn die Güsse nachließen, zog Missie sich ihr Tuch fester um die Schultern und verließ den engen Wagen, um sich draußen ein wenig die Füße zu vertreten. Weite Wege konnte sie zu ihrem großen Bedauern nicht gehen, denn der Erdboden glich einem uferlosen Teich mit kleinen Grasinseln hier und da. Sie gab es bald auf, bei jedem Schritt nach einem Grasbüschel Ausschau zu halten, und watete ergeben durch das knöcheltiefe Wasser.

Schließlich war sogar Frau Schmidts Vorrat an Brennholz aufgebraucht. Mit vereinten Kräften suchten die Männer neues Brennmaterial und entzündeten ein Feuer, das mit einer großen Plane gegen den Regen geschützt wurde und als Kochstelle für das ganze Lager diente. Die Frauen kamen in Gruppen zu dritt oder viert, um ein einfaches Gericht für ihre Familien zuzubereiten.

Nicht nur die Collins kämpften mit ihrem undichten Wagendach, auch manche andere Familie mußte zusehen, wie sich die Feuchtigkeit in ihrem Wagen breitmachte. Die Weggefährten halfen sich untereinander und teilten die trockenen Quartiere, so gut es ging.

Der Regen schien die Spannungen zwischen den beiden Streithähnen des Trecks zu steigern, doch Frau Pages empörte Ausrufe und Frau Tuttles bissige Antworten gaben den Lagernachbarn manchen willkommenen Anlaß zum Schmunzeln. Ein Lachen hin und wieder brachte ein wenig Sonnenschein in das graue Lagerleben.

Am fünften Tag begann der Himmel sich aufzuklären, und endlich brach die Sonne wieder hinter den fliehenden Wolkenfetzen hervor.

Kaum war der letzte Regen versiegt, als die Frauen auch schon Wäscheleinen zwischen den Wagen aufspannten und feuchte Decken und Kleidung zum Trocknen in die Sonne hängten. Der Boden blieb jedoch überschwemmt und aufgeweicht. Es sollte noch Tage dauern, bis die Pfützen verschwanden, und sogar noch länger, bis überhaupt an die Weiterfahrt gedacht werden konnte.

Missie fühlte sich an die Geschichte von Noah und seiner Arche erinnert, als sie vom Wagen ins Freie kletterte.

Wie sie sich darauf freute, wieder auf trockenem Boden gehen zu können und zuzusehen, wie die Pferde große Staubwolken mit ihren Hufschlägen aufwirbelten! Sie wünschte sich nichts sehnlicher, als daß die Reise endlich weiterging.

Auch Herr Blake war inzwischen des Wartens müde, doch seine langjährige Erfahrung sagte ihm, daß die Fahrt durch Lehm und Schlamm zu beschwerlich und gewagt sein würde. Nein, sie saßen noch immer fest. Dazu wußte der Treckführer nur zu gut, daß der Große Fluß nach den schweren Regenfällen der letzten Tage vorerst unpassierbar sein würde. Doch das behielt er zunächst für sich. Seine Mitreisenden würden halt jeden Tag so nehmen müssen, wie er kam.

Der Große Fluß

Sechs Tage hielt Herr Blake die Wagen im Lager. Er hätte die Abfahrt gern noch länger hinausgezögert, weil er wußte, welch unangenehme Überraschung die Reisenden am Großen Fluß erwartete, doch er spürte die wachsende Unruhe unter den Reisenden. Der Boden in der Nähe des Lagers war inzwischen fest und trocken geworden, und selbst die Kinder wurden von Tag zu Tag rastloser. Um mögliche Streitereien in der Gruppe zu vermeiden, ließ er, wenn auch ein wenig widerwillig, das Lager schließlich abbrechen.

Niemand hatte die sechs Tage jedoch völlig tatenlos verstreichen lassen. Zaumzeug war repariert worden, Wagenräder waren verstärkt und Dachplanen sorgfältig geflickt und mit Öl gegen Nässe behandelt worden. Die Frauen besorgten ihre Wäsche, lüfteten Decken und veranstalteten mit ihren Kindern fröhliche Badefeste. Einige der Männer waren auf die Jagd gegangen und mit zwei Rehböcken zurückgekehrt, die die Reisenden gemeinsam verspeisten. Das frische Fleisch war ein wahrer Lekkerbissen nach dem täglichen Einerlei von getrockneten und eingemachten Lebensmitteln.

Der köstliche Duft von gebratenem Wild erfüllte das Lager an diesem Abend, und die Frauen machten sich mit besonderem Eifer an die übrigen Essensvorbereitungen. Sie waren auf wilde Beerensträucher gestoßen und hatten sie innerhalb einer Stunde restlos leergepflückt. Die Mahlzeit erschien ihnen wie das reinste Festessen, und anschließend war jedermann gesättigt und zufrieden bereit zur Weiterfahrt.

Drei Tage später erreichte der Treck den Großen Fluß. Herr Blake fand seine Befürchtungen bestätigt: die Strömung war viel zu reißend, um eine Überquerung zuzulassen. Wieder rief der Treckführer alle Reisenden zusammen und erklärte ihnen die Situation. Sie würden ein Lager am Flußufer aufschlagen müssen, bis der Fluß passierbar war. Die Reisenden waren enttäuscht, doch selbst der Ungeduldigste unter ihnen sah die Notwendigkeit des Wartens ein.

So richtete man sich auf einen mehrtägigen Aufenthalt ein und versuchte, sich mit allerhand Beschäftigungen die Zeit zu vertreiben. Die Männer gingen häufig auf die Jagd, während die Frauen nach Beeren Ausschau hielten. Dazu sammelte Missie jeden Tag trockene Zweige und lagerte ihre zusätzlichen Vorräte unter dem Kutschbock. Sollten sie je wieder von einem Landregen überrascht werden, würde Frau Schmidt nicht die einzige sein, die für alle Notfälle gerüstet war.

Einige der älteren Frauen hatten inzwischen den Verdacht geschöpft, daß auch Missie Nachwuchs erwartete. Obgleich niemand eine Bemerkung darüber machte, spürte Missie oft ihre mütterlichen Blicke auf sich ruhen. Die Geburt ihres Kindes lag noch etwa fünf Monate entfernt; das erschien ihr wie eine halbe Ewigkeit.

Missie und Becky verbrachten jede freie Stunde miteinander. Über Beckys Zustand konnte es keinen Zweifel geben, und die Frauen des Trecks nahmen der jungen Schwangeren ohne viel Aufhebens manche kleine Arbeit ab. Trockene Zweige häuften sich neben ihrem Wagen, wenn die Frauen von der Suche nach Brennholz zurückkehrten; Schüsseln mit Suppe oder Gemüse wurden an ihr Feuer gebracht, und stets fand sich jemand, der ihren leeren Wassereimer gefüllt vom Fluß wiederbrachte.

Um Beckys willen machte Missie sich wegen der Verzögerung allmählich Sorgen. Die beiden jungen Frauen hofften inständig, daß Becky Tettsford Junction noch rechtzeitig erreichen würde. Tag für Tag betete Missie, daß der Fluß wie durch ein Wunder passierbar würde und die Reise endlich weitergehen konnte. Doch kaum, daß der Wasserstand ein wenig gesunken war, verursachte ein Unwetter irgendwo flußaufwärts eine neue Überschwemmung. So verstrichen kostbare Tage, an denen die Reisenden hilflos festsaßen. Der Fluß war zu tief und die Strömung reißend; und selbst auf Flößen würden Pferde und Wagen nicht das andere Ufer erreichen.

Am fünfzehnten Tag lebte das ganze Lager auf. Am Horizont war ein anderer Wagentreck aufgetaucht, der sich auf den Großen Fluß zu bewegte. Viele liefen den Planwagen entgegen, um die Neuankömmlinge zu begrüßen; die übrigen warteten gespannt auf Nachrichten aus der Heimat, die dieser Treck mit sich bringen würde.

Der neue Wagenzug war kleiner als die Gruppe um Herrn Blake, und der Treckmeister hatte es eilig mit der Weiterfahrt. Nach zwei Tagen am überschwemmten Flußufer war er des Wartens überdrüssig und erklärte das Wasser für passierbar. Herr Blake versuchte, ihn von seinem Vorhaben abzuhalten, doch er lachte nur und nannte Herrn Blake einen Feigling. Er habe den Fluß schon bei höherem Wasserstand überquert, behauptete er. Dann wandte er sich den wartenden Wagen zu und gab das Signal zur Abfahrt.

Unter den Männern des anderen Trecks wurden unwillige Bemerkungen über Herrn Blake laut: „Und wir sitzen hier schon seit Tagen fest. Wir könnten längst über alle Berge sein!“

Die Frauen und Kinder stellten sich zu den Männern ans Flußufer, um dem ersten Wagen bei der Überquerung zuzusehen. Wenn alles glatt ablief, würden sie sich alle anschließen können.

Herr Blake blieb als einziger dem Schauspiel fern.

Unter irgendeinem Vorwand, den er vor sich hin murmelte, wandte er sich ab und ging auf die nahe gelegenen Hügel zu.

Der erste Wagen schien zunächst sicher durch das seichte Ufergewässer voranzukommen, doch plötzlich geriet er in eine Untiefe und wurde in den Stromschnellen um seine eigene Achse gewirbelt. Die Pferde traten verzweifelt um sich und versuchten mit aller Kraft, auf das ferne Ufer zuzuschwimmen, doch das reißende Wasser war stärker als sie. Als der Mann auf dem Kutschbock die aussichtslose Situation begriff, warf er sich in die trüben Fluten, und schwamm verzweifelt ans Ufer zurück. Der Wagen riß die wild um sich schlagenden Pferde stromabwärts mit sich. Die auf- und abtanzende Plane hob sich ein letztes Mal, um dann seitwärts ins Wasser zu stürzen. Das sinkende Gespann war hilflos dem reißenden Gewässer ausgeliefert. Nach wenigen qualvollen Minuten war es hinter der Flußbiegung verschwunden.

Der Kutscher kämpfte derweil mit letzter Kraft gegen die Strömung an. Gerade hatte er den Ast eines Baumes zu fassen bekommen, der ebenfalls im Wasser trieb. Ein Seufzer der Erleichterung ging durch die Reihen der Menge am Ufer, doch im nächsten Moment stockte ihnen wieder der Atem. Der Baum hatte sich offensichtlich mit einer Wurzel irgendwo unter der Wasseroberfläche festgeklemmt, und der Mann verlor seinen Halt.

So schnell sie konnten, liefen die Männer am Ufer auf ihre Pferde zu, um dem Ertrinkenden ein Stück weiter flußabwärts mit Seilen zu Hilfe zu kommen. Machtlos sahen die übrigen Reisenden zu, wie sein dunkler Schopf um die Flußbiegung getragen wurde. Eine junge Frau brach weinend zusammen. Einige ihrer Freundinnen beugten sich über sie, um ihr aufzuhelfen.

„Ach, die Ärmste!" flüsterte Missie erschüttert. „Das muß wohl ihr Mann sein!"

Der kalte, leblose Körper des Mannes wurde etwa eine halbe Meile flußabwärts aus dem Strom gezogen. Alle Hilfe war für ihn zu spät gekommen. Die Pferde und der Wagen wurden nie wieder gesehen.

Am nächsten Tag versammelten sich die Reisenden beider Trecks. Einige Männer hoben ein Grab aus. Es wurde eine kurze Andacht gehalten. Die blutjunge Witwe wandte sich mit schmerzverzerrtem Gesicht von dem frischen Erdhügel ab, der den Leichnam ihres Mannes unter sich barg.

In beiden Lagern herrschte eine ratlose, bedrückte Stimmung. Allgemein war die Achtung vor Herrn Blake gestiegen, während dem anderen Treckführer jedermann aus dem Weg ging.

Die Gruppe um Herrn Blake war felsenfest entschlossen zu warten, bis das Wasser zurückgegangen war, selbst wenn es den ganzen Sommer dauern sollte! Der reißenden Strömung waren Pferde und Wagen einfach nicht gewachsen.

Eines frühen Morgens, etwa eine Woche später, zeigte jemand im Lager auf die Hügel jenseits des Flusses. Dort saßen mehrere indianische Krieger hoch zu Roß, mit bemalten Gesichtern und prächtigem Federschmuck. Ihre nackten Oberkörper glänzten bronzefarben in der Morgensonne. Regungslos hielten sie den Blick quer über den Fluß auf den Ring der Wagen geheftet; dann wendeten sie ihre Pferde auf das Kommando ihres Häuptlings und ritten über die Hügel zurück, bis sie außer Sichtweite waren. Missie schauderte bei dem Gedanken daran, was wohl geschehen wäre, wenn zwischen der Gruppe und den Indianern nicht der unpassierbare Fluß gewesen wäre. Womöglich hatte Gott auf diese Weise seine Verheißung: „Ich bin mit dir“ wieder einmal wahr gemacht.

Endlich, nach vier endlos scheinenden Wochen, ging der Wasserstand des Flusses stetig zurück. Herr Blake, der den Fluß sorgfältig im Auge behalten hatte, durchquerte ihn auf seinem Pferd, bevor er auch nur einen einzigen Wagen losschickte. Erst als er sich seiner Sache völlig sicher war, gab er die Erlaubnis zum Losfahren.

Die Überquerung nahm den ganzen Tag in Anspruch. Zuerst wurden die Frauen und Kinder zu Pferd ans andere Ufer gebracht. Einige der Wagen mußten von zwei Gespannen durch das Flußbett gezogen werden. Zu beiden Seiten eines jeden Wagens ritten mehrere Männer, die das Gefährt mit Seilen absicherten. Herr Blake hatte auf dieser zusätzlichen Sicherheitsmaßnahme bestanden, um die Wagen gegen die seitwärts treibende Strömung zu schützen. Missie mußte immer wieder an das tragische Unglück denken, das erst vor kurzem vor aller Augen passiert war. Wenn der Treckmeister damals nur mehr auf die Sicherheit bedacht gewesen wäre! An Herrn Blake hatten sie ohne Zweifel einen erfahrenen, besonnenen Treckführer. Auch darin erkannte Missie Gottes liebevolle Fürsorge.

Nach der reibungslos verlaufenen Überquerung des Großen Flusses versammelte sich die Gruppe um Willie, der ein aufrichtiges Dankgebet für alle sprach. Die abgekämpften Männer waren froh über das frühe Nachtlager vor der Weiterfahrt am nächsten Tag. Nach neunundzwanzig Tagen des Wartens lag nun die Wegstrecke nach Westen ohne größere Hindernisse vor ihnen.

Missie sorgte sich immer mehr um Becky. Bis Tettsford Junction war es noch weit. Würde sie am Ende doch auf Frau Kosenskys Hilfe angewiesen sein?

Die Reise geht weiter

Am nächsten Morgen war jedermann schon früh auf den Beinen. Das Signal zur Abfahrt wurde mit Ungeduld erwartet. Selbst die Pferde waren unruhiger als gewöhnlich. Missie war überrascht, wie sehr sich ihre Einstellung geändert hatte. Während der ersten Wochen unterwegs hatte sie der Überquerung des Großen Flusses mit Bangen entgegengesehen, denn danach würde es keine Gelegenheit zur Umkehr mehr geben. Jetzt aber, wo der Große Fluß hinter ihnen lag, konnte sie die Weiterreise kaum erwarten. Am liebsten wäre sie auf der Stelle zu Fuß in Richtung Westen losmarschiert.

Endlich wurden die Wagen in der üblichen Reihenfolge aufgestellt, und Herr Blake gab das Signal zur Abfahrt. Das knarrende Zaumzeug und das Quietschen der Räder klangen wie Musik in Missies Ohren. Es ging weiter! Alle hatten den Großen Fluß glücklich und ohne Zwischenfälle überquert. Von jetzt an konnte es nichts mehr geben, was sie auf ihrer Reise hindern würde. Da an eine Umkehr ohnehin nun nicht mehr zu denken war, hielt Missie den Blick erwartungsvoll nach Westen gerichtet.

Auch bei Willie konnte sie eine drängende Ungeduld spüren. Es fiel ihm schwer, nicht ständig aus dem vom Treckführer angeordneten Reisetempo auszubrechen und die Pferde zur Eile anzutreiben.

Der Tag verlief reibungslos. Die Reisenden hatten sich schnell wieder an das Leben zu Pferd und Wagen gewöhnt; nur die schmerzenden Glieder erinnerten sie wieder erbarmungslos daran, wie lange sie festgelegen hatten. Missie wechselte das Fahren auf dem Kutschbock mit Fußmärschen ab. Unterwegs las sie trockene Zweige auf, die sie beim Aufsteigen unter dem Wagensitz verstaute.

Am Abend war jedermann erschöpft, aber zufrieden. Endlich waren sie wieder unterwegs, und darauf allein kam es an.

Mit jedem Tag veränderte sich die Landschaft mehr. Die Bäume wurden immer spärlicher und kleiner. Die Frauen hatten Mühe, genug Brennholz für das abendliche Lagerfeuer zu sammeln. Viele trugen nun einen Eimer in der Hand, den sie unterwegs mit trockenem Büffelmist füllten. Die Zweige waren Missie erheblich lieber; sie brannten besser, und zudem schmerzten ihre Arme und Schultern schnell, wenn sie den schweren Eimer über längere Strecken hinweg tragen mußte.

Hin und wieder sichteten sie eine Büffelherde am Horizont. Zweimal tauchten in einiger Entfernung Indianer zu Pferd auf, doch zur großen Erleichterung aller ließen sie den Treck ungehindert weiterziehen.

Frau Emory, die Witwe des ertrunkenen Mannes, hatte Herrn Blake angefleht, sich seiner Gruppe anschließen zu dürfen. Herr Blake hatte der jungen, hilflosen Frau ihre Bitte nicht abschlagen können. So kam es also, daß Frau Emory Quartier bei Kathy Weiss fand. Kathys Vater zog zu Henry in den Wagen, und die Reise konnte weitergehen.

Die arme Frau hatte alles, was sie besaß, durch das Unglück am Großen Fluß mit einem Schlag verloren: ihren Mann, mit dem sie erst ein halbes Jahr verheiratet gewesen war, ihre Unterkunft, Kleidung und sämtliche Ausrüstungsgegenstände und Küchenutensilien. Ohne zu zögern, griffen die anderen Frauen des Trecks in ihre Truhen und schenkten ihr alles, was sie an Kleidern bis Tettsford Junction brauchen würde. Obgleich ein paar dieser Stücke weder besonders modisch waren noch wie auf den

Leib geschneidert paßten, zeigte Frau Emory sich zutiefst dankbar für die Hilfsbereitschaft, die ihr entgegengebracht wurde.

Bald war die junge Witwe im ganzen Treck wohlgelitten und geschätzt. Selbst in ihrem schweren Kummer hatte sie stets ein freundliches Wort und eine helfende Hand. Mit ihrer ruhigen, unaufdringlichen Art hatte sie sich schnell einen festen Platz unter ihren neuen Weggefährten erobert.

So ging die Reise weiter. Mit jedem Tag kamen sie ihrem Ziel ein wenig näher. Abends tauschten sie sich im Schein der Lagerfeuer über ihre Hoffnungen, Pläne und Träume aus. Der Westen barg ungeahnte Möglichkeiten. Er schien den Fremden geradezu mit offenen Armen zu empfangen, wenn dieser nur eine Hoffnung im Herzen und eine willige, arbeitsame Hand mitbrachte.

Ausflug in die Stadt

Herr Blake schien eine tiefe Abneigung gegen Städte zu hegen. Jede größere Siedlung, die am Weg lag, umging er in gebührendem Abstand. Sollte es sich einmal nicht vermeiden lassen, mitten durch eine Ortschaft zu ziehen, untersagte er seinen Reisenden aufs strengste, anzuhalten und auszusteigen. Jede Familie hatte eine Liste der Lebensmittel anzufertigen, die sie benötigte, und Herr Blake selbst oder einer seiner Männer ritt dann in die Stadt zurück, um die Einkäufe zu besorgen.

Schließlich sei es seine Aufgabe, erklärte der Treckführer, die Wagen samt Insassen wohlbehalten und vollzählig in Tettsford Junction abzusetzen, und das sei genau das, was er zu tun gedenke. Der ärgste Feind eines jeden Treckführers seien nun einmal die Städte. Während all der Jahre hatte er noch niemanden durch reißende Flüsse, Präriefeuer oder Indianer verloren, doch die Städte hatten ihm schon manchen Reisenden abgefordert. Da ihm jedoch sein guter Ruf als Treckführer viel bedeutete, mied er die Städte mit unerbittlicher Entschlossenheit.

So war auch jedermann fassungslos vor Erstaunen, als Herr Blake eines Abends die Erwachsenen zu einem Treffen zusammenrief und ankündigte: „Morgen kommen wir nach Lipton. Ist zwar nicht gerade eine Großstadt zu nennen, aber wir legen einen Tag Pause dort ein. Unser Lager schlagen wir ein bißchen außerhalb der Stadt auf, so daß die Stadt selbst leicht zu Fuß zu erreichen ist. Weder Gespanne noch Reitpferde werden in die

Stadt mitgenommen. Diejenigen, die mehr einzukaufen haben, als sie tragen können, lassen sich ihre Sachen vom Gemischtwarenhändler anliefern. Dort kriegen Sie übrigens so ziemlich alles, was das Herz begehrt. Am Mittwoch morgen fahren wir zur üblichen Zeit weiter. Daß mir dann auch jeder rechtzeitig startbereit ist!"

Ein aufgeregtes Stimmengewirr folgte seinen Worten. Nach all den Wochen in der Prärie wieder eine richtige Stadt zu sehen! Man stelle sich nur vor: diesmal würden sie nicht mit sehnsüchtigem Blick an Kleidergeschäften, Barbierläden und Gasthäusern vorbeifahren – nein, sie durften nach Herzenslust von Schaufenster zu Schaufenster schlendern, wenn sie auch wenig Geld zum Ausgeben erübrigen konnten.

Wie groß war der Ort? Und gab es eine Schmiede dort? Einen Friseur? Einen Metzger? Einen Doktor? Die Fragen flogen hin und her, doch Herr Blake, der als einziger die Antwort wußte, war plötzlich wie vom Erdboden verschwunden.

Vor lauter Aufregung wollte an diesem Abend niemand so recht das Lagerfeuer löschen und zu Bett gehen. Die Frauen holten ihr bestes, wenn auch verknittertes Kleid aus den Truhen hervor und schüttelten es kräftig aus. Über Nacht hängten sie es an einen Haken in der Hoffnung, es am nächsten Morgen geglättet vorzufinden. Die Männer brachten ihren Frauen ihre Arbeitshosen und baten sie, schnell noch hier und da einen Flicken aufzunähen. Einige bürsteten ihre staubigen Schuhe, andere ihre Hüte, und wieder andere beides. Gemeinsam brüteten ganze Familien über der Einkaufsliste, die im Handumdrehen ins Unermeßliche und damit Unerschwingliche zu wachsen drohte.

Selbst die Hunde ließen sich von dem allgemeinen Trubel anstecken. Kläffend und bellend liefen sie im ganzen Lager umher.

Am nächsten Morgen war jedermann längst vor dem Signal startbereit. Nicht einmal die sonst so häufig säumigen Standards ließen es heute auf die letzte Minute ankommen. Je eher sie losfuhren, desto eher würde Lipton erreicht sein, und das wiederum bedeutete mehr Zeit zum Einkaufen.

So rumpelten die Wagen in Reih und Glied los. Die Reisenden machten sich wieder auf einen langen Tag in Hitze und Staub gefaßt. Sie hofften nur, daß sie Lipton nicht allzuspät am Abend erreichen würden.

Zu ihrem größten Erstaunen sahen sie die Stadt zu ihren Füßen liegen, als der nächste Hügel erklommen war. Sie hatten die Nacht nur wenige Meilen vor Lipton verbracht! Kopfschüttelnd lachten sie über ihre eigene Unwissenheit. Da hatte Herr Blake sie allesamt kräftig hinters Licht geführt! Der Treckführer selbst verzog jedoch keine Miene.

Bald hatten sie ihren neuen Lagerplatz erreicht und die Wagen wie gewöhnlich im Kreis angeordnet. Die Männer versorgten die Tiere, während die Frauen geschäftig durch das Lager hasteten, um die Badezuber in den Wagen mit warmen Wasser zu füllen. Als sie samt ihren Kindern endlich blitzsauber und stadtfein waren, stand die Sonne schon hoch am Himmel und kündete wieder einen heißen, trockenen Tag an.

In kleinen Gruppen zog man erwartungsvoll los. Henry hatte sich den anderen jungen Leuten angeschlossen. Familie Collins machte sich gemeinsam auf den Weg; Sissie trug Meggie auf dem Arm, während Jamie auf den Schulters seines Vaters thronte. Frau Page schleuderte Jessie Tuttle eine letzte bissige Bemerkung zu und verließ die Wagenburg erhobenen Hauptes, ohne eine Antwort abzuwarten. Frau Thorne marschierte, gefolgt von ihrer Kinderschar, in strammem Tempo auf die Stadt zu. Ihr Mann, der derartige Belustigungen als reine Zeitverschwendung zu betrachten schien, blieb derweil im Lager, um das Zaumzeug zu flicken.

Auch Tillie Crane war mit von der Partie. In ihrem Eifer hatte sie nicht einmal auf ihren Mann gewartet. Endlich konnte sie ihr Haar wieder in einen ansehnlichen Zustand bringen lassen! Frau Schmidt warf schnell einen Armvoll Brennholz unter den Wagensitz, schüttelte energisch ihre Schürze aus und zog mit Kind und Kegel los. Die behäbige Frau Kosensky hatten sie bald überholt und weit hinter sich gelassen.

Missie und Willie hatten sich John und Becky angeschlossen. Um Beckys willen schlugen sie ein langsameres Tempo an, als ihre Ungeduld von ihnen fordern wollte.

Als sie am Wagen des Herrn Weiss vorübergingen, sahen sie, wie Frau Emory gerade die Plane verschloß, um sich ebenfalls auf den Weg in die Stadt zu machen. Ihr stilles Gesicht hellte sich beim Anblick der vier jungen Leute auf. Ohne ein Wort zu verlieren, ging Willie auf sie zu und half ihr vom Wagen.

„Sie freuen sich gewiß auch auf die Stadt, nicht wahr?" fragte sie die beiden Frauen.

„Und wie!" sprudelte Becky geradezu über. „Ich habe seit Ewigkeiten keinen Fuß mehr auf einen richtigen Bürgersteig gesetzt – geschweige denn ein Schaufenster zu sehen bekommen!"

Frau Emory lächelte zurück.

„Wie hübsch sie aussieht, wenn sie lächelt", mußte Missie denken, „und wie blutjung sie noch ist! Viel älter als ich kann sie gar nicht sein. Was tät' ich nur, wenn Willie etwas zustoßen sollte? Wie käme ich bloß ohne ihn wieder nach Hause? Oder ob ich draußen im Westen bleiben müßte?" Allein der Gedanke daran war ihr schon unerträglich. „Lieber Gott im Himmel", betete sie in ihrem Herzen, „ich fürchte, das könnte ich nie verkraften!"

„Gehen Sie auch zum Einkaufen in die Stadt?“ wandte sie sich dann an Frau Emory.

Ein ernster Ausdruck huschte über das Gesicht der jungen Witwe.

„Nein, nicht zum Einkaufen“, antwortete sie.

„Wie entsetzlich dumm von mir!“ dachte Missie. „Natürlich hat sie keinen Pfennig in der Tasche, den sie ausgeben könnte!“

Einen Augenblick lang herrschte Schweigen. Die junge Frau schien mit sich zu kämpfen. Dann sprach sie leise und mit einem weichen Ton in der Stimme.

„Ich geh' in die Stadt, um ... um eine Kirche zu suchen. Ich sehne mich so sehr nach einem ungestörten Ort zum Beten!“

Wieder war es Willie, der ihr die Hand reichte. Ohne große Worte sah er ihr verständnisvoll in die Augen und hielt ihre kleine, zierliche Hand fest in seiner großen, von der Arbeit schwieligen Männerhand. Die junge Frau zog ihre Hand zurück und wandte sich mit einem leichten Kopfnicken, wodurch die Tränen von ihren Wimpern über die Wangen rollten, zum Gehen.

Missie ergriff Willies Hand. Wie sehr er doch ihrem Pa glich, ihr Willie! Den Kummer anderer empfand er tief mit. Plötzlich erfaßte sie eine Welle des Heimwehs und zugleich der Liebe zu ihrem Mann.

Hand in Hand folgten sie Becky und John, die ihnen schon ein Stück vorausgegangen waren.

„Willie“, flüsterte Missie, „ich glaub', wir sollten uns ein bißchen mehr um sie kümmern. Sie ist so ein nettes Ding, die Ärmste. Bedenk doch mal, was sie schon durchgemacht hat – und dabei ist sie noch so jung!“

„Deinen eigenen Eltern ist's damals nicht anders ergangen“, erinnerte Willie sie sanft. Dabei hielt seine Hand die ihre fest umschlossen.

Missie war zu bewegt, um eine Antwort zu versuchen.

Ja, ihre Mama und ihr Pa hatten schwere Zeiten durchgemacht, doch damals war sie noch zu klein gewesen, um das alles zu verstehen. In ihrer Erinnerung hatte sie sie nur als fröhliche, liebevolle Eltern behalten. Ob Frau Emory auch eines Tages wieder lachen und lieben könnte? Missie hoffte von ganzem Herzen, daß sie eine Kirche in der Stadt finden würde, in der sie mit Gott allein sein konnte.

Lipton erwies sich als kleine, unbedeutende Ortschaft mitten in der Prärie, doch die Treckfahrer waren vollauf begeistert von dem, was sie vorfanden. Es gab sogar Bürgersteige, wie Becky sich gewünscht hatte, wenn sie sich auch bei jedem Schritt auf den losen Brettern vorsehen mußte.

Nach einem kurzen Rundgang durch die Straßen trennten sich die Ehepaare. Die Damen strömten in Scharen in den Gemischtwarenladen, um Nähzeug, Stoffe, Strickwolle und andere seit Wochen entbehrte Dinge in Augenschein zu nehmen, während die Männer den Mietstall aufsuchten, um sich bei den praktischeren Dingen umzuschauen.

Becky und Missie verbrachten mehrere Stunden des Vormittags damit, gemeinsam die flauschigsten Strickgarne und Stoffe aus den Regalen hervorzuziehen und in Gedanken eine Babyausstattung zusammenzustellen. Für Beckys Kind lagen die meisten Dinge längst bereit, doch sie brannte darauf, etwas besonders Hübsches für den neuen Erdenbürger zu handarbeiten. Missie dagegen entschloß sich schweren Herzens, mit ihren Vorbereitungen zu warten, bis sie die neue Heimat erreicht hatten.

Lipton konnte auch ein bescheidenes Gasthaus vorweisen, in das John und Willie ihre Frauen zum Essen auszuführen versprachen. Alle freuten sich königlich auf dieses große Ereignis. Welch eine Schlemmerei, nach langen Wochen der einfachsten Kost endlich einmal eine Mahlzeit serviert zu bekommen, die nicht nach Holzkohle schmeckte, richtiges Fleisch anstatt Wild zu essen, schwarzen Tee dazu zu trinken und – wer weiß – vielleicht sogar knuspriges Brot mit Butter serviert zu bekommen! Und das Gemüse erst! Wie lange hatten sie schon auf frisches, grünes Gemüse verzichten müssen!

Pünktlich um zwölf Uhr kehrten die Männer zurück, um ihre Frauen nach allen Regeln der Schicklichkeit ins Gasthaus zu führen. Der Speiseraum war bis auf den letzten Platz besetzt, so daß sie eine Weile auf einen freien Tisch warten mußten.

Die vier Freunde studierten eingehend die Speisekarte, bevor sie endlich ihre Bestellung aufgaben. Missie war überrascht, wie fade das Essen ohne das würzige Aroma des Holzfeuers schmeckte. Das Brot war zwar nicht so frisch wie erhofft, doch immerhin war es richtiges Weizenbrot. Das Fleisch war mild im Geschmack, aber zäh, und das Gemüse viel zu weich gekocht. Trotz alledem genossen sie das Mahl über alle Maßen und beteuerten einander, nie etwas Köstlicheres gegessen zu haben. Zum Nachtisch bestellten sie sich sogar Apfelkuchen und Tee.

Am Nachmittag begutachteten sie die Angebote der restlichen Geschäfte. Sie wußten, daß sie bei ihren Einkäufen Vernunft walten lassen mußten, so schwer es ihnen auch fallen mochte.

So gingen sie ihre Listen ein letztes Mal durch und strichen ein paar Dinge, die nicht absolut notwendig waren, bevor sie ihre Waren bestellten. Ein neuer Vorrat an frischen Lebensmitteln und Gemüse wurde eingekauft. Entgegen allen guten Vorsätzen wählte Missie ein Stück weichen Flanells für ihre Babyausstattung und mehrere Knäuel Wolle für warme Strümpfe. Erschöpft und ein wenig ärmer, doch restlos glücklich nach ihrem Besuch in der Stadt, kehrten sie ins Lager zurück. In den Armen trugen sie einige der Kostbarkeiten, die sie erstanden hatten. Die übrigen Dinge würden am Abend vom Gemischtwarenhändler angeliefert werden.

Missie und Willie begleiteten John und Becky an ihren Wagen. Becky sah recht abgekämpft aus, obwohl Missie tagsüber immer wieder darauf bestanden hatte, daß sie sich hinsetzte, um ein wenig auszuruhen. Missie lud ihre Freunde zum Abendbrot ein, damit Becky wenigstens jetzt etwas Ruhe bekam. Dankbar sagten Becky und John zu.

An ihrem eigenen Wagen angekommen, verstaute Missie ihre Einkäufe im Wageninneren und entfachte ein Feuer, um das Essen vorzubereiten. Willie schlüpfte derweil in sein Arbeitszeug, um nach den Kühen und Pferden zu sehen.

Ja, es war ein schöner Tag gewesen. Missie summte ein Lied vor sich hin. Von dem Pfad, der zu den Tieren führte, konnte sie auch Willie zufrieden pfeifen hören.

Übles Nachspiel

Am nächsten Morgen herrschte wenig von der gewohnten Ordnung im Lager. Wie von Herrn Blake befürchtet worden war, hatte der Besuch in der Stadt seine Opfer gefordert.

Tillie Crane hatte nicht nur einen Friseursalon für ihr vernachlässigtes Haar, sondern auch eine Anstellung in dem Kleidergeschäft am Ort gefunden. Nun weigerte sie sich rundheraus, auch nur noch einen Schritt weiter in diese „gottverlassene Einöde" zu gehen. Ihr Mann hatte sie nach allen Regeln der Kunst zur Weiterreise überreden wollen, doch ohne Erfolg. Tillie war felsenfest entschlossen, in Lipton zu bleiben. So suchte ein kleinlauter Jason Crane den Treckleiter auf, um ihn davon in Kenntnis zu setzen, daß die Reise in den Westen für ihn und seine Frau hier ein vorzeitiges Ende gefunden hatte. Ohne seine Frau wollte er auf keinen Fall weiterziehen; er würde schon irgendwo in der Nähe Arbeit finden, erklärte er.

Die Cranes waren jedoch nicht die einzigen auf der Verlustliste. Mehrere Männer des Trecks hatten den Aufenthalt in der Stadt zu einer ausgiebigen Zecherei ausgenutzt. Die meisten waren im Laufe der Nacht auf mehr oder minder schwankenden Beinen wieder im Lager eingetroffen. Frau Kosensky hatte ihren Mann mit einem Eimer kalten Wassers von außen und mehreren Tassen starken Kaffees von innen halbwegs wiederhergerichtet. Am Morgen zeigte er sich brummend und mißmutig, doch einigermaßen nüchtern bei der Arbeit.

Jessie Tuttle schickte ihren Bruder, Herrn J. M. Doolie, kurz entschlossen in das Wageninnere und spannte die Pferde eigenhändig an.

Frau Thorne hatte mit den ärgsten Schwierigkeiten zu kämpfen. Ihr Mann blieb die ganze Nacht über aus. Nachdem sie bis zum Morgen mit zusammengebissenen Lippen auf ihn gewartet hatte, machte sie sich schließlich auf die Suche, doch nur, um zwei Stunden später unverrichteter Dinge wieder ins Lager marschiert zu kommen. Nun war es an Herrn Blake, die Dinge in die Hand zu nehmen. Ob er nun aus Erfahrung wußte, wo man in solchen Fällen am schnellsten fündig wurde, blieb dahingestellt; jedenfalls kehrte er nach einer Dreiviertelstunde mit einem Mietwagen im Gefolge zurück. Auf unsicheren Beinen stieg ein über und über von Schmutz und Staub verunstalteter Herr Thorne aus. Wortlos bedeutete seine Frau dem Kutscher, wo er ihren Mann absetzen sollte, und nahm dann die Zügel ihres Gespanns selbst in die Hand.

Mit einer Verzögerung von drei Stunden konnte der Treck endlich aufbrechen. Inzwischen brannte die Sonne heiß vom Himmel, die Kinder waren weinerlich und unruhig und die Erwachsenen mit ihrer Geduld fast am Ende.

Frau Thorne bedachte ihre Mitreisenden mit keinem einzigen Wort der Erklärung oder Entschuldigung. Den Blick starr nach vorn gerichtet, steuerte sie das Gespann in ihre Abfahrtsposition, um auf das Signal zu warten.

Missie schüttelte leise den Kopf, als Frau Throne jetzt an ihr vorbeikutschierte. Sie habe von Anfang an geahnt, so munkelte man, daß ihr Mann nicht den ganzen Tag im Lager mit dem reparaturbedürftigen Zaumzeug zubringen würde. Außerdem sei ihr völlig klar gewesen, womit er sich in der Stadt die Zeit vertreiben würde. Sein Ausflug war weder der erste seiner Art gewesen, noch würde er sich in Zukunft je die Gelegenheit zum Zechen entgehen lassen. Missie war jedoch davon überzeugt, daß die unbesiegbare Frau Thorne schon mit ihrem Mann fertigwerden würde. Überhaupt schien es nichts auf der Welt zu geben, das sie auch nur einen Zentimeter aus ihrer Reserve zu locken vermochte.

Mit fester Hand und starr geradeaus gerichtetem Blick lenkte sie ihr Gespann jetzt dicht an Missie vorüber. Beinahe hätte Missie es nicht bemerkt, doch halt! – nein, es gab keinen Zweifel – über die unbeweglichen, von Wind und Wetter gegerbten Wangen rann ein in der Sonne glitzernder Tränenstrom.

Missie hatte es fast den Atem verschlagen. „Die arme Frau!" dachte sie bestürzt. „Niemand ahnt, was wirklich in ihr vorgeht. Wer hätte je gedacht, daß sich hinter der harten Schale ein weicher Kern verbirgt! Ach, lieber Vater im Himmel, vergib mir doch ... Vergib mir, daß ich ihr so wenig Verständnis entgegengebracht habe! Hilf mir bitte, ihr freundlicher und liebevoller zu begegnen. Sie braucht jemanden, der sie versteht. Sie braucht dich, Herr!"

Von diesem Tag an benutzte Missie jede Gelegenheit, die sich ihr bot, um die abweisend wirkende Frau mit einem Lächeln zu grüßen und ihr kleine Gefälligkeiten zu erweisen. Die rauhe Schale schmolz zwar nicht augenblicklich, doch hier und da begannen die harten Züge einem sanfteren Ausdruck zu weichen.

Abschied

Lipton lag inzwischen vier Tagesreisen weit hinter ihnen. Die Männer hatten sich längst von ihrer durchzechten Nacht erholt und waren wieder voll im Einsatz. Es kam jedoch der Verdacht auf, daß Herr Doolie einen heimlichen Vorrat an Whisky in seinem Wagen versteckt hielt, was gegen die strengen Anweisungen des Treckführers war. Von Stund an hatte Jessie Tuttle mehrere Hühner mit ihrem Bruder zu rupfen, und das wiederum war Wasser auf Frau Pages Mühle. So wurde der unvermeidliche Kleinkrieg nun an drei, statt an nur zwei Fronten ausgetragen.

Die übrigen Reisenden schmunzelten nur über die Komödie, doch Herr Blake sah sich bald zum Einschreiten gezwungen. Der geschmuggelte Schnaps wurde kurzerhand beschlagnahmt, und Frau Pages Wagen bekam eine neue Position am Ende des Trecks zugewiesen. Damit kehrte endlich wieder Ruhe zwischen den Streithähnen ein.

Als sie am Abend des vierten Tages ihr Lager aufgeschlagen hatten und Missie gerade ihr Kochgeschirr aufwusch, kam Nell, Frau Kosenskys Tochter, auf sie zugelaufen.

„Ma läßt fragen, ob Sie geschwind zu Frau Clay rübergehen könnten. Sie liegt seit ein paar Stunden in den Wehen und hat nach Ihnen gefragt."

Das war es also gewesen! Missie hatte ihre Freundin den ganzen Nachmittag über nicht gesehen; so hatte sie angenommen, daß Becky einfach nicht zum Laufen zumute gewesen war. Schnell hinterließ sie bei Henry, wo sie zu finden sei, und nahm sich ein Schultertuch aus dem Wagen. Um ein Haar wäre sie gerannt, so schnell sie nur konnte, besann sich aber und ging langsamer, um kein unnötiges Aufsehen zu erregen.

Schon aus einiger Entfernung konnte sie Becky leise weinen hören. Die letzten paar Schritte stürzte sie dann doch auf den Wagen zu, an dessen Eingang Frau Kosensky sie erwartete. Anstatt ihr auf den Wagen zu helfen, nahm sie sie zur Seite und flüsterte ihr zu: „Sieht nicht gut aus, Ma'am, gar nicht gut. Ich habe schon manches Kind ans Licht der Welt geholt, aber so was habe ich noch nie erlebt. Das Kleine liegt verdreht – und viel zu früh kommt's außerdem!" Mit Tränen in den Augen schüttelte sie den Kopf. „Steht nicht gut. Die Ärmste braucht einen Doktor, und zwar schnell!"

„Darf ich zu ihr gehen?" bettelte Missie. Wie gern wollte sie ihre Freundin trösten und ihr Mut zusprechen!

„Ja, ja, gehen Sie nur!"

Hastig kletterte Missie unter dem Verdeck hindurch ins Wageninnere. Becky lag bleich und mit Schweißperlen auf der Stirn da. Missie nahm ihre verkrampfte Hand und strich ihr das wirre Haar aus dem Gesicht. Ihre sanften Worte schienen das ängstliche Mädchen ein wenig zu beruhigen.

Missie blieb bis tief in die Nacht hinein bei Becky, doch der Zustand der Gebärenden blieb unverändert. Hin und wieder sank Becky in einen kurzen Schlaf, aus dem die nächste Wehe sie wieder emporschreckte. Schließlich schlug Willie, der bei John draußen am Feuer saß, vor, daß Missie sich selbst ein paar Stunden hinlegen solle. Frau Kosensky stimmte ihm zu.

Am nächsten Morgen stiegen die LaHayes, erschöpft nach dieser kurzen Nachtruhe, wieder aus ihrem Wagen und trafen die Vorbereitungen für einen neuen Tag in der

Prärie. Missie bat Willie, sich schnell nach Beckys Zustand zu erkundigen. Kurze Zeit später kehrte er zurück und berichtete, daß sich seit den Nachtstunden nichts geändert hatte. Mit bekümmertem Herzen bereitete Missie das Frühstück.

Während sie das Kochgeschirr wieder wegräumte, ritt einer von Herrn Blakes Männern an den Wagen vorbei und rief jeder Familie zu: „Der Boß sagt, wir bleiben hier. Er fährt nicht, bevor das Kind da ist."

Erleichtert seufzte Missie auf. Sie hätte dem bärbeißigen Treckführer vor Dankbarkeit um den Hals fallen können. Eine rumpelige, schaukelnde Wagenfahrt in Beckys Zustand wäre kaum vorzustellen gewesen!

Der Tag kroch unendlich langsam dahin. Am Vorabend war ein Mann zu Pferd nach Lipton geschickt worden, um einen Doktor ausfindig zu machen. Selbst einige von denen, die nicht gerade fromm zu nennen waren, beteten, daß auf dem schnellsten Weg ein Arzt herkommen möge.

Die Frauen vertrieben sich die langen Stunden des Wartens damit, ihre Wagen ein wenig aufzuräumen und auszufegen, während die Männer das Zaumzeug und die Wagenräder auf schadhafte Stellen untersuchten. Lagernachbarn saßen beisammen und unterhielten sich über Gott und die Welt. Dennoch schien die Zeit geradezu stillzustehen, und als es endlich Abend wurde, waren die Nerven aller zum Zerreißen gespannt. Der Gedanke an Becky und ihr ungeborenes Kind lag bleischwer auf den Herzen ihrer Weggefährten.

Es wurde spät. Ein wenig widerwillig löschten sie ihre Feuer und gingen zu Bett. Am Morgen, so hofften sie, würde sie die Nachricht der glücklichen Geburt des Kindes erwarten.

Doch ihre Hoffnung sollte unerfüllt bleiben.

Als die ersten sich früh am Morgen im Lager regten, sprach es sich herum, daß das Kind noch immer nicht geboren war. Ein weiterer langer Tag nahm seinen Lauf. Das Zaumzeug war längst geflickt, und die Wagen waren blitzsauber. Die Reisenden saßen müßig im Lager. Dennoch hielt sie ihre Hoffnung aufrecht. Jetzt konnte es doch nicht mehr lange dauern, bis der Doktor aus Lipton eintreffen würde, sagten sie sich. Doch schließlich kehrte der Reiter allein auf seinem erschöpften Pferd zurück. Es gab keinen Arzt in Lipton.

Gegen zwei Uhr mittags kam Frau Kosensky endlich aus dem Wagen der Clays hervor. Willie, Missie und einige andere Lagernachbarn hatten draußen gewartet. Niemand hatte den ersten Schrei des Neugeborenen gehört. Frau Kosenskys Schultern waren gebeugt, und die Tränen strömten ihr über das rundliche Gesicht. Sie schüttelte seufzend den Kopf.

„Ach, ach!" brachte sie mühsam hervor. „Er hat's nicht geschafft, der Kleine."

„Oh, die arme Becky!" rief Missie bestürzt. „Das wird ihr das Herz brechen."

„Nein", sagte Frau Kosensky wieder. „Nein. Die kleine Mama ist auch nicht mehr."

Alles in Missie wehrte sich. Das durfte einfach nicht wahr sein, was sie da gehört hatte! Doch in dem Gesicht der älteren Frau stand die entsetzliche Wahrheit geschrieben. Sie mußte es hinnehmen. Aus dem Wageninneren drang das gedämpfte Schluchzen eines Mannes.

„O lieber Gott im Himmel!" flüsterte Missie. Sie schlug die Hände vor das Gesicht und weinte fassungslos. Dann wandte sie sich an Willie und lehnte sich an ihn. Er ließ sie weinen, bis sie ruhiger wurde. Dann schob er sie sanft von sich.

„John braucht mich jetzt", sagte er. „Kannst du allein zum Wagen zurückgehen?"

Missie nickte nur, doch Henry begleitete sie fürsorglich über den unebenen Prärieboden und öffnete ihr die

Wagenplane. Erschöpft ließ sie sich auf das schmale Bett fallen und weinte sich ihren Schmerz und ihre Verwirrung von der Seele.

Am nächsten Morgen wurde die Beerdigung gehalten. Stumm und noch immer fassungslos stand John da, als die junge Mutter und ihr totgeborener Sohn in einer Decke zu der Grabstelle getragen wurden.

Nach der kurzen Andacht am Grab erging das Signal zur Weiterfahrt. Schweigend stellten die Männer ihre Gespanne der Reihe nach auf. Willie hatte John angeboten, er solle doch mit ihm fahren, aber John hatte abgelehnt. Er wollte lieber für sich bleiben. So setzte Missie sich zu Willie auf den Kutschbock, doch nur, um nach einer kurzen Strecke wieder abzusteigen.

Still ließ sie die übrigen Wagen an sich vorüberziehen. Als auch das letzte Gespann über den trockenen Boden vorbeigerattert war, sah sie sich nach Osten um. In dem Tal hinter ihr waren noch die kreisförmigen Spuren der Wagenburg zu erkennen. Ein wenig außerhalb lag der kleine Erdhügel, unter dem sie Becky zurückgelassen hatten. Einen Augenblick lang wäre Missie am liebsten zurückgelaufen, doch im Grunde wußte sie ja, wie sinnlos das war. Becky würde nie wieder lachen oder weinen. Missie fand nur Trost in dem Gedanken, daß Becky nicht allein durch das Todestal gegangen war. In den Armen hielt sie ihren kleinen Sohn.

„Auf Wiedersehen, Becky!“ flüsterte sie. „Gott befohlen, Rebecca Clay! Du warst mir eine liebe Freundin. Jetzt bist du mit deinem kleinen Jungen bei unserem himmlischen Vater. Dort bist du für immer froh und geborgen.“

Und mit tränenüberströmtem Gesicht wollte sie sich wieder nach Westen wenden, um dem Wagentreck zu folgen, als sie plötzlich einen einsamen Reiter aus den Büschen hervorbrechen sah. Vor dem Erdhügel hielt er sein Pferd an. Erst jetzt erkannte Missie ihn. Es war niemand anders als Herr Blake. Er saß ab und ging auf das Grab zu. Dann nahm er seinen Hut ab und stand eine Weile mit gesenktem Kopf da. Schließlich legte er einen kleinen Strauß wilder Prärieblumen auf den frischen Erdhügel. Als er sich umwandte, um sein Pferd wieder zu besteigen, brach Missie erneut in Tränen aus.

„Eine rührende Geste!" dachte sie.

Missie konnte nicht wissen, daß dieser Mann vor vielen Jahren einmal an einem ähnlichen Grab gestanden hatte, in dem seine eigene Frau und sein neugeborener Sohn zur letzten Ruhe gebettet worden waren. Damals hatte auch er weiterziehen und sie allein am Wegrand mitten in der Prärie zurücklassen müssen.

Ein schwerer Entschluß

Tettsford Junction war nun nicht mehr weit entfernt; dennoch schienen die Tage ähnlich wie zu Beginn der Reise unerträglich langsam zu vergehen. Missie bemühte sich, ihre Hände und Gedanken ständig beschäftigt zu halten. Neben ihren eigenen Aufgaben widmete sie sich ihren Mitreisenden, wo sie nur konnte. Besonders Frau Collins nahm ihre Hilfe dankbar an. Obwohl ihre Kinder die Strapazen der langen Reise erstaunlich gut überstanden, bedurften sie der stetigen Aufsicht eines Erwachsenen.

Missie und Willie hatten bisher noch nicht miteinander über Beckys Tod sprechen können. Missie weinte viel in diesen Tagen. Wenn Willie bei ihr war, hielt er sie in seinen Armen, strich ihr über das Haar und ließ sie gewähren. Im Grunde ihres Herzens wußten beide, daß sie bald miteinander reden und ihren Kummer aussprechen mußten, um ihn zu überwinden.

Abend für Abend schloß Willie den jungen Witwer in seine Gebete ein. Obwohl Missie großes Mitleid für John empfand, hegte sie im stillen zugleich einen Groll gegen ihn.

Eines späten Abends brachte Willie behutsam die Sprache auf den wunden Punkt.

„Geht dir die Sache mit Becky immer noch so nahe?“ fragte er.

„Ja – ziemlich arg sogar“, stieß Missie hervor, ohne wieder in Tränen auszubrechen.

„Ich glaube, für John wird's immer schwerer statt leichter“, fuhr Willie nach kurzem Schweigen fort.

„Wie meinst du das?“

„Zuerst hat er gar nicht richtig begriffen, was eigentlich passiert ist. Aber jetzt bricht der Schmerz mit aller Wucht über ihn herein. Er vermißt Becky so sehr und ist furchtbar einsam ohne sie.“

Missie dachte über Willies Worte nach. Noch immer spürte sie den Groll in ihrem Herzen. Sie holte tief Luft.

„John wußte ja immer alles besser. Bloß, weil seine Mutter ihre neun Kinder im Handumdrehen gekriegt hat ... Und dabei kann es bei jeder Frau auch einmal ganz anders ausgehen. Das hätte er sich von vornherein überlegen sollen!“

Jetzt konnte Missie ihre Tränen trotz aller guten Vorsätze nicht mehr zurückhalten.

„So ähnlich habe ich zuerst auch gedacht“, erwiderte Willie sanft, „aber vielleicht urteilen wir da ein bißchen zu hart über John. Klar, er war sich seiner Sache zu sicher, aber vielleicht hat er sich auch nur selbst was vormachen wollen. Vielleicht hat er sich eingeredet, daß schon alles gutgehen würde, wenn er nur fest genug daran glaubte. Es kann jedenfalls so gewesen sein, ich weiß es nicht genau; aber eins weiß ich ganz sicher: er hat Becky geliebt, sehr sogar, und auf seinen Sohn hatte er sich so gefreut. Jetzt ist er ganz allein ohne die beiden, und das tut weh, Missie. Ich fürchte, da haben wir alle keine reine Weste; vielleicht erscheinen uns die Nähe, die Liebe und auch die Gesundheit derjenigen, die wir lieben, allzuoft als etwas Selbstverständliches.“

Missies Schluchzen verstummte allmählich. Willie hatte recht. John hatte Becky wirklich von Herzen liebgehabt, und er hatte sich mit ihr auf das Baby gefreut. Es war nicht seine Schuld, daß alles ein solch tragisches Ende genommen hatte. Wäre die lange Verzögerung am Großen Fluß nicht gewesen, hätten sie Tettsford Junction noch rechtzeitig erreicht.

Ein tiefes Mitleid erfaßte Missie plötzlich. Der arme John! Welch unermeßlichen Verlust hatte er hinnehmen müssen! Sie würde in Zukunft mehr im Gebet an ihn denken.

„Missie ...“

Als Willie nicht weitersprach, sah sie zu ihm auf, doch es war zu dunkel, um sein Gesicht zu erkennen.

„Ich habe mir Gedanken gemacht“, sagte er endlich. „In Tettsford Junction gibt's einen Doktor.“

„Ja, ich weiß.“

„Ich möchte auf jeden Fall, daß ein Arzt in der Nähe ist, wenn du entbindest.“

„Aber bis zur Geburt sind's doch noch fast vier Monate!“ Missie hatte absichtlich ein wenig übertrieben.

„Ja, schon, aber ich möchte, daß du das Kind in Tettsford zur Welt bringst.“

Missie überlegte.

„Das läßt sich bestimmt einrichten. Wie weit ist es von deinem Land bis nach Tettsford?“

„Mit dem Gespann eine gute Woche.“

„Eine Woche? Also schön, dann fahren wir halt eine Woche vor dem Termin nach Tettsford.“

„Daran habe ich eigentlich weniger gedacht“, sagte Willie langsam.

„An was dann?“

Willie schluckte.

„Also, ich habe gedacht, daß du am besten gleich in Tettsford bleibst, bis das Kind da ist.“

„Aber ... aber du konntest es doch kaum erwarten, zu deinem Land zu kommen ... Du wolltest doch Zäune ziehen, ein Haus bauen und Rinder kaufen, bevor der Winter kommt ...“

„Ja, schon, aber ...“

„Na, siehst du, so würde dir die Zeit nur furchtbar knapp. Bis ich wieder weiterfahren kann, ist es zu spät zum ....“

„Ich fahre wie geplant weiter“, unterbrach Willie sie, „damit ich mich auf dem Land um das Notwendigste kümmern kann.“

„Was – und ich soll allein in Tettsford bleiben?“ Missie konnte kaum ihren Ohren trauen.

„Wir haben keine andere Wahl, Missie.“

„Aber das will ich nicht. Das wäre ja ...“

Willie strich ihr über die Schultern, doch seine Stimme verriet Entschlossenheit.

„Mir paßt das auch nicht, Missie, aber was bleibt uns anderes übrig? Ich will es auf keinen Fall wie John einfach darauf ankommen lassen. Ich ...“

Missie unterbrach ihn: „Aber bei mir ist das doch alles ganz anders. Sieh mal, Becky hatte von Anfang an Schwierigkeiten mit ihrer Schwangerschaft. Mir geht's gut. Ich fühle mich wohl wie ein Fisch im Wasser!“

Missie spürte Willies Hand auf ihrem Arm.

„Wer garantiert uns, daß du am Ende nicht doch einen Doktor brauchst? Wo wir hinziehen, gibt's keinen. Nicht mal eine Hebamme, die dir helfen könnte. Nicht mal eine Nachbarsfrau. Da draußen hast du niemanden! Verstehst du denn nicht? Ich kann dich einfach nicht auf unser Land mitnehmen. Nicht, nachdem die Sache mit Becky passiert ist!“

Ein Schluchzen wollte Missies Stimme ersticken, doch sie gab noch nicht auf.

„Dann fahren wir halt nach Tettsford zurück, wenn es an der Zeit ist. Ohne dich will ich aber nicht dableiben, Willie. Wir fahren dann einfach zusammen zurück.“

„Und was wird, wenn das Kind zu früh kommt, so wie bei Becky? Und woher wissen wir eine Woche vorher, wann es soweit ist? Außerdem kann immer mal etwas schiefgehen. Ich bete ja jetzt schon jeden Abend, daß du den nächsten Tag heil überstehst und daß du es noch bis Tettsford schaffst. Wenn ich dich von da in aller Seelenruhe weiterziehen lasse – was, wenn es unterwegs losgeht? Was dann, Missie?“

Sie wußte, daß alle Widerrede zwecklos war. Schluchzend vergrub sie ihr Gesicht an Willies Schulter. Drei Monate ohne Willie in einem wildfremden Ort auf die Ankunft ihres Kindes warten zu müssen – ach, es war einfach unvorstellbar!

Da spürte sie plötzlich eine Träne auf ihre Stirn fallen. Willie weinte mit ihr.

„Es wird für uns beide nicht leicht werden“, sagte er schließlich. Seine Stimme klang rauh. „Es wird uns sogar mächtig schwerfallen, aber wir werden es schaffen. Unser Vers sagt doch: ‚Fürchte dich nicht, ich bin mit dir, weiche nicht, denn ich bin dein Gott. Ich stärke dich, ich helfe dir auch, ich halte dich durch die rechte Hand meiner Gerechtigkeit.‘“

Tettsford Junction

Das letzte gemeinsame Lager wurde kurz vor Tettsford Junction aufgeschlagen. Die Ortschaft erwies sich als weitaus größer, als die Reisenden erwartet hatten. Missie konnte sich nicht erklären, wie eine Stadt dieser Ordnung mitten in der Prärie existieren konnte. Außer ein paar kärglichen Sträuchern schien weit und breit nichts zu gedeihen. „Wer würde sich schon freiwillig in diese Einöde verschlagen lassen?“ wunderte sie sich und zog das Tuch fester um ihre Schultern, um sich gegen den ständig pfeifenden Wind zu schützen.

Die Reisenden erreichten das gemeinsame Reiseziel in unterschiedlicher Verfassung. John war noch immer wie betäubt von dem schweren Schicksalsschlag, den er auf dem Weg hierher hinnehmen mußte. Nun wußte er nicht recht, ob er tatsächlich weiter nach Westen zu seinem Bruder reisen sollte oder ob er sich eine Arbeit in der Stadt suchen sollte. Ohne Becky an seiner Seite erschien ihm das Leben wertlos und leer.

Die Pages beschlossen, in Tettsford Junction zu bleiben. Einige andere Familien, die Missie nicht näher kannte, taten es ihnen nach. Jessie Tuttle richtete sich wie geplant auf ihre Weiterreise ein. Frau Page hatte sich ein paar zielsichere Wortgeschosse bis zum Schluß aufgespart, doch niemand konnte ihre Enttäuschung beschreiben, als sie diesmal auf taube Ohren stießen und unerwidert blieben.

Frau Emory, die junge Witwe, war sich darüber im klaren, daß ihre Möglichkeiten begrenzt waren. Sie wollte hier in der Stadt bleiben. Durch die Hilfsbereitschaft ihrer Treckgefährten hatte sie Tettsford Junction erreichen können; nun lag es an ihr, für sich selbst zu sorgen. Die vergangenen Wochen hatten aus ihr eine reife, genügsame Frau gemacht, und obgleich der Verlust ihres Mannes noch immer schwer auf ihr lastete, war sie bereit, sich eine neue Existenz aufzubauen.

Auch Herr Weiss und Kathy beschlossen, am Ort zu bleiben. Herr Weiss hatte mit dem Brustton der Überzeugung erklärt, daß eine Stadt dieser Größe bestimmt noch eine zusätzliche Schmiede nötig hätte. Im stillen fragte sich Missie, ob das der wahre Grund war, oder ob er etwa eine heimliche Zuneigung zu der jungen Witwe hegte. Sie hoffte inständig, daß dem nicht so wäre. Melinda Emory war nur wenige Jahre älter als seine Tochter Kathy. Nun, seufzte sie, das war schließlich seine Angelegenheit, und Herr Weiss war immerhin ein herzensguter Mensch.

Alle anderen Reisenden würden sich in den nächsten Tagen anderen Trecks anschließen, die sie in nordwestliche Richtung tiefer in die Prärie führen sollten. Missie konnte sich nicht vorstellen, wie sich jemand eine solch karge, eintönige Landschaft aus freien Stücken als neue Heimat aussuchen konnte.

Sobald das Lager aufgeschlagen war, fragte Willie seine Frau, ob sie mit ihm in die Stadt gehen wolle, um sich ein wenig umzusehen. Die Erinnerung an ihren letzten Stadtbummel lastete jedoch noch so schwer auf Missie, daß sie sich danach sehnte, eine Weile allein zu bleiben.

Wenn Willie doch nur nicht so starrköpfig sein wollte! Wie konnte er nur von ihr erwarten, drei lange Monate mutterseelenallein in dem engen, ungemütlichen Wagen zu verbringen – und das in dieser wildfremden Stadt inmitten einer schattenlosen, baumlosen Einöde, wo die Sonne unbarmherzig auf Mensch und Vieh herniederbrannte und der Wind Tag und Nacht heulte! Genausogut hätte sie gleich zu Hause bei ihren Eltern bleiben können; dort wäre sie wenigstens besser untergebracht gewesen. „Das habe ich nun davon", sagte sie sich in ihrem Groll. „Da reist man durch halb Nordamerika, läßt sich von Hitze, Regen und Moskitos plagen, handelt sich obendrein wehe Füße ein – und wozu? Bloß, um hier mitten in der Prärie wie ein alter Koffer abgeladen zu werden?" Ach, es war einfach nicht fair von Willie, sie hier einfach abzusetzen. Schlichtweg gemein war das!

Heiß liefen ihr die Tränen über das Gesicht, bis sie endlich erschöpft einschlief.

Willie kehrte beschwingt und guter Dinge zurück. Schon von draußen rief er nach Missie.

„Du, ich habe ein Zimmer gefunden!" berichtete er triumphierend. Missies Kopf fuhr in die Höhe.

„Ein Zimmer? Wozu?"

„Für dich natürlich", gab er überrascht zurück. „Für die Zeit, bis du weiterfahren kannnst!"

Sie starrte ihn ungläubig an. Also hatte er gar nicht vorgehabt, sie hier in ihrem Wagen allein zu lassen!

Missie schwieg sich aus. Sie hatte noch immer nicht im geringsten die Absicht, in Tettsford Junction zu bleiben. Sie würde mit Willie ziehen, koste es, was es wolle! Doch im Moment war jeder Protest zwecklos.

„Es ist ein geräumiges Zimmer bei netten Leuten. Du wirst sie bestimmt gleich mögen. Sie haben sogar erlaubt, daß ich auch dort übernachten kann, bis der Gütertreck loszieht."

„Ach nee, wie gütig von ihnen!" entfuhr es Missie hitzig. „Immerhin bist du ja mein Mann."

Willie ging über ihre Bemerkung hinweg und fuhr fort: „Herr Taylorson hat einen Gemischtwarenladen, und seine Frau gibt Klavierstunden. Sie meinte, daß es dir vielleicht Freude machen würde, ein wenig spielen zu lernen."

„Also Willie, jetzt mach aber 'nen Punkt!" brauste Missie auf. „Wozu soll ich denn hier mitten in der Fremde ausgerechnet mit Klavierspielen anfangen?"

„Damit dir die Zeit ein bißchen schneller vergeht", antwortete Willie ruhig. „Das könnte dir nämlich eine große Hilfe sein, wenn du nur willst."

Am liebsten hätte Missie ihm den Rücken zugekehrt und wäre davongerannt, doch mitten im Lager wollte sie ihm keine Szene machen. So hantierte sie schweigend an der Petroleumlampe herum und bemühte sich nach Kräften um eine unbeteiligte Miene.

„Der Doktor wohnt bloß drei Häuser von den Taylorsons entfernt", fuhr Willie fort. „Da hat er keine weite Anfahrt, wenn's soweit ..."

„Ja, wenn er nicht gerade einen Beinbruch richten oder eine Schußwunde verbinden muß", fiel Missie ihm ins Wort.

„So was kann auch zu Hause vorkommen", erwiderte Willie gelassen. „Außerdem gibt es zwei Hebammen am Ort für den Fall, daß der Doktor wirklich mal verhindert sein sollte."

„Die Hebamme hat Becky auch nicht retten können."

Missie biß sich auf die Zunge. Das war Willie gegenüber nicht fair gewesen. Er tat ja nur, was er für das Beste hielt. Mühsam schluckte sie ihre Tränen hinunter und räusperte sich.

„Und wann fährt der Gütertreck los?" wechselte sie das Thema.

„In einer Woche oder sogar noch eher."

„Glaubst du, bis dahin wirst du alle Geräte beisammen haben?"

„Ich glaube schon. Es war eine gute Idee von Pa, als er vorschlug, noch einen Wagen für die Zaunpfähle und anderes Zubehör zu kaufen. So kann ich gleich mit dem Bauen loslegen."

„Hm. Und wo in dieser baumlosen Einöde gedenkst du, dein Zaunholz zu kaufen?“ Missie war machtlos gegen ihr Widerstreben.

„Holz gibt’s in den Bergen westlich von hier. Die Stämme werden hierher transportiert. Schließlich bin ich nicht der einzige, der Bauholz braucht.“

Missie nickte.

„So, jetzt muß ich aber nach den Tieren sehen“, sagte Willie und wandte sich zum Gehen. „Henry läßt dir übrigens ausrichten, daß er nicht zum Abendbrot kommt.“

„Was hat er denn vor?“

„Er ist bei den Weissens; was er aber nun genau vorhat, kann ich dir auch nicht sagen.“

Missie mußte gegen ihren Willen lächeln. Es war also doch Kathy Weiss, für die sich Henry insgeheim erwärmt hatte. Die ganze Reise über hatte er seine Mitreisenden im ungewissen gelassen und allen jungen Mädchen gleich viel Beachtung entgegengebracht. Nun, wenigstens würde Kathy auch in Tettsford bleiben, so daß Missie ein wenig Gesellschaft hatte.

Als sie ihre Vorbereitungen zum Essen traf, bedauerte sie plötzlich, Willies Einladung zu einem Stadtbummel ausgeschlagen zu haben. Wenn sie sich nur nicht so störrisch und vor Selbstmitleid zerfließend aufgeführt hätte, dann hätte sie jetzt frisches Gemüse und Eier zum Abendbrot auftischen können, statt der eintönigen Trokkenwaren, die sie seit Wochen schon Tag für Tag gegessen hatten.

Morgen würde sie in die Stadt gehen, nahm sie sich vor. Vielleicht würde sie sogar mit Willie den Taylorsons einen Besuch abstatten. Schließlich konnten die armen Leute nichts dafür, daß sie hier in der Stadt ihr Dasein fristen sollte, bis das Baby kam. Sie hatten ihren Groll wirklich nicht verdient.

Die Taylorsons

Am nächsten Morgen wachte Missie erfrischt und unternehmungslustig auf. Sie war fest entschlossen, das Beste aus ihrer Situation zu machen und den Tag nicht wieder mißmutig an sich vorübergehen zu lassen.

Nach einer ausgiebigen Morgentoilette wählte sie eins ihrer Lieblingskleider für den Ausgang in die Stadt. Der fröhlich geblümte Stoff fiel lose und luftig um ihren wachsenden Leib. Den Gürtel hatte Missie längst beiseite gelegt. Dankbar stellte sie fest, daß die weiten Falten ihr auch für die verbleibenden Monate ihrer Schwangerschaft gute Dienste leisten würden. Die weitgeschnittenen Blusen und Umstandsröcke, die Missie und ihre Mama vorsorglich „für später einmal" genäht hatten, waren zwar sehr praktisch, doch Missie war froh, daß sie ein paar hübsche Schürzen besaß, die sie über den einfachen dunklen Röcken tragen konnte. Sie kämmte sich das Haar mit besonderer Sorgfalt und begann dann, das Frühstück für die Männer herzurichten.

Henry tauchte als erster auf. Bei Missies Anblick hob er anerkennend die Brauen.

„Sie haben heute wohl Ihre Wanderstiefel nicht finden können, wie?" scherzte er.

Missie sah auf ihre zierlichen schwarzen Lederschuhe hinab und lächelte zurück.

„Die Wanderstiefel haben vorläufig ausgedient", meinte sie.

„Langsam mit den jungen Pferden!" gab Henry zurück. „Waren Sie schon in Tettsford?"

„Noch nicht. Willie war gestern ohne mich dort. Mir war nicht nach Stadtbummel zumute, aber heute will ich mich mal dort umsehen."

Henry nickte.

„Ziemlich großer Ort, aber nicht allzu vornehm."

„Wie kommt die Stadt eigentlich zu ihrem Namen?"

„Ein Mann namens Tettsford hat hier vor Jahren den ersten Laden für die Trecks aufgemacht, die durch die Gegend ziehen."

„Gibt es das Geschäft noch?"

„Nee. Der Mann hat sein Vermögen gemacht und ist wieder nach Osten gezogen. Da läßt sich so was besser ausgeben."

„Der Mann hatte Grips im Kopf", sagte Missie eher zu sich selbst als zu Henry.

„Wissen Sie, ein Bestandteil unserer langen Treckreise wird mir arg fehlen."

Henrys plötzliche Wende im Gespräch kam ein wenig überraschend, doch Missie fing sich im Nu und neckte ihn: „Da bin ich aber mächtig gespannt, wer das wohl sein mag!"

„Nicht, was Sie denken! Ich meine doch unsere Sonntagsandachten."

Missie wurde wieder ernst.

„Ja, die werde ich auch vermissen", sagte sie. „Es war zwar nicht gerade wie zu Hause in der Kirche, aber schön war's doch. Und Sie haben Ihre Sache tadellos gemacht, Henry. Ist Ihnen je einmal in den Sinn gekommen, Prediger zu werden?"

Der junge Mann sah verlegen zu Boden.

„Ja, ab und zu habe ich schon mal dran gedacht, aber zum Prediger habe ich wohl nicht das Zeug. Von Büchern und Benimm verstehe ich nämlich nicht viel."

„Unsinn, Henry! Sie sind der geborene Prediger! Haben Sie denn nicht gesehen, wie die Leute oft nach Ihrem Rat gefragt und sich auf Sie verlassen haben?"

Henry schwieg.

„Das stimmt vielleicht“, sagte er langsam, „jedenfalls ein paar von ihnen. Aber das war immerhin ein Wagentreck, keine richtige Kirchengemeinde, und das ist ein gewaltiger Unterschied. Bloß eins habe ich mir fest vorgenommen ...“ Er zögerte.

„Was denn?“ fragte Missie.

„Hm – ich habe Gott versprochen, mich für ihn einzusetzen, ganz egal, wo er mich hinschickt. Muß ja nicht unbedingt eine Kirche sein, Missie – aber es gibt so viele Leute, die Gott brauchen und denen es im Leben nicht einfallen würde, in eine Kirche zu gehen.“

„Das ist ein gutes Versprechen, Henry“, sagte Missie sanft. „Es ist wirklich so: Gott braucht überall Leute, die anderen von ihm weitersagen, und das nicht nur in den Kirchen!“

Missie wandte sich den Frühstücksvorbereitungen wieder zu, während Henry es sich auf einem Schemel bequem machte. Nicht lange darauf kündigte ein munteres Pfeifen an, daß Willie in der Nähe war.

Mitten im Lied brach Willie die Melodie ab und stieß statt dessen einen anerkennenden Pfiff aus. Dann grinste er fröhlich.

„Sie haben sich aber fein herausgeputzt, Frau LaHaye!“

„Komm schon, Willie, laß den Quatsch! Du hast mich halt so lange bloß in den langweiligen Kleidern und den schweren Wanderstiefeln gesehen, daß du ganz vergessen hast, wie ich normalerweise aussehe.“

„Da wirst du meiner Erinnerung von jetzt an öfter mal auf die Sprünge helfen dürfen. Prächtig sieht sie aus, nicht wahr, Henry?“ zwinkerte Willie seinem Kameraden zu.

„Das wollte ich ihr auch schon sagen.“

„Sieh ihn dir nur an, diesen Frauenhelden“, lachte Willie. „Kaum hat ihn das hübsche Fräulein Weiss huldvoll angelächelt, da teilt er schon die tollsten Komplimente nach allen Seiten aus!"

„Nach allen Seiten nun auch wieder nicht", verteidigte sich Henry. „Nur an die besonders netten Damen."

Wieder lachte Willie.

„Nett ist sie allerdings, Henry. Gar kein Zweifel!"

Er gab Missie einen Kuß auf die Wange. Entrüstet wandte sie sich ab.

„Aber Willie! Doch nicht in aller Öffentlichkeit!" Damit machte sie sich wieder an ihrem Kochgeschirr zu schaffen.

Nach dem Essen lasen sie gemeinsam einen Abschnitt aus der Bibel, und Willie schloß – wie jeden Tag – mit dem Vers aus Jesaja und einem Gebet.

„Brauchen Sie mich heute?" fragte Henry dann.

Willie überlegte.

„Ich glaube kaum. Die Tiere kann ich allein versorgen. Gehen Sie nur und machen Sie sich einen schönen Tag."

„Danke vielmals. Ich werde den Weissens ein bißchen beim Einzug helfen. Sie haben nämlich schon ein Häuschen gefunden – ‚klein, aber mein' sagen sich die beiden."

„Soll Frau Emory auch bei ihnen wohnen?"

„Nein, aber sie könnte auch Hilfe beim Einzug gebrauchen. Sie hat ein kleines, unmöbliertes Zimmer über dem Gemischtwarenladen gefunden. Nach den Sommerferien kann sie an der Schule unterrichten, aber bis dahin hat sie eine Stelle in der Hotelküche."

„In der Hotelküche? Ist das nicht eine ziemlich Zumutung für so ein zierliches Persönchen?" fragte Missie stirnrunzelnd.

„Hab' ich auch gemeint – aber die Stelle war frei, und sie bestand darauf, sie anzunehmen."

In seiner Stimme hatte aufrichtiges Interesse, aber auch Anerkennung gelegen. Jetzt nahm er seinen Hut.

„Also, wenn's Ihnen recht ist, mache ich mich gleich auf den Weg zu den Weissens."

„Den hat's aber mächtig erwischt, nicht wahr?" schmunzelte Willie, nachdem Henry gegangen war. „Nun, Frau LaHaye, darf ich Sie in die Stadt entführen? Sie haben sich doch nicht etwa in Ihr pfingstbestes Kleid geworfen, um den Wagen zu hüten?"

„Mein Herr, ich nehme Ihre Einladung ausnahmsweise an", erwiderte Missie gespielt höflich und geziert.

Die Stadt entsprach weitgehend Missies Erwartungen. Es gab kaum einen grünen Flecken. Hier und da kämpften einige welke Gemüsepflanzen in trockenen, versandeten Vorgärten um ihr Leben. Unter einer tropfenden Wasserpumpe und um einen Viehtrog herum wuchsen Gras und Unkraut. Bäume und Ziersträucher hatte niemand erst anzupflanzen versucht. Soweit das Auge reichte, wirbelte der Präriewind unablässig den trockenen Staub durch die Luft.

Auch die Häuserfronten wirkten ungastlich und abweisend. Weder frische Farben noch kunstvoll gearbeitete Ladenschilder schmückten das Straßenbild. In eckigen, übergroßen Buchstaben stand „SALOON" über dem Eingang zu einem grauen, windumfegten Gebäude geschrieben. Nebenan war das Hotel. Missie dachte mitleidig an Melinda Emory, die in der heißen, stickigen Hotelküche schwer arbeiten müßte. Die ganze Straße entlang standen Häuser, die Wind und Wetter unansehnlich gemacht hatten. Die Bürgersteige schienen ziemlich neu zu sein, doch auch sie waren von einer dicken Staubschicht überzogen, wo die bodenlangen Röcke der Frauen sie nicht regelmäßig fegten.

Der graugestrichene Saloon war nicht das einzige Lokal seiner Art. Auf der Hauptstraße befanden sich vier weitere. „Was fangen die Leute hier nur mit all den Kneipen an?" wunderte sich Missie. Im Gegensatz dazu konnte sie nur eine einzige Kirche entdecken, deren Glockenturm die unansehnlichen Gebäude zu ihrer Linken überragte.

Missie zählte drei Schmieden auf der Hauptstraße, doch Herr Weiss mochte recht haben, daß eine Stadt dieser Größe durchaus noch eine vierte gebrauchen konnte.

Außerdem entdeckte sie eine Bank, ein Sheriffsbüro, eine Druckerei, ein Telegrafenamt, mehrere Mietställe und andere Geschäfte und Gebäude, deren Zweck Missie noch nicht ergründet hatte. „Überland-Reisedienst" stand in großen Buchstaben über der Kutschstation. Missie mußte lächeln. Wohin in aller Welt konnte man nur in dieser Einöde verreisen?

Die Stadt ließ Missie ziemlich unbeeindruckt. Die Aussicht, hier drei lange Monate ohne Willie verbringen zu sollen, stimmte sie niedergeschlagen. Nein, sie wollte nichts mit dieser Stadt zu tun haben. Sie hatte sich so sehr auf Willies eigenen Grund und Boden gefreut. Dort würde alles ganz anders aussehen: ein kühles, mit saftigem Gras bewachsenes Tal inmitten sanfter Hügel – und in der Ferne das schneebedeckte Gebirge. Missie konnte es kaum erwarten, diese Berge mit eigenen Augen zu sehen.

„Gleich um die Ecke hier wohnen die Taylorsons", unterbrach Willie ihre Träume und führte sie in eine Seitenstraße. Hier gab es keine Bürgersteige; der staubige Boden war einfach nur glattgewalzt worden.

„Und hier wohnt der Doktor. Seine Praxis ist über dem Sheriffsbüro, aber in seinem Haus hat er ein Behandlungszimmer für Notfälle."

Missie musterte das schmucklose Haus des Doktors. Es wirkte so abweisend und kalt wie die übrigen Gebäude in dieser Stadt.

„So, da sind wir!" sagte Willie jetzt und öffnete ein Gartentor. Das kastenförmige Haus hinter dem Zaun war aus ungestrichenem Holz gebaut und hatte ein derbes, wetterfestes Aussehen. Im Vorgarten standen ein paar kümmerliche Pflanzen. Missie mußte unwillkürlich an den üppig blühenden Garten ihrer Mutter zu Hause denken.

„Liebe Güte, wie trocken der Boden ist!“ bemerkte sie.

„Wasser ist hier eine Kostbarkeit, das steht fest“, gab Willie zurück.

Er klopfte an die Tür. Eine rundliche, wohlwollend dreinschauende Frau öffnete ihnen.

„Aha!“ strahlte sie über das ganze Gesicht. „Das ist also Ihre kleine Frau.“

Aufmerksam musterte sie Missie von oben bis unten.

„Und daß Nachwuchs unterwegs ist, sieht man schon auf den ersten Blick!“

Missie spürte, wie ihr die Röte in die Wangen schoß.

„Darf ich vorstellen?“ sagte Willie. „Frau Taylorson, das ist meine Frau.“

„Nur hereinspaziert!“ lud Frau Taylorson ein. „Ich zeige Ihnen gleich Ihr Zimmer.“

Damit ging sie durch die Diele zur Treppe voran. Schnaufend und pustend erklomm sie die Stufen und stieß eine Tür zu ihrer Linken auf. Das Zimmer war stikkig und heiß; kein Lüftchen bewegte die Vorhänge. Die Möbel waren schlicht, aber sauber. Das alte Bett an der Wand sah recht bequem und einladend aus.

Frau Taylorson war eine praktisch denkende Frau.

„Ihr Mann hat gemeint, Sie hätten Ihre eigenen Sachen“, sagte sie. „Deshalb habe ich auch das Bettzeug und alles andere Überflüssige weggeräumt.“

„Ja, das ist richtig“, antwortete Missie. Im stillen fragte sie sich, wie die verblichenen Vorhänge am Fenster nur Frau Taylorsons hausfraulichem Scharfblick entgangen sein konnten.

„Ich nehme gewöhnlich keine Hausgäste auf“, erklärte die rundliche Frau, „aber Ihrem Mann schien mächtig viel an einem Zimmer für Sie gelegen zu sein. Er hat gemeint, Sie wären sauber und anständig. Da habe ich mir gesagt: ‚Nun, auf einen Versuch könnte ich es ja ankommen lassen.‘ Ohne Hausregeln wird es allerdings nicht gehen. Ich habe welche auf ein Blatt Papier geschrieben und hier an die Tür geheftet. Die dritte ist bei Ihnen wohl überflüssig, wie ich das so sehe – aber man kann ja nie wissen, sage ich immer, und Regeln braucht der Mensch. So, jetzt überlegen Sie sich in Ruhe, was Sie alles vom Wagen reinbringen wollen. Ich setze derweil das Teewasser auf.“

Geräuschvoll verließ sie das Zimmer, und Missie und Willie waren allein.

Missie wäre am liebsten in Tränen ausgebrochen, doch tapfer versuchte sie, sich zu beherrschen.

Willie trat ans Fenster und öffnete es weit. Missie wandte sich den Hausregeln an der Tür zu.

„Du, Willie“, rief sie ihm zu, „ich glaube, du hast gerade eben gegen Regel eins verstoßen!“

Willie trat neben sie.

„‚Nummer eins‘“, las Missie vor. „‚Das Fenster hat geschlossen zu bleiben. Der Straßenstaub weht sonst ins Zimmer.

Nummer zwei: Kein lautes Sprechen oder Lachen. Nummer drei: Kein Herrenbesuch. Es wird auch nicht mit Herren ausgegangen, außer mit dem Ehemann.

Nummer vier: Wasser muß vor dem Ausschütten mindestens zweimal benutzt werden. Wir haben Wasserknappheit.

Nummer fünf: Frühstück um acht Uhr, Mittagessen um halb eins, Abendessen um sechs. Die Mahlzeiten sind strengstens einzuhalten. Herr Taylorson hat Magengeschwüre und muß pünktlich essen.

Nummer sechs: Nachtruhe um zehn Uhr.

Nummer sieben: Pangsionsgäste' – sieh mal, wie sie das geschrieben hat, Willie! – ,Pangsionsgäste haben sonntags in die Kirche zu gehen.

Nummer acht: Miete ist im voraus fällig.

Nummer neun: Geld und Gebrauchsgegenstände können nicht entliehen werden.

Nummer zehn: Pangsionsgäste haben für ihre Wäsche selbst zu sorgen.

Nummer elf: Haarwäsche einmal pro Woche in dem Becken im Hof.

Nummer zwölf ...' – Mehr ist ihr wohl nicht eingefallen", sagte Missie. „Unter ,Nummer zwölf' steht nichts mehr."

„Na, bestens!" gab Willie zurück. „Dann kann ich dich ja ruhig küssen, ohne gegen irgendeine Regel zu verstoßen!"

Er zog sie an sich. In seinen Armen mußte sie wieder mit den Tränen kämpfen. Schließlich hatte sie ihre Fassung wiedergewonnen und trat lächelnd einen Schritt zurück.

„Wenn ihr die Regel nur eingefallen wäre, dann hätte sie sie bestimmt auch aufgeschrieben", sagte sie. Willie lachte und gab ihr noch einen herzhaften Kuß.

Kurze Zeit später stiegen sie gemeinsam hinunter, um die Miete bei Frau Taylorson zu bezahlen. Missie hätte weinen mögen, als Willie ihr den Betrag für dreieinhalb endlose Monate aushändigte. Wie sollte sie das nur aushalten? Sie würde vor Einsamkeit zugrunde gehen! Nur mühsam konnte sie die Tränen zurückhalten.

Frau Taylorson steckte sich das Geld in die Schürzentasche und lächelte die beiden jungen Leute an. Dann forderte sie Missie auf, gleich mit dem Einzug zu beginnen. Den Rest des Tages würden sie damit verbringen, die Dinge auszusortieren, die Missie hier brauchen würde.

Frau Taylorson hatte zwar keine Hausregel bezüglich Nähmaschinen in vermieteten Zimmern ausgehängt, doch Missie erkundigte sich sicherheitshalber doch bei ihr. Nein, die Wirtin hatte nichts dagegen einzuwenden, daß Missie eine Nähmaschine in ihrem neuen Zimmer aufstellte. Missie war erleichtert. Sie freute sich auf die ruhigen Stunden, in denen sie die winzigen Hemdchen und Decken für ihr Kind nähen würde.

Um keine Zeit zu verlieren, informierte Frau Taylorson die beiden anschließend, daß sie pünktlich um sechs Uhr zum Abendbrot erwartet würden. Für den Fall, daß sie in der Zwischenzeit irgendwelche Fragen haben sollten, sie sei in der Küche zu finden.

Willie kutschierte den Wagen vom Lager in die staubige Straße und hielt das Gespann vor dem Haus der Taylorsons an. Nun begann die langwierige Auswahl der Gegenstände, die Missie hierbehalten sollte. Missie selbst konnte sich nur schwer entscheiden, was sie in ihr Zimmer räumen wollte. Endlich war jedoch alles geregelt, und Missies Zimmer wirkte sogar recht wohnlich. Auch für sich selbst trug Willie einige Dinge nach oben, die er während der Woche vor seiner Abreise brauchen würde. Anschließend brachte er den Wagen an den Stadtrand zurück, wo Henry für alles Weitere sorgen würde.

Schlag sechs Uhr stiegen die LaHayes die Treppe hinunter. Ihre Befürchtungen, das Eßzimmer nicht auf Anhieb zu finden, erwiesen sich als völlig unbegründet. Sie brauchten nur den köstlichen Essensdüften zu folgen und waren bald an dem gedeckten Tisch angelangt.

Ein Mann saß erwartungsvoll mit der Gabel in der Hand vor seinem Teller. Als die beiden jungen Leute eintraten, legte er die Gabel nieder und erhob sich kurz zum Gruß. Ein Lächeln war es nicht gerade, mit dem er sie begrüßte, doch war seine Miene auch nicht gerade unfreundlich.

„Guten Abend", sagte er dienstbeflissen und reichte Willie die Hand. „J. B. Taylorson ist mein Name."

Missie fragte sich, wofür die Buchstaben „J. B." wohl stehen mochten.

„Ich bin William LaHaye – und das ist meine Frau Melissa", stellte Willie vor. Missie mußte sich ein Lachen verbeißen. Wie steif das geklungen hatte!

„Angenehm", nickte Herr Taylorson. „Nehmen Sie doch Platz!" Es war offensichtlich, daß er sich nicht gern mit langen Worten aufhielt, wenn es ums Essen ging.

Kaum hatte Willie den Stuhl für Missie zurechtgerückt und sich selbst gesetzt, als Frau Taylorson mit zwei dampfenden Schüsseln aus der Küche ins Eßzimmer kam.

„Da sind Sie ja!" sagte sie. „Ich habe Ben gesagt, daß Sie Bescheid wissen, wann bei uns gegessen wird."

„Aha", dachte Missie, „das ‚B.' steht also für Ben. Bleibt nur noch das ‚J.'"

Die Hausfrau stellte die Schüsseln ab und ließ sich auf ihren Stuhl fallen. Ihr Mann sprach das Tischgebet. Es klang genauso geschäftsmäßig und kurz wie das „guten Abend" vorhin – als ob ein Tischgebet nichts weiter sei als eine reine Pflichtübung ohne jeden tieferen Sinn, dachte Missie.

Nach dem „Amen" widmete er seine ganze Aufmerksamkeit dem Essen. Das gepökelte Fleisch mit grünen Bohnen und Kartoffeln war eine einfache, aber schmackhafte Mahlzeit und eine willkommene Abwechslung nach dem eintönigen Essen auf der langen Reise.

Frau Taylorson sorgte dafür, daß keine Gesprächspausen entstanden. Ihre Fragen kamen in so schneller Folge, daß Willie und Missie kaum Zeit für eine wohlerzogene, vollständige Antwort blieb. Zwischendurch gab sie zahllose Ratschläge zum besten, wie eine werdende Mutter sich zu ernähren und zu pflegen habe. Aus den meisten ihrer Vorschläge sprach jedoch der gesunde Menschenverstand, und Willie stellte erleichtert fest, daß Missie bei dieser Frau gut aufgehoben sein würde.

Nach dem Essen schob Herr Taylorson seinen Stuhl zurück und zog eine Pfeife aus der Tasche hervor.

„Ben, ich bitte dich!" schalt seine Frau. „Pfeifenqualm ist nicht gerade das richtige für eine Frau in anderen Umständen. Setz dich doch auf die Veranda mit deiner Pfeife, ja?"

Missie war verlegen.

„Das ist aber nicht nötig, Frau Taylorson! Wir wollen Ihren Mann schließlich nicht aus seiner guten Stube vertreiben. Willie und ich hatten sowieso gerade vor, einen kurzen Spaziergang zu machen."

Doch Herr Taylorson war schon aufgestanden.

„Draußen raucht sich's besser. Ist ja unerträglich heiß hier." Damit griff er nach Pfeife und Tabak und ging auf die Tür zu.

„Rauchen Sie?" fragte er Willie.

„Nein, Sir."

„Nun, Sie können sich trotzdem gern zu mir setzen."

Willie folgte ihm nach draußen, während Missie begann, den Tisch abzuräumen.

„Momentchen mal", sagte Frau Taylorson beunruhigt. „Fürs Helfen in der Küche war aber kein Mietnachlaß verabredet."

Missie geriet ins Stottern.

„Ich ... ich ... Daran habe ich gar nicht gedacht. Ich wollte Ihnen nur schnell ein bißchen zur Hand gehen, weiter nichts."

„Also schön, wenn Sie wirklich möchten, habe ich nichts dagegen – aber die Miete bleibt."

Missie trug die leeren Schüsseln und Teller in die Küche. Dort war es noch stickiger als im Eßzimmer. Bald darauf verabschiedete sie sich und ging nach draußen. Jetzt war ihr tatsächlich nach einem Spaziergang zumute.

Eine Nachricht an die Eltern

Zwei Tage später kam Willie in Missies Zimmer gestürzt. Sie saß gerade an ihrer Nähmaschine.

„Dreimal darfst du raten, was ich gerade erfahren habe!" rief er ihr entgegen.

„Keine Ahnung", antwortete Missie verwundert. „Das muß aber was mächtig Aufregendes sein!"

„Und wie! Stell dir vor, ich habe beim Telegrafenamt reingeschaut. Für ein paar Groschen können wir ein Telegramm nach Hause schicken!"

„Wirklich? Nach Hause?"

„Jawollja! Direkt zu deinen Eltern! Das Telegrafenamt in der Stadt benachrichtigt sie dann. Was hältst du davon, wenn wir's mal ausprobieren?"

„Aber – aber was sollen wir denn bloß schreiben?"

„Nun, daß wir gesund und munter angekommen sind – und daß wir bald selbst Eltern werden!"

„Oh, Willie!" jubelte Missie. „Können wir das wirklich tun?"

„Na klar! Komm, wir gehen gleich los!"

Missie strich sich schnell das Haar zurecht, nahm eine leichte Haube vom Haken und schlug das Fenster zu für den Fall, daß Frau Taylorson ihr Zimmer in der Zwischenzeit inspizieren sollte.

Auf dem Weg zum Telegrafenamt mußte Willie die vor Eifer glühende Missie geradezu bremsen.

„Nun mal langsam! Das Amt läuft uns schon nicht davon!" lachte er. Dann fuhr er fort: „Der Mann am Schalter sagte, man könne insgesamt zehn Wörter aufgeben."

„Liebe Güte!“ seufzte Missie. „Wie sollen wir nur alles in zehn Wörtern unterbringen?“

Endlich hatten sie das Telegrafenamt erreicht. Missie wußte selbst nicht zu sagen, ob sie von dem hastigen Fußmarsch oder vor lauter Aufregung so außer Atem geraten war.

Gemeinsam überlegten sie hin und her, wie sie das Telegramm formulieren könnten. Nachdem sie eine Weile entworfen, verbessert, gestrichen und hinzugefügt hatten, reichte Willie dem Schalterbeamten schließlich das Ergebnis:

„Jesaja 41,10 Stop Missie bleibt in Tettsford Stop Nachwuchs im Oktober Stop Weitersagen!“

Bei dem Gedanken an die Freude und Erleichterung, die diese Worte bei ihren Eltern auslösen würden, spürte Missie, wie ihr die Augen feucht wurden.

„Du, Willie“, fragte sie dann, „wird es deinem Vater auch nichts ausmachen, wenn er es von meinen Eltern anstatt vom Telegrafenamt direkt erfährt?“

„Also, wie ich meinen Pa kenne, würde er's für reine Verschwendung halten, zwei Telegramme in dieselbe Stadt zu schicken.“

„Was meinst du, Willie, wann kommt es wohl zu Hause an?“

„Der Mann am Schalter meinte, wenn alles klappt, in zwei Tagen. – So, jetzt bringe ich dich aber wieder zu den Taylorsons und gehe an die Arbeit.“

„Brauchst nicht mit mir zu gehen, Willie. Ich finde mich schon allein zurecht. Vielleicht mache ich sogar einen kleinen Stadtbummel. Wo ist Henry eigentlich?“

„Drüben in der Schmiede. Der Junge ist Gold wert. Ich wüßte nicht, was ich ohne ihn täte.“

„Macht er den Damen immer noch seine Aufwartungen?“

„Du meinst, ob er regelmäßig in die Stadt geht? Ja, das

tut er. Ich habe ihn noch nicht danach gefragt, was er dort macht."

Missie lächelte.

„Ist wohl auch nicht schwer zu erraten, oder?"

„Armer Henry", seufzte Willie. „Leid kann er einem tun. Ihr Frauensleute schafft's aber auch immer wieder, uns den Kopf zu verdrehen, und eh' man sich's versieht, ist es um einen geschehen!"

Willie verabschiedete sich von Missie, und sie machte sich beschwingt und guter Dinge wieder auf den Weg zur Familie Taylorson.

Wenn sie doch nur die überraschten Gesichter ihrer Eltern sehen könnte! Eins wußte sie: Mama und Pa würden sofort alles andere beiseite legen und Gott für seine Bewahrung danken und ihm das ungeborene Kind anbefehlen. Der Gedanke stimmte Missie froh und traurig zugleich.

In ihrem Zimmer angekommen, war sie plötzlich zu erschöpft, um sich ihrer Nähmaschine zu widmen. Statt dessen öffnete sie das Fenster weit und legte sich auf ihr Bett.

Nun waren es nur noch wenige Tage bis zur Abfahrt des Gütertrecks, und dann würde auch Willie auf und davon sein. Oh, was würde sie darum geben, mitfahren zu können! Wenn sie sich doch nur als blinder Passagier einschmuggeln könnte! Doch das war unmöglich. Willie würde sie sofort zurückbefördern, sobald er sie entdeckt hatte. Nein, sie hatte keine Wahl. Sie mußte Willie ziehen lassen und allein in dieser fremden Stadt zurückbleiben.

„Vater im Himmel", betete sie leise, „die Hilfe, die du uns verheißen hast – ich werde sie wirklich brauchen!"

Wieder drohten ihr die Tränen zu kommen, als sie plötzlich Schritte auf der Treppe hörte. Rasch sprang sie auf und schloß das Fenster.

„Besuch für Sie!" rief Frau Taylorson von draußen. „Es sind zwei Damen. Sie können sich zu ihnen ins Wohnzimmer setzen."

Missie eilte nach unten. Zu ihrer großen Freude fand sie Kathy Weiss und Melinda Emory in Frau Taylorsons guter Stube vor.

Die drei Frauen begrüßten einander freudig.

„Henry hat uns verraten, wo Sie wohnen", erklärte Kathy.

„Ich freu' mich ja so, daß Sie gekommen sind", strahlte Missie. „Um ein Haar wäre ich nämlich sonst in meinem Selbstmitleid ertrunken."

Frau Emory nahm ihre Hand.

„Machen Sie sich nur keine Vorwürfe, Frau LaHaye. Mir würde es an Ihrer Stelle nicht anders ergehen."

„Wirklich?"

Melinda Emory nickte. In ihren Augen glänzte eine Träne.

„Aber ja! Ich weiß nicht mal, ob ich's überhaupt aushalten würde!"

„Ich habe ja alles versucht, aber Willie läßt nicht mit sich reden. Er ist stur wie ein Bock – seit der Sache mit Becky."

„Ich kann Willies Beharrlichkeit gut verstehen", warf Kathy ein. „So schwer, wie's auch ist, ich finde, er hat recht."

„Sicher hat er recht", gab Melinda zurück. „Männer haben gewöhnlich recht. Nur, daß wir Frauen manchmal anders empfinden. Wir sind einfach zu sentimental veranlagt und denken nicht sehr praktisch."

Missie nickte.

„Das stimmt wohl", gab sie zu, „und leicht habe ich's Willie wirklich nicht gemacht."

„Nun, er hat wohl kaum erwartet, daß es ganz ohne Proteste und Widerreden abgehen würde."

Melinda wechselte das Thema und fragte: „Ist Ihr Zimmer eigentlich hübsch? Konnten Sie es sich schon ein wenig gemütlich einrichten?"

„Ja, etwas. Ich habe nur ein paar Sachen hierbehalten, damit wir's später leichter mit dem Transport haben. Zum Beispiel meine Nähmaschine. Willie meinte, ich hätte ja noch einige Arbeit mit der Säuglingsausstattung vor mir. Dadurch wird mir auch die Zeit nicht so lang werden. Wissen Sie, ich nähe nämlich furchtbar gern."

„Oh, ich auch!" stimmte Melinda leidenschaftlich zu. „Ich habe selbst eine Maschine gehabt, aber …" Mitten im Satz brach sie ab.

„Sie können doch meine Maschine benutzen!" schlug Missie eilfertig vor. „Jederzeit! Dann kriege ich wenigstens ab und zu Besuch von Ihnen!"

„Darf ich wirklich?"

„Natürlich! Meine eigene Näherei wird mich sowieso nicht die ganzen drei Monate über beschäftigt halten."

Melinda lächelte.

„Vielen Dank, Frau LaHaye. Das ist wirklich sehr freundlich von Ihnen!"

„Wollen wir nicht du zueinander sagen? Ich heiße Missie."

„Und ich Melinda. Wenn du magst, kannst du es gern abkürzen."

„Melinda paßt zu dir. Das ist ein hübscher Name!"

Melinda lächelte.

„Du hast Arbeit gefunden, habe ich gehört", fuhr Missie fort.

„Ja, das stimmt."

„Ist das nicht zu anstrengend für dich?"

„Eine ruhige Kugel schieben wir im Hotel wirklich nicht, aber wenigstens kann ich mich auf diese Weise bis zum Schulbeginn durchschlagen. Mit dem Arbeitslohn – und mit Hilfe deiner Nähmaschine – kann ich mich dann halbwegs sehen lassen!" Dabei schmunzelte sie ein wenig.

„Ich war auch Lehrerin, bevor Willie und ich heirateten."

„Ach, wirklich? Und eine gute dazu, möchte ich wetten."

„Ich habe mein Bestes getan; die Schule hat mir jedenfalls viel Freude gemacht. Manchmal vermisse ich die Arbeit mit den Kindern richtig."

„Darum beneide ich euch beide aber", meldete sich Kathy zu Wort. „Ich wäre froh, wenn ich auch eine Lehrerinnenausbildung hätte. Ich möchte nämlich gern ein paar Dollar dazuverdienen, damit Pa es ein bißchen leichter hat. Aber die Stellen, die ein ungelerntes Mädchen hier kriegen kann, würde Pa mich nie annehmen lassen!"

„Dein Pa kommt bestimmt auch so zurecht", tröstete Melinda sie. „Sollst mal sehen: bald wird er sich vor Aufträgen kaum retten können!"

Kathy lächelte zaghaft.

„Hoffentlich hast du recht. Trotzdem wird mir zu Hause bald die Decke auf den Kopf fallen. Das Kochen, Putzen und Waschen füllt mich einfach nicht aus!"

„Nähst du auch gern?" fragte Missie.

„Ich habe es nie gelernt."

„Ich kann es dir ja beibringen! Dann eröffnen wir hier ‚die fröhliche Nähstube'!"

Alle lachten.

„Würdest du das wirklich tun? Das wäre ja prima!"

„Aber klar! Gern sogar!"

„Dann sage ich jedenfalls nicht nein."

In diesem Moment balancierte Frau Taylorson umständlich ein Teetablett ins Wohnzimmer.

„Ich habe Ihnen eine Kanne Tee gekocht", erklärte sie. „In meinem Haus soll kein Gast unbewirtet bleiben – selbst wenn es gar nicht mein eigener Besuch ist."

„Oh, das ist aber nett von Ihnen, Frau Taylorson!" rief Missie. Sie stellte ihrer Wirtin die beiden jungen Frauen vor und fügte hinzu, daß sie von jetzt an häufiger zu Besuch kommen würden. Frau Taylorson schien das nur recht zu sein. Vielleicht war sie selbst ein wenig einsam und freute sich über Gäste, dachte Missie.

Bei Tee und Kuchen unterhielten sich die drei Freundinnen mit Frau Taylorson. Schließlich erhoben sich die Besucherinnen und luden Missie ein, das nächste Mal bei ihnen vorbeizuschauen. Missie sagte gern zu. Frau Taylorson lud die beiden jungen Frauen ein, jederzeit wiederzukommen.

Missie ging in gehobener Stimmung und getröstet in ihr Zimmer zurück. Es war ein guter Tag gewesen. Gott hatte ihr die Hilfe geschickt, die er verheißen hatte. Das Telegramm, die Freundinnen, die ihr bleiben würden, wenn Willie unterwegs war: das alles waren Zeichen der liebevollen Fürsorge ihres himmlischen Vaters. Missie war von Herzen dankbar. Nur der Gedanke an Willies baldige Abreise dämpfte ihre neugewonnene Zuversicht.

Plötzlich hörte sie Schritte auf der Treppe. Sie öffnete die Tür. Willie trat ein und legte ihr ein unförmiges Stoffbündel vor die Füße.

„Was ist denn das?“ fragte sie erstaunt.

„Meine neue Arbeitskleidung sozusagen.“

„Arbeitskleidung?“

„Genau. Zum Reiten auf der Ranch, weißt du.“

„Was, in den Sachen willst du reiten?“

„Klar doch. Sieht zwar ein bißchen ungewohnt aus, aber draußen auf den Weiden ist so was des Cowboys bester Freund.“

„Und wie funktioniert das Ding?“ fragte Missie skeptisch.

Willie hob das Drillichbündel auf.

„Das ist ein Hosenschoner“, erklärte er. „Den trägt man über der Hose, so, siehst du? Der dichtgewebte Stoff schützt gegen Wind und Wetter, Kaktusstacheln, Insektenstiche und dergleichen. Du könntest eigentlich selbst so etwas Ähnliches gebrauchen.“

Missie prustete los, als sie sich vorstellte, mit Willie in dieser unförmigen Kleidung auszureiten.

„Und was ist das dort?“ fragte sie dann und zeigte auf ein rotes, viereckiges Tuch.

„Das ist ein Halstuch. Man trägt es lose um den Hals geknotet. Hier, ich zeig's dir.“

Fachmännisch legte er sich das Tuch um.

„Wenn du das Vieh über die Weiden treibst und vor lauter Staub kaum noch Luft kriegst, dann ziehst du das Tuch einfach über Mund und Nase – so sieht das aus!“

Missie kicherte.

„Und ich habe immer gedacht, das wäre die Berufskleidung für Bankräuber!“

„Manch einer hat's wohl dafür zweckentfremdet“, schmunzelte Willie. „Den Trick muß ich mir merken, falls ich mein Glück mal selbst auf die krumme Tour versuchen sollte.“

Wieder lachte Missie, doch dann wurde sie ernst. An Willies Anblick in diesem merkwürdigen Aufzug würde sie sich erst gewöhnen müssen. Und daß sie selbst solche Kleidung tragen sollte, erschien ihr noch viel seltsamer.

„Vorläufig“, sagte sie leise, „nehme ich's mit dem Regen und den Kakteen lieber ohne Hosenschoner auf.“

Sonntag

Der Rest der Woche verging im Nu. Am Sonntagmorgen machten sich Willie und Missie auf den Weg zu der Kirche, deren Turm sie gleich am ersten Tag entdeckt hatten. Obwohl das Gotteshaus von außen schmucklos und grau wirkte, machte es innen einen sehr gepflegten Eindruck. Unter den Gottesdienstbesuchern saßen heute auch Henry, Herr Weiss mit Kathy und Melinda Emory.

Der Pastor war ein älterer Mann, doch als er zu predigen anfing, stellte Missie erstaunt fest, mit welchem Feuer er das Wort Gottes verkündigte. Sie hörte aufmerksam zu. Wie wohl es tat, endlich wieder einen richtigen Pastor predigen zu hören! Soviel ihr die sonntäglichen Andachten auf der Reise auch gegeben hatten, so sehr hatte sie die Gottesdienste in einer richtigen Kirche vermißt.

Beim Ausgang schüttelte der Pastor jedem Besucher die Hand und lud sie herzlich ein, am nächsten Sonntag wiederzukommen. Willie dankte ihm und erklärte, daß er selbst bald abreisen würde, doch seine Frau würde sicherlich oft an seinen Gottesdiensten teilnehmen.

„Fühlen Sie sich bei uns wie zu Hause!" erwiderte der alte Herr. „Und sollten Sie sich einsam fühlen und Gesellschaft suchen, würden meine Frau und ich uns freuen, wenn Sie uns einmal besuchten."

Missie bedankte sich und folgte Willie in die flimmernde Sommerhitze nach draußen.

„Was möchtest du denn mit dem Rest des Tages anfangen?" erkundigte sich Willie auf dem Rückweg zu den Taylorsons.

„Am liebsten", seufzte Missie sehnsüchtig, „würde ich einen Spaziergang im kühlen Wald machen, oder einen Picknickkorb ans Bachufer mitnehmen, oder vielleicht einfach irgendwo an einer Quelle sitzen und dem Wasser beim Murmeln zuhören."

„Missie, nicht doch!" bat Willie.

„Entschuldige!" flüsterte Missie. Sie überlegte angestrengt, was man nur in dieser heißen, staubigen Stadt an einem Sonntagnachmittag unternehmen könnte.

„Wir könnten die Weissens besuchen."

„Prima Idee!" stimmte Willie ihrem Vorschlag erleichtert zu. „Ich hoffe bloß, daß Henry nicht meint, sein Boß spioniere ihm nach."

Herr Weiss und seine Tochter hießen sie so herzlich willkommen, daß Missie gleich leichter ums Herz wurde. Auch Henry war unter den Gästen. Es schien ihn nicht im geringsten aus dem Konzept zu bringen, als plötzlich sein Dienstherr auftauchte. Mit Melinda Emory waren sie eine fröhliche Sechserrunde. Kathy servierte ihnen kalten Tee; heiße Getränke seien bei diesem Wetter wenig erfrischend, erklärte sie.

Die Zeit verging wie im Fluge.

„Könnt ihr zum Abendbrot bleiben?" fragte Kathy.

„Ich weiß nicht recht", antwortete Missie. „Wir haben uns nicht bei Frau Taylorson abgemeldet. Sie erwartet uns pünktlich um sechs Uhr zum Essen."

Sie und Willie tauschten ein vielsagendes Lächeln aus.

„Soll ich schnell bei Ihrer Wirtin reinschauen und ihr Bescheid sagen?" erbot sich Henry.

„Aber ..."

„Tu' ich gern. Ehrenwort!"

„Ach ja, bleibt doch!" bat Kathy. „Nächsten Sonntag sind die Männer längst unterwegs. Heute ist die letzte Gelegenheit, in dieser Runde beisammenzusein."

Missie überlegte.

„Ich weiß nicht, was Frau Taylorson sagen wird, aber wenn du meinst ... also schön. Vielleicht ist es ihr ja auch ganz recht."

Henry und Willie machten sich gemeinsam auf den Weg zu den Taylorsons, während die Frauen Kathy in der Küche bei den Vorbereitungen zur Hand gingen.

Frau Taylorson hatte nichts dagegen einzuwenden, daß Willie und Missie anderweitig zum Essen eingeladen waren. Sie schien sogar ein wenig erleichtert zu sein, bei dieser Hitze keine ausgiebige Mahlzeit vorbereiten zu müssen.

Kathy trug Bratenscheiben und Kartoffelklöße auf. Bei der fröhlichen Unterhaltung am Tisch schmeckte das Essen doppelt so gut.

„Ich habe eine Idee!" rief Kathy, nachdem das Geschirr gespült und abgetrocknet war. „Laßt uns zusammen ein paar Lieder singen, wie wir's unterwegs so oft getan haben."

Alle waren einverstanden. Henry holte seine Gitarre, während Herr Weiss seine Fiedel stimmte.

Sie sangen alle Lieder, die ihnen einfielen, von lustigen Volksliedern und Seemannsliedern bis hin zu den alten Chorälen. Dann sangen sie ihre Lieblingslieder wieder von vorn.

Es war spät, als sich Willie und Missie endlich verabschiedeten und Hand in Hand zu den Taylorsons zurückgingen.

„Ich fürchte, wir haben gegen Hausregel Nummer sechs verstoßen", sagte Missie.

„Was haben wir denn nun wieder verbrochen?"

„‚Bettruhe um zehn Uhr!'" antwortete Missie mit gespieltem Ernst. Dann brach sie in ein helles Lachen aus, schlug sich aber schnell die Hand vor den Mund.

„Wenn wir nicht aufpassen, haben wir Regel zwei auch noch auf dem Gewissen!" sagte sie.

„Und was besagt die?“

Missie setzte ein bärbeißiges Gesicht auf.

„Kein lautes Sprechen oder Lachen!‘“ knurrte sie mit tiefer Stimme.

„Du bist mir heute abend vielleicht eine alberne Gans!“ sagte Willie zärtlich und schlang den Arm um sie.

„Du hast wohl sämtliche Hausregeln auswendig gelernt, oder?“

„Sie gehören immerhin zu meiner Zimmereinrichtung, weißt du. Ich habe sie bestimmt schon hundertmal gelesen.“

„Apropos lesen“, warf Willie ein, „du solltest dir ein paar Bücher beschaffen. Ich spreche gleich morgen früh mit dem Pastor. Der weiß vielleicht, wo man sich hier Bücher ausleihen kann.“

„Oh, Willie, mach dir deswegen nur keine Sorgen. Ich habe doch meine Nähmaschine und Berge von Strickwolle, und dazu soll ich mich am Klavier versuchen und Nähunterricht geben. Da wird mir zum Däumchendrehen wirklich kaum Zeit bleiben!“

„Schön und gut, aber du weißt ja: sicher ist sicher!“

Abschied

Am Mittwoch kehrte Willie mit der Nachricht zurück, daß der Gütertreck früh am nächsten Morgen losziehen würde. Missie biß die Lippen fest aufeinander, um nicht in Tränen auszubrechen. Vergeblich versuchte sie, ihren Kummer vor ihrem Mann zu verbergen.

Früher als gewöhnlich zogen sie sich auf ihr Zimmer zurück, damit Willie seine Bündel packen konnte. Diese Aufgabe war bald erledigt. Das Wissen um die wenigen verbleibenden Stunden lastete plötzlich schwer auf ihnen.

„Komisch“, sagte Missie nachdenklich, „jede Minute ist so kurz und kostbar, und doch weiß man am Ende nicht, wo die Zeit geblieben ist.“

„Hast du auch bestimmt alles, was du brauchen wirst?“ fragte Willie wohl zum hundertsten Mal.

„Aber ja, Willie!“

„Ich lass’ dir zur Sicherheit etwas Geld hier.“

„Ich glaube kaum, daß ich welches ...“

„Man kann nie wissen. Vielleicht siehst du irgendwo was Hübsches, das du kaufen möchtest – und für den Spendenbeutel in der Kirche wirst du auch Geld brauchen.“

Missie nickte nur.

„Ich bin froh, daß du Kathy und Melinda hast.“

„Ich auch.“

„Hoffentlich siehst du die beiden recht oft.“

„Melinda arbeitet ja, aber abends wird sie zum Nähen herkommen.“

„Und Kathy?“

„Kathy kann auch tagsüber kommen. Sie hat sich vorgenommen, Vorhänge für ihr Küchenfester zu nähen.“

„Und du kannst die beiden ja auch ab und zu besuchen“, fuhr Willie fort.

Missie nickte.

„Dem Pastor und seiner Frau kannst du vielleicht auch gelegentlich einen Besuch abstatten. Scheinen sehr nette Leute zu sein. Daß du mir nur abends nicht allzulange ausbleibst, hörst du?“

„Bestimmt nicht. Ehrenwort!“

„Man kann sich nie genug vorsehen.“

„Vorsehen? Du bist derjenige, der vorsichtig sein muß! Mir kann hier in der Stadt nicht viel zustoßen – höchstens, daß mir ’n Staubkorn ins Auge fliegt. Du mußt mir versprechen, gut auf dich aufzupassen, Willie!“

Willie strich ihr über das Haar.

„Mir kann unterwegs auch nicht viel passieren. Ich reise ja mit einem ganzen Treck, und wenn wir erst angekommen sind, habe ich immer noch Henry bei mir. Du brauchst dir wirklich keine Sorgen um mich zu machen.“

„Da hast du sicher recht“, sagte Missie leise, „aber ich weiß nicht, ob ich’s lassen kann.“

„Ich werde mich auch um dich sorgen, Liebling.“ Seine Stimme klang ein wenig heiser. „Ich lass’ dich nicht gern hier allein zurück. Wenn es doch nur eine andere Lösung gäbe!“

„Laß nur, Willie. Ich bin hier gut aufgehoben. Wirklich!“ Sie sagte es so überzeugend, wie sie nur konnte.

„Missie ...“ Willie zögerte und nahm sie fest in seine Arme. „Liebes, die Wagen ziehen morgen in aller Frühe los. Ich möchte dich aber nicht wecken, und deshalb sage ich dir jetzt schon Lebewohl. Ich liebe dich, Missie. Ich habe dich schon lieb gehabt, als du noch ein kleines Schulmädchen warst.“

„Deshalb hast du wohl auch meine Zopfbänder so oft in mein Tintenfaß getunkt, nicht?“ flüsterte Missie.

„Und unsere Namen in die Baumrinde unten am Bach eingeritzt.“

„Und eine Heuschrecke in meinem roten Eimerchen versteckt.“

„Und zu Todd Culver gesagt, daß ich ihm sämtliche Zähne ausschlagen würde, wenn er mein Mädchen nicht sofort in Ruhe ließ; und das Fenster in der Schule für dich zugemacht, als es klemmte – und jeden Tag gebetet, daß du mich eines Tages wiederliebst, wenn's nur irgendwie Gottes Wille sein könnte.“

„Das hast du auch getan?“

„Ja.“

„O Willie!“ schluchzte Missie auf und vergrub ihr Gesicht an seiner Brust. „Du wirst mir unheimlich fehlen!“

Als sie am nächsten Morgen aufwachte, war sie allein in ihrem Bett. Willies Bündel und Taschen waren verschwunden. Ein unsagbares Gefühl der Leere überkam sie. Verzweifelt warf sie sich auf ihr Kissen und weinte herzzerreißend. Wie sollte sie nur drei lange Monate ohne ihn auskommen? Sie vermißte ihn ja jetzt schon! Gestern abend hatte sie sich im stillen vorgenommen, ganz früh aufzuwachen und Willie zum Abschied noch einmal in die Arme zu nehmen. Nun war sie grenzenlos enttäuscht, daß sie seine Abreise verschlafen hatte. Dennoch mußte sie sich eingestehen, daß ein zweites Lebewohl die Trennung nicht leichter gemacht hätte.

Wenn sie doch nur ihre Eltern bei sich hätte! Sie würden ihren Schmerz verstehen und sie zu trösten wissen. Was hatte Willie doch gesagt, als Melindas Mann so tragisch ums Leben gekommen war? „Deine Eltern haben selbst Schweres durchmachen müssen.“

Ja, ihre Mama und ihr Pa hatten jeder für sich bitteres Herzeleid erfahren, aber sie hatten es mit der Zeit überwunden. Auch sie würde diese Zeit des Getrenntseins überstehen. Sie wußte ja, daß Willie wiederkommen würde. Drei Monate waren schließlich keine Ewigkeit – selbst wenn es heute morgen auch den Anschein hatte.

Sie zwang sich zum Aufstehen und wusch sich das Gesicht an der Waschschüssel. Plötzlich ertappte sie sich bei dem Gedanken, ob wohl das Wasser in der Schüssel hiermit zum ersten oder zweiten Mal benutzt wurde. Ihr Blick wanderte zu Frau Taylorsons Liste von Hausregeln. Erst jetzt bemerkte sie, daß die leere Zeile unter „Nummer zwölf" ausgefüllt worden war. Hatte Frau Taylorson etwa einen Anlaß gefunden, eine zwölfte Vorschrift zu erlassen? Missie trat näher an den Aushang heran und las: „Nummer zwölf: Nicht vergessen – ich habe euch lieb, ihr beiden!"

„Ach Willie, du bist mir vielleicht einer!" rief sie. Eine neue Tränenflut strömte über ihr frisch gewaschenes Gesicht. Sie würde sich das Gesicht noch einmal waschen müssen, bevor sie zum Frühstück nach unten ging. Dann würde ihr aber gewiß eine Schüssel mit frischem Wasser zustehen!

Lange Wartezeit

Mit dem festen Vorsatz, sich die kommenden langen Wochen über beschäftigt zu halten, setzte sich Missie an den kleinen Tisch in der Ecke und nahm Papier und Bleistift zur Hand. Zuerst schrieb sie unter „Unbedingt erledigen“ alle Punkte auf, die sie sich vorgenommen hatte. Dann fertigte sie eine zweite Liste an mit der Überschrift „Zusätzliches“. Beide Spalten fielen recht spärlich aus, fand sie. Womit sollte sie sich nur die Zeit vertreiben, bis sie endlich diese Stadt verlassen durfte? Seufzend legte sie den Bogen Papier beiseite und holte ihr Bündel mit den Nähsachen hervor.

Sie breitete alle Stoffstücke aus, die sie besaß, und machte eine Aufstellung der Dinge, die sie daraus nähen würde. Dann zählte sie ihre Wollknäuel und überlegte, wie sie sie verwenden wollte. Auch diese Liste legte sie beiseite, um sich einen frischen Bogen Papier zu nehmen. Darauf zeichnete sie einen wöchentlichen Besuchsplan auf: je einen Besuch bei Kathy und Melinda und einen Gegenbesuch der beiden bei ihr, um ihre Nähmaschine zu benutzen. Schließlich legte sie auch diese Liste zu den anderen und zog wieder einen unbeschriebenen Briefbogen hervor.

Jetzt machte sie sich einen Stundenplan für eine ganze Woche und füllte die freien Felder mit den Tätigkeiten, die sie auf die erste Liste geschrieben hatte: Nähen, Nähunterricht, Stricken, Waschen, Lesen, Besuche, Einkaufsbummel und sogar Klavierspielen. Aber immer noch wies die Woche manche unverplante Stunde auf.

So begann sie von vorn und dehnte die einzelnen Beschäftigungen, wo sie nur konnte, über längere Zeitspannen aus. Schleßlich schrieb sie resigniert „Freizeit“ in die leeren Felder. Eine Mußestunde hin und wieder würde ihr bestimmt guttun, versuchte sie sich zu trösten.

Für den ersten Morgen hatte sie eine Nähstunde eingeplant. So begann sie gleich, an einer kleinen Decke zu arbeiten, doch obwohl sie nur ein paar gerade Säume zu nähen hatte, war sie nicht recht bei der Sache und legte die Näherei bald beiseite. Statt dessen nahm sie eins der Bücher zur Hand, die der Pastor ihr geliehen hatte. Nachdem sie die erste Seite zum dritten Mal gelesen hatte, ohne den Sinn zu erfassen, schlug sie es wieder zu.

„Ach, ich bin heute schlichtweg ein hoffnungsloser Fall!“ seufzte sie und holte ihr Strickzeug hervor. „Ich kann aber auch keinen klaren Gedanken fassen!“

Kaum hatte sie ein paar Maschen gestrickt, als Frau Taylorson von unten rief: „Besuch, junge Frau!“

Unten wartete Kathy. Missie hätte vor Erleichterung und Freude weinen mögen. Wie wohl es tat, ihre Freundin so bald nach der Abreise der Männer begrüßen zu dürfen!

„Willst du gleich mit deinen Vorhängen anfangen?“ fragte sie.

„Liebe Güte, nein! Ich habe bloß einen Tapetenwechsel gebraucht und dachte mir, vielleicht geht's dir nicht anders, und du hast auch Lust auf einen kleinen Spaziergang.“

„Da hast du vollkommen richtig geraten! Ich hole schnell meine Haube vom Haken.“

Die beiden Freundinnen bummelten durch die Straßen der staubdurchwehten Stadt. Hier und da blieben sie vor einem Schaufenster stehen oder betraten ein Geschäft, um sich ein wenig umzusehen. Keine der beiden kaufte etwas, doch Missie kehrte in besserer Stimmung in ihr

Zimmer zurück, und Kathy versprach, sich am selben Abend noch zu ihrer ersten Nähstunde zu melden.

Am Nachmittag legte sich Missie einen Kalender an. In die einzelnen Felder zeichnete sie das Datum für jeden Tag ein. Sie schrieb Willies Namen neben die erste Ziffer und zog einen roten Kreis um den fünfundzwanzigsten Oktober. Wenn ihre Berechnungen stimmten, dann würde ihr Kind um diese Zeit das Licht der Welt erblikken. Zwischen den beiden Markierungen schien sich eine Ewigkeit leerer Tage zu erstrecken, doch Missie hoffte, jeden einzelnen von ihnen schnell von ihrem Kalender streichen zu können.

Es war warm und stickig in ihrem Zimmer. Sie zog die Schuhe aus und legte sich erschöpft auf ihr Bett.

„Ende gut, alles gut!" sagte sie sich. „Wenn Willie mich erst holen kommt, ist unser Haus längst fertig. Dann brauchen wir nicht mehr in dem engen, unbequemen Wagen zu hausen. Ein eigenes Heim – für uns ganz allein! Dann kann ich endlich die Vorhänge, die Ma und ich genäht haben, an die Fenster hängen und die warmen Steppdecken auf unserem Bett ausbreiten. Mein Geschirr stell' ich fein säuberlich in den Schrank, und dann bau' ich die Nähmaschine auf, und in der Vorratskammer werde ich meine Tonkrüge und Trockenwaren verstauen. Ach, wie ich mich darauf freue, endlich einen eigenen Haushalt führen zu können!"

Mit einem Lächeln auf den Lippen schlief sie ein.

Am Abend kam Kathy, wie verabredet, zum Nähen. Zuerst bereitete ihr das Pedal der Nähmaschine arge Schwierigkeiten, denn sie hatte noch nie eine solche Maschine benutzt. Allmählich nahmen die Vorhänge jedoch Gestalt an.

Endlich war der erste Tag ohne Willie geschafft. Missie strich ihn erleichtert von ihrem Kalender und kniete am Bett zu ihrem Abendgebet nieder. Irgendwo draußen in der Prärie betete jetzt auch Willie zu Gott. Sie wußte sich von seinen Gebeten getragen. Ein unsagbarer Trost lag in diesem Wissen.

Am Ende eines jeden langen Tages strich Missie das Datum von ihrem Kalender. Jede durchgestrichene Ziffer war ein Meilenstein auf dem einsamen Weg durch die kommenden Wochen und Monate. An manchen Abenden fühlte sie sich geradezu wie ein Feldmarschall nach einer siegreichen Schlacht. Sie hatte ihren ersten Sonntag ohne Willie hinter sich, dann die erste Haarwäsche, den ersten Waschtag.

Sie saß gerade am Klavier, als Frau Taylorson nach ihr rief: „Junge Frau, hier ist jemand mit einem Telegramm für Sie!“

Mit einem Satz sprang Missie auf und lief zur Haustür. Was war nur geschehen, daß jemand ihr ein Telegramm schickte? Das Herz schlug ihr bis zum Hals. In ihr schrie es angstvoll: „Willie! Willie!“ Mit zitternden Händen nahm sie den Umschlag entgegen und faltete den Bogen auseinander.

„Nachricht angekommen Stop Danken Gott Stop Freude über Baby Stop Jesaja.“

„Mama und Pa!“ rief sie überwältigt. Der wartenden Frau Taylorson erklärte sie dann: „Von meinen Eltern. Sie haben unser Telegramm bekommen!“

Missie lächelte trotz ihrer Tränen und hastete die Treppe hinauf in ihr Zimmer. Dort schloß sie die Tür hinter sich und fiel vor ihrem Bett auf die Knie.

„Oh, Mama und Pa!“ schluchzte sie. „Ich ..., ich ..., ach, wenn ihr wüßtet, wie sehr ich euch vermisse! Ich habe euch so lieb! Ach, wenn wir doch nur ...“

Missie hängte das Telegramm später an die Wand unter Willies Hausregel Nummer zwölf. Unzählige Male las sie es jeden Tag und dachte sehnsüchtig an die beiden geliebten Absender.

Mit jedem ausgestrichenen Kalendertag wuchs der Stapel der genähten und gestrickten Kleidungsstücke. Kathy kam häufig und versuchte sich inzwischen daran, Kleider und Schürzen anzufertigen. Ihre Vorhänge und mehrere Handtüchter waren sehr hübsch und ordentlich geworden.

Auch Melinda besuchte Missie, sooft sie konnte. Die anstrengende Arbeit in der Hotelküche zehrte an ihren Kräften, so daß sie abends rechtschaffen müde war und sich zeitig wieder auf den Heimweg machte. Von ihrem schmalen Gehalt hatte sie genügend Stoff und Nähgarn für drei hübsche Kleider erstanden, die sie sich für den Schuldienst nähte. Endlich waren ihre Dienste als Köchin und Tellerwäscherin beendet, und sie konnte wieder als Lehrerin arbeiten.

Missie stattete dem Pastor und seiner Frau zwei Besuche ab. Das ältere Ehepaar hieß sie herzlich willkommen in ihrem Heim und erwiderte ihre Besuche sogar. Frau Taylorson geriet außer sich vor Stolz, den Herrn Pastor persönlich in ihrem Wohnzimmer bewirten zu dürfen.

Jeden Abend, bevor sie sich schlafen legte, nahm Missie ihren selbstgemachten Kalender zur Hand. Heute war der achte September.

„Achter September. Hm“, murmelte sie. „Bald ist die Zeit ja schon zur Hälfte vorbei!“

Sie zog einen dicken schwarzen Strich durch das Datum und ging an ihr Bett, um dort zu ihrem Abendgebet niederzuknien. Kaum hatte sie zu beten begonnen, als jemand leise an ihre Tür klopfte. Missie sah überrascht auf. Sie hatte keine Schritte gehört.

Dann ging die Tür auf, und niemand anders als Willie stand im Zimmer. Völlig sprachlos starrte Missie ihn an.

Und dann war er auch schon bei ihr, zog sie auf ihre Füße und nahm sie in seine starken Arme.

„Bist du's wirklich?“ fragte Missie ungläubig. „Ganz wirklich?“ Und sie vergrub ihr Gesicht an seiner Brust und weinte fassungslos vor Freude, während er ihr Haar mit Küssen bedeckte und sie sanft in seinen Armen wiegte.

„Ich hab's einfach nicht länger ohne dich ausgehalten", sagte er heiser.

„Holst du mich jetzt endlich zu dir?"

„Ach, Liebling", beeilte sich Willie,sie zu trösten „es dauert doch jetzt gar nicht mehr lange. Aber ich mußte kommen und dich wiedersehen. Ich habe solche Sehnsucht nach dir gehabt, daß Henry schließlich meinte: ‚Machen Sie doch einen kleinen Ausflug nach Tettsford. Die Ranch wird Sie schon für ein paar Tage entbehren können!' Da bin ich einfach losgeritten."

„Und Henry?"

„Der zieht derweil die Weidezäune für mich."

Jetzt mußte Missie lachen.

„Wie hast du's nur fertiggebracht, ohne Henry hierherzukommen? Der arme Kerl war sicher mindestens genauso einsam wie du!"

„Er hat mir ein paar Briefe mitgegeben. Drei Stück sogar. Einer davon ist für dich."

„Der gute Henry!" lachte Missie. „Und drei Briefe sind's insgesamt, sagst du?"

„Hm, ja. Einer an die Weissens und einer an Melinda."

„Da schreibt er wohl an alle seine Freunde."

„Aber sag schon: Wie ist es dir denn in der Zwischenzeit ergangen?"

„Ich habe dich ja so arg vermißt!" Jetzt war Missie wieder den Tränen nahe.

„Ich dich auch", gestand Willie und küßte sie noch einmal.

„Wie lange kannst du denn bleiben?"

„Bis übermorgen."

„Nur einen Tag?" Missie konnte ihre Enttäuschung kaum verbergen.

Willie nickte.

„Ich muß bald zurück, Missie. Ich hätte eigentlich überhaupt nicht kommen sollen. Wir haben noch Berge von Arbeit zu erledigen, bevor der Winter kommt ... aber ich mußte dich einfach wiedersehen. Aber länger als einen Tag kann ich wirklich nicht bleiben."

„Hast du schon ein Haus für uns gebaut?"

„Ja, ein provisorisches Dach über dem Kopf. So machen es die meisten Leute, die hier neu sind. Später bauen sie sich dann ein größeres Haus."

„Und das Vieh?"

„Bis jetzt haben wir erst ein paar Stück. Zu mehr reicht's vorläufig noch nicht. Je größer die Herde, desto mehr Männer brauchen wir, und für die Männer müssen wir auch eine Unterkunft bauen."

„Wie viele brauchen wir denn?"

„Vier oder fünf für den Anfang."

„Das heißt also, daß ich für sechs bis sieben Männer kochen muß?"

„Aber nein, Dummerchen!" Willie zog sie zärtlich an sich. „Das besorgt doch der Koch in der Küchenbaracke!"

„Eine Küchenbaracke brauchen wir auch?"

„Genau, und das alles müssen wir in diesem Herbst noch erledigen."

Missie nahm ihn bei der Hand, und sie setzten sich nebeneinander auf die Bettkante.

„Ich habe gar nicht gewußt, daß zu einer Ranch so viele Männer gehören", sagte sie nachdenklich.

„Ein paar mehr wären sogar noch besser, aber fürs erste müssen wir versuchen, mit wenigen auszukommen."

„Wozu brauchst du denn die vielen Leute auf der Ranch?"

„Die Jungs arbeiten ja rund um die Uhr. Das macht drei Schichten. Tag und Nacht muß jemand das Vieh im

Auge behalten und dafür sorgen, daß es keine Scherereien gibt."

„Scherereien? Du meinst, wilde Tiere und dergleichen?"

„Das wohl auch, aber die größte Gefahr ist was ganz anderes."

„Was denn?"

Willie grinste.

„Des Ranchers ärgster Feind ist ein zahmes Tier – eins auf zwei Beinen."

„Ich versteh' nicht ..."

„Viehdiebe, Kind."

„Viehdiebe?"

„Genau. Wegen der Viehdiebe ist schon mancher Rancher von seinem Grund und Boden vertrieben worden."

„Aber ... das ist ja furchtbar!" rief Missie. „Haben die Gewehre?"

„Ich denke schon", antwortete Willie ruhig.

„Was unternehmen wir denn nur dagegen? Tragen deine Männer auch Gewehre bei sich?"

„Jeder Cowboy, der was auf sich hält, führt eine Büchse am Sattel bei sich."

„Ja, aber – aber würden sie auch jemanden damit erschießen?" Missie brachte das entsetzliche Wort nur mühsam über die Lippen.

„Meine Männer haben strengste Anweisungen, niemals auf einen Menschen zu schießen", sagte Willie bestimmt, „selbst wenn wir die ganze Herde verlieren."

„Tun sie das manchmal? Ich meine, stehlen Viehdiebe manchmal die ganze Herde?"

„Das ist selten. Gewöhnlich haben sie's eher auf die streunenden Tiere abgesehen. Bei einer schlecht bewachten Herde haben sie da leichtes Spiel. Es wäre aber auch nicht das erste Mal, daß auf solche Art und Weise eine ganze Herde den Besitzer wechselt."

„O Willie, was tun wir bloß, wenn ..."

„Laß uns nicht den Kopf über ungelegte Eier zerbrechen", sagte Willie. „Wir stellen halt so viele Männer ein, wie wir nur irgend können, und tun unser Bestes, um auf die Tiere achtzugeben."

„Und woher nehmen wir das viele Geld, um die Männer zu bezahlen?"

Ein Cowboy bezieht nicht gerade ein fürstliches Gehalt, fürchte ich. Unterkunft und Verpflegung sind umsonst, und für Tabak und ein paar andere Kleinigkeiten reicht's aus. Manch einer schafft's sogar, noch ein bißchen auf die hohe Kante zu legen. Was die Löhne betrifft, so habe ich die mit eingerechnet, als wir unsere Ersparnisse veranschlagt haben. Wenn wir die ersten Rinder auf den Markt bringen, bezahlen wir die Löhne von dem Erlös."

Willie schien alles gründlich durchdacht zu haben.

„Und was tut ein Cowboy sonst noch?"

„Die unterschiedlichsten Dinge: Pferde einreiten, Weidezäune ziehen und flicken, die Herde auf Krankheiten hin im Auge behalten und Ausschau nach Schlangen und Raubtieren halten. Wenn ein Sturm aufkommt, bringen sie die Jungtiere an eine windgeschützte Stelle und achten darauf, daß die Herde immer genug Gras und Wasser hat. Hauptsächlich halten sie aber die Herde beisammen und passen auf, daß sich kein Tier absondert und keines einem Raubtier oder einem Viehdieb zum Opfer fällt."

„Das klingt aber anstrengend!"

„Ruhig geht's bei den Cowboys nicht zu, soviel steht fest. Die meisten würden aber mit niemandem auf der ganzen Welt tauschen."

„Nun aber genug von Cowboys, Küchenbaracken und Weidezäunen", sagte Missie. „Ich bin ja so froh, daß du bei mir bist!"

Willie zog sie fester an sich.

„Prima siehst du aus! Wie fühlst du dich denn?"

„Ach, Willie!" rief Missie plötzlich aus, ohne auf seine Frage einzugehen. „Beinahe hätte ich es ganz vergessen. Sieh doch mal!"

Sie sprang auf und zeigte auf das Telegramm an der Wand.

„Mama und Pa haben unsere Nachricht bekommen. Sie haben geantwortet!"

Willie las das Telegramm mit einem Lächeln auf den Lippen.

„Daheim kommt einem gar nicht mehr so weit entfernt vor, nicht?"

Missie nickte.

„Und du bist mir auch ein bißchen näher gerückt", fuhr Willie fort. „Mit dem Gütertreck haben wir sechs ganze Tage gebraucht, aber zu Pferd habe ich's in drei Tagen geschafft."

„In drei Tagen? Dann kann's ja gar nicht so weit sein!" Missie war erleichtert.

Willie ritt mit Sonnenaufgang los. Einen Tag und zwei Nächte hatte er mit Missie verlebt. Sie hatte dem Abschied angstvoll entgegengesehen, doch diesmal fiel beiden das Lebewohlsagen leichter als beim letzten Mal. An diesem Abend strich sie gleich zwei Tage von ihrem Kalender. Während Willies Besuch hatte sie diese wichtige Tätigkeit vollkommen vergessen.

Der neue Erdenbürger

Missie war unruhig. Das Buch, in dem sie eine Zeitlang gelesen hatte, lag verlassen auf ihrem Kopfkissen. Ihre Näharbeiten lagen fertig und sauber gefaltet in einem Korb. Neue Stoffe für Dinge, die sie nicht dringend brauchte, hatte sie jetzt nicht mehr anschaffen wollen. Auch ihre Strickwolle war restlos aufgebraucht. Vielleicht würde ein Besuch bei Kathy ... Aber nein, danach war ihr auch nicht zumute.

Ziellos und reizbar wanderte sie in ihrem Zimmer auf und ab. Ob es die Hitze war, oder war sie einfach nur müde? Um halb eins, als es Zeit zum Mittagessen war, ging sie schließlich zu Frau Taylorson nach unten und meldete sich von der Mahlzeit ab. Sie habe einfach keinen Hunger, entschuldigte sie sich. Sie würde sich statt dessen ein wenig ausruhen.

Kaum hatte sie sich auf ihrem Bett ausgestreckt, als ihr Leib sich plötzlich, wie von einer eisernen Faust umschlossen, verkrampfte. Die Muskelspannung löste sich bald wieder. Erleichtert schloß Missie die Augen und versuchte zu schlafen, doch ehe der Schlaf sie übermannen konnte, durchfuhr auch schon ein neues Ziehen ihren Leib.

Als auch diese Verspannung vorüber war, setzte sich Missie im Bett auf und starrte ihren selbstgemachten Kalender an der Wand an.

„Aber, aber das ist doch nicht möglich“, flüsterte sie erschrocken. „Heute ist doch erst der zehnte. Du kannst doch nicht einfach jetzt schon kommen, Kind! Das wäre ja viel zu früh! Nein, das kann nicht sein.“

Doch im Grunde ihres Herzens wußte Missie, daß sie machtlos gegen das war, was sich hier ankündigte. Sie kletterte aus dem Bett und ging eine Weile auf und ab. Dann legte sie sich wieder hin, doch nur, um bald darauf wieder aufzustehen.

„Was wird Willie bloß sagen? Er denkt doch, daß es erst Ende des Monats soweit ist. Am zweiundzwanzigsten wollte er kommen. Ach, vielleicht ist es ja doch ein falscher Alarm!"

Doch die Anzeichen deuteten auf alles andere als auf einen falschen Alarm. Frau Taylorson begriff schnell, was mit Missie los war, obwohl sie selbst keine Kinder zur Welt gebracht hatte. Sie wollte gleich den Doktor rufen lassen, doch Missie bestand darauf, damit noch ein wenig zu warten. Schließlich war die gute Frau jedoch mit ihrer Geduld am Ende und schickte Herrn Taylorson nach dem Essen zum Arzt, bevor er auch nur seine Pfeife anzünden konnte. Missie war erleichtert, daß der Doktor unverzüglich kam und nicht gerade eine Schußwunde verbinden oder einen Beinbruch richten mußte.

Gegen zehn Uhr abends brachte Missie einen gesunden kleinen Sohn zur Welt. Nach ihren Berechnungen war er zwei Wochen zu früh geboren, doch obwohl er ein winziges Bündel war, fehlte es ihm an nichts. Seine junge Mutter, die in den schweren Stunden der Geburt unentwegt bei der Verheißung aus dem Buch Jesaja Trost gesucht hatte, brach in Freudentränen aus, als sie ihren kleinen Jungen endlich in den Armen halten durfte.

Nachdem Mutter und Kind für die Nacht versorgt waren und der Doktor sich verabschiedet hatte, machte Frau Taylorson sich noch hier und da in Missies Zimmer zu schaffen.

„Ein Prachtbursche, sag' ich! Klein, wie er ist – nein, so was von niedlich! Wie soll er denn heißen, der Kleine?"

„Ich weiß selbst noch nicht", murmelte Missie schläfrig. „Willie und ich wollten gemeinsam einen Namen aussuchen, wenn er kommt."

„Er kommt aber erst in zwei Wochen", entgegnete die praktisch denkende Frau Taylorson. „Zwei Wochen sind eine lange Zeit für ein Kind ohne Namen."

„Das stimmt allerdings", gab Missie zu und lächelte ihren neugeborenen Sohn neben sich an. „Dann werde ich wohl allein einen Namen für ihn aussuchen müssen."

„Haben Sie denn schon an was Bestimmtes gedacht?"

„Hm, eigentlich ja. Ich habe nämlich zufällig einen Mann geheiratet, der den gleichen zweiten Vornamen trägt wie mein Pa. Einen passenderen Namen könnte ich mir gar nicht wünschen!"

„Damit wird ihr Mann bestimmt einverstanden sein", meinte Frau Taylorson. „Welcher Name ist es denn?"

„Nathan", sagte Missie langsam, jede Silbe auskostend.

„Nathan?" wiederholte Frau Taylorson. „Ein schöner Name. Der gefällt mir aber! Und passen tut er auch zu dem Kleinen. Nathan – weiter nichts?"

„Nathan Jesaja."

„Jesaja?" Frau Taylorson blickte ein wenig verwundert drein. „Das hat sicherlich eine ganz besondere Bedeutung."

„Ja", antwortete Missie mit belegter Stimme, „eine ganz besondere Bedeutung!"

Sie zog die Decke fester um sich und ihren kleinen Sohn. Wie glücklich sie war – und wie müde! Sie gab Nathan einen sanften Kuß auf seine weiche Babystirn und seufzte leise. Sie war schon fast eingeschlafen, als ihr plötzlich ein Gedanke kam.

„Frau Taylorson", murmelte sie, „würden Sie wohl so nett sein und meinen Eltern morgen ein Telegramm schicken?"

„Aber gern doch, junge Frau. Was soll denn draufstehen?"

Sie reichte Missie Papier und Bleistift.

„Hier, am besten schreiben Sie's mir auf, damit ich es auch nicht vergesse."

Missie überlegte einen Moment, bevor sie schrieb: „Nathan Jesaja am 10. Oktober angekommen Stop Alles Liebe Stop Missie und Baby."

Sie reichte Frau Taylorson den Bogen Papier.

„Ist mir direkt eine Ehre, eine so gute Nachricht übermitteln zu dürfen."

Missie lächelte das winzige Bündel in ihren Armen an.

„Ach, wenn ich doch nur seinem Pa seine Ankunft mitteilen könnte!" seufzte sie. „Ich weiß nicht, wie ich's bis zum zweiundzwanzigsten aushalten soll. Bis dahin ist der Kleine ja halb erwachsen!"

Frau Taylorson sah auf den kleinen Erdenbürger neben Missie herab.

„Also, ich mein'", lachte sie, „daß ihm ein bißchen Wachsen nicht schaden könnte. In zwei Wochen wird er kaum aus dem Hemdchen rauswachsen, in dem er da schwimmt."

Missie nickte lächelnd und ließ sich endlich vom Schlaf übermannen.

Glücklich vereint

Am zwanzigsten Oktober kam Willie in Tettsford Junction an. Für die nächste Zeit würde er ganz mit Warten beschäftigt sein, malte er sich aus. Wie lange es wohl dauern mochte, bis das Kind geboren war und er seine Familie endlich in die neue Heimat bringen konnte?

Frau Taylorson öffnete ihm die Tür. Die große Überraschung verschwieg sie ihm, wie sie es mit Missie verabredet hatte. Mit Riesenschritten eilte Willie die Treppe zu Missies Zimmer hinauf.

Missie stand gerade am Fenster und blickte sehnsüchtig über den Hinterhof hinweg auf die fernen Berge. Jetzt, da sie wieder bei Kräften war, fiel ihr das Warten schwerer denn je. Die Stunden und Tage zogen sich schier endlos dahin.

Nathans Dasein war völlig mit seinen Mahlzeiten und Schlafen ausgefüllt. Obwohl er täglich wuchs und gedieh, war er, wie Frau Taylorson vermutet hatte, noch lange nicht aus seinen winzigen Hemdchen hinausgewachsen.

Missie hörte Schritte von der Treppe her, aber sie wandte sich nicht einmal um. Seit Nathans Geburt ging Frau Taylorson unter allen erdenklichen Vorwänden bei Missie ein und aus. Wenn es nicht eine Tasse Tee mit viel Milch war, die sie ihr brachte, dann kam sie einfach nur, um sich nach Nathans Wohlergehen zu erkundigen.

„Aber … Um Himmels willen, was ist denn bloß passiert?“ rief Willie erschrocken. Missie wirbelte auf dem Absatz herum.

„Willie!“ jubelte sie.

Alle Farbe war aus seinem Gesicht gewichen.
„Was ist denn passiert?" wiederholte er flüsternd.
„Was meinst du? Was soll denn passiert sein?"
Wortlos deutete Willie auf ihren schlanken Leib. Endlich begriff sie den Grund seines Entsetzens.
Mit einem erleichterten Lachen fiel sie ihm um den Hals.
„Du bist Papa geworden! Das ist passiert!"
„Was denn ... jetzt schon?"
„Und ob? Der hat uns ganz schön an der Nase herumgeführt, nicht?"
„Er?"
„Ja! Sieh mal, hier!"
Missie nahm Willie bei der Hand und führte ihn zum Fußende des Bettes, wo eine winzige Gestalt selig in einer einfachen Wiege schlief. Eine kleine Faust lag federleicht an der vollen Babywange.
„Unser Kind?" flüsterte Willie überwältigt.
„Unser Kind!" antwortete Missie strahlend. „Ist es nicht ein Prachtkerl?"
„Darf ich, ... darf ich ihn mal aus der Wiege nehmen?" In seinen Augen glänzte es verdächtig feucht.
Missie nickte. Der neugeborene Papa beugte sich über seinen Sohn und hob ihn behutsam aus der Wiege.
„Ein Prachtkerl", wiederholte er ehrfurchtsvoll.
Missie empfand das Glück dieses Augenblicks so tief, daß es sie fast schmerzte. Willie war bei ihr, und er war glücklich über seinen neugeborenen Sohn – ihr Geschenk für ihn! Endlich war alles gut geworden. Sie stellte sich auf die Zehenspitzen und gab Willie einen Kuß auf die Wange.
„Er gleicht seinem Pa wie aus dem Gesicht geschnitten, nicht?" flüsterte sie. „Und guck mal, er wird mal dunkles Haar haben! Ich weiß, den Babyflaum verliert er bestimmt bald, aber wenn das Haar dann nachwächst,

wird's bestimmt dunkel wie deines. Und sollst mal sehen, wenn er erst die Augen aufschlägt! Blau sind sie, aber ganz dunkel. Die werden sicher bald so braun wie deine, glaub' ich. Und sieh mal hier!" Ihre Stimme verriet helles Entzücken. Mit einem Finger strich sie sachte über Nathans weiches Kinn. „Ein Grübchen! Dein Grübchen hat er auch geerbt!"

Anstatt zu protestieren, wie Missie erwartet hatte, lächelte Willie das kleine Wesen nur glückstrahlend an.

Plötzlich lebte er auf.

„Wann ist er denn angekommen?" wollte er wissen.

„Am zehnten Oktober."

„Am zehnten schon? Das war doch viel zu früh!"

„Er ist schon fast zwei Wochen alt – und so gut wie reisefertig."

„Wirklich?"

„Der Doktor hat gemeint, wenn wir ihm nicht zuviel zumuten, kann die Reise jederzeit losgehen."

Willie konnte sein Glück gar nicht richtig fassen. Er war einfach überwältigt.

„Es wird doch nicht mehr lange dauern, bis wir fahren können, oder?" fragte Missie.

„Nein, nicht mehr lange, Ich mache mich gleich morgen an die Arbeit. Henry ist diesmal mitgekommen. Wir haben zwei Gespanne genommen, damit wir jede Menge Platz für euch beide und die Baumaterialien haben." Er lachte auf. „Mensch, wird Henry enttäuscht sein! Wir hatten uns nämlich auf einen ganzen Monat in Tettsford eingerichtet."

Missie lächelte.

„Ach Willie, ich kann es ja kaum erwarten! Du ahnst gar nicht, wie einsam ich war in diesem sterbenslangweiligen Tettsford!"

Der Säugling regte sich ein wenig. Willie legte ihn an seiner Schulter zurecht.

„Momentchen mal!“ sagte Willie plötzlich. „Hat er denn überhaupt schon einen Namen?“

„Aber ja“, antwortete Missie, „einen ganz wunderschönen: Nathan heißt er – Nathan Jesaja.“

„Nathan Jesaja.“ Willie sprach es sehr langsam und bedächtig nach. „Das ist ein guter Name.“ Er gab seinem Sohn einen sanften Kuß auf das flaumige Köpfchen. „Nathan Jesaja, ich habe dich lieb!“

Vier Tage später waren sie bereit zur Abfahrt. Frau Taylorson brachte es kaum übers Herz, die junge Familie ziehen zu lassen. Sie streichelte und wiegte den Säugling bis zum letzten Augenblick. Selbst Herr Taylorson kam auf ein paar Minuten vom Geschäft nach Hause, um seinen Mietern Lebewohl zu sagen. Er ließ es sich nicht nehmen, sie mehrmals als seine Gäste zum Wiederkommen einzuladen.

Kathy und Melinda verabschiedeten sich mit Tränen in den Augen. Der freundliche Pastor sprach ein letztes Gebet, und seine Frau bestand darauf, den jungen Leuten etwas von ihrem frischgebackenen Brot auf die Reise mitzugeben.

Henry hatte unter Aufbietung seines ganzen Einfallsreichtums in dem Planwagen ein weiches Lager für Missie und den Säugling zurechtgemacht. Weder Wind noch Regen sollten ihr und dem Kind auch nur eine Spur von Unbehagen zufügen. Inzwischen waren die Temperaturen herbstlich, so daß Missie froh war über ihr warmes Schultertuch.

Endlich waren sie unterwegs, und Missie zählte jetzt die Tage ihres neuen Kalenders. In sechs kurzen Tagen würden sie endlich am Ziel sein! Der Grund und Boden, den Willie sein eigen nannte, war in greifbare Nähe gerückt. Eine beinahe unerträgliche Spannung überkam sie.

Wie ein Nistvogel würde sie in dem Heim ihrer Träume

Einzug halten. Sie wiegte ihren neugeborenen Sohn in den Armen. „Du kleiner Schelm!“ flüsterte sie liebevoll. „Wer hätte je gedacht, daß du Würmchen mit von der Partie sein würdest? Aber weißt du, wir werden in unserem neuen Haus schon ein warmes Plätzchen für dich finden!“

Am Ziel

„Gleich sind wir da!“ kündigte Willie voller Stolz an. „Hinter dem nächsten Hügel!“

Sechs bange Tage waren sie unterwegs gewesen. Aus Sorge um Missie und das Baby hatte Willie abends ziemlich früh das Nachtlager aufgeschlagen, und so waren es inzwischen sieben Tage geworden.

Missie schluckte. Nur noch einen Hügel überqueren. Ob bis dahin vielleicht noch ein Wunder geschehen konnte?

Die Landschaft, die sie in den letzten Tagen durchquert hatten, war noch eintöniger und verlassener als selbst die Gegend um Tettsford Junction gewesen. Missie konnte sich kaum vorstellen, daß sich das alles auf einen Schlag ändern sollte. Soweit das Auge reichte, erstreckte sich ein Meer von braunen, spärlich bewachsenen Hügeln um sie. Verdorrte Grasbüschel tanzten rastlos im Wind. Hier und da erhob sich ein einsamer Kaktus oder ein verwitterter Felsbrocken gegen den fahlen Horizont.

In der Ferne thronte dunkel das Gebirge. Missie hatte gehofft, daß die Berge bald zu ihren vertrauten Freunden würden, doch statt dessen boten sie ihr eine dunstverschleierte, abweisende Stirn; sie schienen weit über alles Menschliche erhaben zu sein.

„Manchmal sind sie violett, dann wieder blau und manchmal sogar richtig rosa“, hatte Willie begeistert berichtet. „Und im Winter erst, da glitzern sie schneeweiß in der Sonne!“

„Können wir denn die Berge von unserem Tal aus

sehen?“ hatte Missie beinahe sehnsüchtig gefragt. Sie konnte es kaum erwarten, Willies Berge in ihrem regenbogenbunten Farbenspiel zu erleben.

„Von unserem Tal aus nicht“, hatte er ihr geantwortet. „Dazu mußt du dein Haus schon ganz oben auf den Hügel setzen. Aber da wäre es völlig ungeschützt dem Wind ausgesetzt.“

„Viel zu ungeschützt“, murmelte sie, als sie jetzt an das Gespräch mit Willie zurückdackte. „Viel zu ungeschützt und windig.“ Sie zog sich ihr wollenes Tuch fester um die Schultern.

Die Berge waren von ihrem Haus aus also nicht zu sehen. Was gab es denn sonst zu sehen? Auch das hatte sie Willie gefragt.

„Nach Osten hin, talabwärts“, hatte er geantwortet, „siehst du unser Weideland – meilenweit nichts als sanfte Hügel und Täler!“ Willie schien die Leere und Einförmigkeit der Landschaft für einen entscheidenden Vorteil zu halten. Missie schauderte bei dem bloßen Gedanken.

Sie hatten die Hügelkuppe erreicht. Willie hielt das Gespann an. Missie hatte die Augen geschlossen. Sie fürchtete sich ein wenig vor dem Blick, der sich ihr von hier oben aus auftun würde.

„Da liegt es!“ sagte Willie triumphierend. „Wirft einen direkt um, nicht?“

Langsam öffnete Missie die Augen.

Das war es also. Dort unten, in einem engen Tal, standen ein paar verstreute Schuppen inmitten eines schier endlosen Netzes von Weidezäunen.

„Du hast doch gesagt, es wäre grün hier“, brachte Missie mühsam hervor, um die Bemerkung im nächsten Augenblick schon zu bereuen.

„Ist es auch – im Frühling natürlich. Im Herbst ist alles trocken“, sagte Willie unbekümmert. „Nun, was hältst du von unserer neuen Heimat?“

Missie hatte befürchtet, daß diese Frage kommen würde. Was sollte sie nur sagen? Sie wollte Willie um nichts in der Welt enttäuschen, aber regelrecht lügen konnte sie auch nicht.

„Es ist, es ist ... umwerfend“, antwortete sie stotternd mit Willies eigenen Worten, die ihr zum Glück in den Sinn gekommen waren.

„Das kann man wohl sagen!“ stimmte Willie ihr begeistert zu.

Er deutete mit der ausgestreckten Hand in die Ferne.

„Siehst du die Zäune dort unten? Das sind die Weiden für die Pferde und Rinder.“

„Sind ja wohl kaum zu übersehen!“ Missie schluckte.

Unbeirrt fuhr Willie fort:

„Das große Gebäude dort ist die Scheune; später ersetzen wir sie durch eine größere. Da drüben steht die Wohnbaracke für die Männer, und daneben haben wir den Küchenschuppen gebaut.“

„Und wo ist unser Haus?“ fragte Missie bange.

„Du meinst, unsere vorläufige Hütte? Dort drüben.“

Missies Augen folgten seinem ausgestreckten Arm. Sowohl das „Haus“ als auch die übrigen Gebäude – Scheune, Wohnbaracke und Küchenschuppen – glichen eher einem übergroßen Heuhaufen als einem herkömmlichen Haus.

„Ist alles aus Grasnarbe gebaut“, erläuterte Willie.

„Grasnarbe?“

„Ja. Man sticht sie in Blöcken aus der Erde und schichtet sie wie Bausteine auf. Ist richtig warm und gemütlich im Winter.“

Missie spürte einen großen Kloß in ihrem Hals.

„Grasnarbe ...“ flüsterte sie. Mit bebenden Lippen rang sie um ihre Fassung.

Willie schnalzte mit der Zunge, und die Pferde zogen an. Missie schloß wieder die Augen.

Nein, hinter dem letzten Hügel hatte kein Wunder auf sie gewartet. Willies Tal war keinem Märchenbuch entsprungen. Für das Leben, das jetzt auf sie wartete, würde sie jedoch ein Wunder bitter nötig brauchen. Woher sollte sie nur die Kraft nehmen, diese Enttäuschung zu überwinden?

Die neue Heimat

War der erste Eindruck ihrer neuen Heimat für Missie erschreckend, so bot das Anwesen aus der Nähe betrachtet ein trostloses Bild. Als der Wagen mit einem quietschenden Ruck vor dem niedrigen Gebilde aus Grasnarbe zum Stehen kam, preßte sie die Lippen fest aufeinander, um nicht in Tränen auszubrechen.

Henry, der vorausgefahren und schon tags zuvor angekommen war, hatte ein Feuer im Herd gemacht, um das Haus für das Neugeborene ein wenig aufzuwärmen. Jetzt stand er zur Begrüßung vor dem Eingang.

Aus dem Ofenrohr, das aus dem grasbewachsenen Dach ragte, quoll der Rauch hervor, der von dem pfeifenden Wind weggeblasen wurde. Missie erkannte gleich den ätzenden Geruch von Büffeldung. Auf der Reise nach Westen hatten sie oft keinen anderen Brennstoff zur Verfügung gehabt, doch Missie war stets froh gewesen, wenn sich endlich wieder trockene Zweige gefunden hatten. Von ihrem Platz auf dem Kutschbock aus sah sie um sich. Nein, mit Brennholz konnte sie hier nicht rechnen. Es gab ja kaum Bäume in dieser kargen Landschaft.

Willie half ihr vom Wagen. Ein paar Minuten blieb sie einfach stehen, um sich auf das, was sie hinter dem niedrigen Eingang zu ihrem neuen Heim erwartete, gefaßt zu machen.

Willie ging voran. Missie mußte sich bücken, als sie ihm in das dunkle Hausinnere folgte.

Es war noch früher Nachmittag, doch Missies Augen mußten sich erst an die Dämmerung im Inneren des Hauses gewöhnen, bevor sie überhaupt etwas erkennen konnten. Sie blickte um sich. In einer Ecke stand das Bett, doch es hatte wenig Ähnlichkeit mit dem, was sie sich in ihren Träumen von ihrem eigenen Heim vorgestellt hatte. Auf einer unebenen, viel zu breiten Strohmatratze lag eine unbeholfen ausgebreitete Steppdecke.

Ein kleiner, schwarzer Ofen zischte unter dem rauchspeienden Ofenrohr. Daneben stand ein grob gezimmerter Tisch mit zwei Schemeln. Ein Brett an der Wand diente als Ablage für allerhand Ton- und Blechgefäße mit Lebensmitteln.

Die beiden Fenster waren winzig und so niedrig, daß man sich bücken mußte, um ins Freie zu schauen. Die schmutzig-trüben Scheiben waren fest in die Wand aus Erde und Gras eingelassen. Gleich morgen würde sie die Fenster mit Wasser und Seife bearbeiten, nahm Missie sich vor. Merkwürdig, wie sie in einem solchen Augenblick ausgerechnet ans Putzen denken konnte!

Ihr Blick wanderte zu der Zimmerdecke über ihrem Kopf. Auch sie war aus gepreßter Grasnarbe gebaut und mit Pappdeckeln, Zwirn und Draht befestigt worden. Das Ganze sah nicht sehr vertrauenerweckend aus. Missie hoffte inständig, daß sie nicht eines Tages unter einem Berg von Gras und Erde begraben werden würde.

Um ihre Enttäuschung vor Willie und Henry zu verbergen, senkte sie schnell den Blick – doch nur, um entsetzt festzustellen, daß der Fußboden nichts als glattgestampfte Erde war. Während Missie noch um ihre Fassung rang, redete Willie unbefangen mit ihr.

„Ein Palast ist es ja nicht gerade, aber wenigstens haben wir's hier warm und gemütlich. Nächstes Jahr bauen wir dann ein richtiges Haus aus Holz oder Stein, ganz wie du's am liebsten haben möchtest."

„Der Kaffee ist fertig!" rief Henry vom Herd her. Willie nahm Nathan von Missies Armen, um ihn auf das Bett zu legen. Sie ließ den Kleinen nur widerwillig los. Ängstlich untersuchten ihre Augen die Zimmerdecke über dem Bett auf lose Erdklumpen.

„Hier, setzen Sie sich!“ lud Henry sie ein. Benommen gehorchte sie. Der heiße Kaffee belebte sie ein wenig und durchwärmte ihre vor Kälte klamm gewordenen Hände und Füße. Sie spürte Henrys erwartungsvollen Blick auf sich und zwang sich zu einer Bemerkung.

„Also“, sagte sie mühsam lächelnd, „in Hausarbeit werde ich hier wohl kaum ertrinken?“

Henrys gespannter Ausdruck wich einem erleichterten Lächeln. Willie nahm ihre Hand in seine.

„Ich weiß, Missie, leicht wirst du's in der ersten Zeit hier nicht haben – aber du sollst mal sehen: nächstes Jahr bauen wir uns ein Haus wie im Bilderbuch!“

Missie nahm noch einen Schluck Kaffee. Das starke, dunkle Gebräu tat ihr wohl.

„Wo sind denn die Kisten mit unserem Hausrat?“ fragte sie leise.

„Die haben wir in dem Schuppen bei der Scheune untergestellt, bis du kommen würdest. Wir wußten nicht, welche von den Kisten du zuerst brauchen würdest. Ich hole dir gleich alle her, wenn du willst.“

Missie ließ ihren Blick in dem engen Wohn- und Schlafraum umherwandern.

„Ich glaube, die Kisten bleiben am besten, wo sie sind. Für Nippesvasen und dergleichen haben wir hier wohl kaum Platz. Und Willie, bring bitte die Nähmaschine in den Schuppen zurück.“

Willie wollte widersprechen, doch dann zuckte er mit den Achseln.

„Hast eigentlich recht“, sagte er. „Ist schon ein bißchen eng hier. Komisch, ohne dich ist es mir richtig leer vorgekommen!“

„Ihr Gespann steht noch draußen“, meldete sich Henry

und stellte seine Tasse auf den Tisch. „Ich werde mich mal darum kümmern. Wo soll ich den Wagen abstellen?"

„Neben dem Haus am besten. Unser Junior hier hat nämlich seine ganze Garderobe im Wagen gelassen."

Henry nickte und ging nach draußen.

„Wo schläft Henry denn?" fragte Missie. Den Blick hielt sie starr auf die Kaffeetasse gerichtet, die sie unablässig zwischen ihren Fingern drehte.

„In der Wohnbaracke."

„Ganz allein?"

„Nein, er hat Gesellschaft: zwei Cowboys und der Koch."

„Muß ja dann mächtig eng dort sein."

„Nun, viel Gepäck haben die drei nicht mitgebracht."

„Hast du schon Rinder gekauft?"

„Für den Anfang genug."

„Und Pferde?"

„Auch ein paar gute Tiere."

„Dann hast du wohl für alles gesorgt, nicht?"

Willie nickte, schob seine Tasse zurück und strich sich müde mit der Hand über die Stirn. Dann stand er auf und trat ans Fenster, um sich hinunterzubeugen und nach draußen zu schauen.

„Missie", sagte er, ohne sich umzuwenden, „ich hab' das alles falsch angefangen. Weiß nicht, wieso ich es nicht gleich eingesehen habe. Vor lauter Sehnsucht nach dir habe ich wohl nicht klar denken können. Ich hätte dich nie hierher holen sollen. Ich hätte dich in Tettsford lassen sollen, bis wir ein richtiges Haus haben. So ein Iglu aus Gras und Erde ist doch nichts für eine Frau mit einem Säugling!"

Missie folgte ihm still ans Fenster. Plötzlich tat es ihr unendlich leid, daß sie Willie mit ihrer Enttäuschung so sehr verletzt hatte.

„Ach Willie", flüsterte sie und schlang ihre Arme um

seinen Hals, „ist schon gut. Wirklich. Zugegeben, ich war nicht recht auf das gefaßt, was da auf mich zukam, aber ich finde mich schon zurecht. Ehrenwort, Willie. Ohne dich wäre ich doch nie im Leben in Tettsford geblieben. Ich habe mich doch auch nach dir gesehnt! Viel lieber wohne ich hier mit dir als allein in diesem trostlosen Mietzimmer in Tettsford."

Willie zog sie an sich.

„Missie, das Ganze tut mir furchtbar leid", flüsterte er. „Es soll nicht für immer und ewig so bleiben. Das verspreche ich dir! Einmal wirst du ein großes und modernes Haus haben wie deine Eltern."

„Meine Eltern!" dachte Missie und schloß die Augen. „Wenn ich doch nur bei meinen Eltern sein könnte!" Warum hatte Willie sie nur so weit von ihrer Heimat weggeführt? Was hatte ihn in diese trostlose Gegend gezogen?

Bei dem Anblick des schlafenden Säuglings auf dem Bett brannten ihr plötzlich die Tränen in den Augen. Willie küßte ihre Stirm. Wenn sie ihm nicht ins Gesicht sehen mußte, konnte sie ihre Fassung bewahren. Nathan regte sich und begann zu schreien. Missie wandte sich von Willie ab, ohne aufzusehen.

„Er hat Hunger", sagte sie und räusperte sich. „Da will ich ihn nicht warten lassen."

„Ich hole schnell seine Sachen ins Haus", sagte Willie und setzte seine Mütze auf.

„Missie." An der Tür blieb er stehen und sah sie an. „Ich hab' dich so lieb."

Sie erwiderte seinen Blick und zwang sich zu einem Lächeln.

Winter

Missie hob die beiden schweren Eimer auf und ging ein paar Schritte weiter. Dann ließ sie sie mit einem dumpfen Aufprall wieder fallen und bückte sich nach dem trockenen Büffeldung auf dem hartgefrorenen Boden. Ihr Schultertuch flatterte in dem scharfen Wind. Sie zog es fester um sich. Ihre Finger waren klamm und rau vor Kälte; sie hätte Handschuhe anziehen sollen, schalt sie sich.

Endlich war auch der zweite Eimer voll. Mühsam hob sie ihre Last auf und machte sich auf den Rückweg zu der Kuppel aus Grasnarbe und Erde, die ihr als Zuhause diente. Mit jedem Schritt schlugen die Eimer gegen ihre Beine. Noch zwei Eimer voll, und der Tagesbedarf für heute war gesichert. Sie dachte mit Unbehagen daran, noch einmal nach draußen gehen zu müssen. Arme und Rücken schmerzten ihr, und um ihre Eimer zu füllen, mußte sie sich immer weiter von dem Haus entfernen.

Noch bevor sie den Eingang erreicht hatte, hörte sie Nathans herzzerreißendes Schreien. Sie hastete vorwärts. Der arme Kleine! Wie lange mochte er schon nach seiner Mahlzeit verlangt haben?

Missie stellte ihre Eimer ab und wusch sich schnell die Hände in dem Becken in der Erde. Die steifen Finger rieb sie mit dem rauhen Handtuch ab, bis es in den Fingerspitzen wieder prickelte. Dann warf sie ihr Schultertuch ab und lief auf das schreiende Baby zu.

Diese ersten zwei Wochen in dem engen Erdhaus hatte sie irgendwie hinter sich gebracht. Nathan war ihr ein großer Trost gewesen. Das kleine, hilflose Wesen hatte ein wenig Licht und Leben in ihr Dasein gebracht.

Mit jedem Tag sank nun die Temperatur, und der Wind blies immer schärfer. Willies Augen suchten oft besorgt den Horizont nach Warnsignalen ab. Ein überraschender Schneesturm konnte verheerende Schäden anrichten. Er und seine Männer hatten nicht genügend Zeit gehabt, um die Ranch winterfest herzurichten.

Auch Missie bereitete der schnell herannahende Winter Sorgen. Ihr Brennstoffvorrat schmolz von Tag zu Tag, doch Willie gegenüber wollte sie nichts davon erwähnen. Er hatte genug an seinen eigenen Sorgen. Schließlich war das Feuer im Herd Frauensache. Dennoch ließ es ihr keine Ruhe. Woher sollte sie Büffeldung nehmen, wenn der Boden erst unter einer hohen Schneedecke vergraben lag?

Missie wickelte Nathan in eine frische Windel, stillte ihn und wiegte ihn eine Weile in ihren Armen, bevor sie ihn wieder auf sein Bett legte.

Dann sah sie nach dem Kaffeewasser auf der Herdplatte. Der große Küchenherd, den ihre Eltern für sie angeschafft hatten, mußte vorläufig unbenutzt im Schuppen stehen. In dem kleinen Erdhaus hatte sich gerade genug Platz für einen bescheidenen, einfachen Herd gefunden. Missie schob den Kessel in die Mitte der Herdplatte, damit das Wasser schneller kochte. Willie würde bald völlig durchgefroren nach Hause kommen. Doch zu ihrer Überraschung war es dann Henrys Stimme, die sie zuerst von draußen her erkannte.

„Nee, länger dürfen wir's jetzt wirklich nicht mehr rausschieben. Der erste Schnee kann jederzeit fallen. Alles andere ist halb so wichtig!"

„Stimmt", gab Willie zu. „Wir hätten nicht so lange damit warten sollen. Gleich morgen fangen wir an. Wir nehmen zwei Gespanne und alle Männer mit."

„Glauben Sie, die lassen das mit sich machen?“

„Ich bin schließlich der Boß hier, oder nicht?“

„Das allerdings!“ Missie hörte das Grinsen förmlich aus Henrys Stimme heraus. „Ich dachte bloß, vielleicht ist denen so was zu hausbacken: Ein Cowboy und Dungsammeln!“

„Ich werde halt mit ihnen reden“, sagte Willie bestimmt, und damit war das Thema erledigt.

Missie wagte kaum, ihren Ohren zu trauen.

Am nächsten Morgen machten sich fünf Männer mit zwei Gespannen auf den Weg, um den Vorrat an Brennmaterial für den kommenden Winter zu sammeln. Sie machten den ganzen Tag über Rundfahrten und kamen zwischendurch zurück, um ihre Ausbeute abzuladen. Der Vorrat für den Koch wurde neben der kleinen Kantine aufgeschichtet, doch Missie bekam den größten Anteil. Ihren Vorrat lagerten die Männer in dem Erdschuppen hinter dem Haus. Nun würde ihr das mühsame Ausscharren des Büffeldungs aus dem tiefen Schnee erspart bleiben.

Missie weinte beinahe vor Erleichterung. „Danke, himmlischer Vater!“ flüsterte sie. „Und dank' dir, Willie, und deinen Männern auch.“ Wie konnte sie sich nur für diese große Hilfe erkenntlich zeigen? Nun, wenigstens würde sie die Cowboys mit einer dampfenden Tasse Kaffee empfangen, entschied sie und füllte die Kanne randvoll.

Auch den nächsten und übernächsten Tag verbrachten die Männer damit, Brennmaterial heranzuschaffen. Der kleine Schuppen war längst voll, so daß sie die letzten Fuhren daneben im Freien aufschichten mußten. Sowohl Missie als auch die Cowboys waren davon überzeugt, daß dieser Vorrat auf Jahre hin ausreichen würde, doch Willie hatte darauf bestanden, daß seine Frau reichlich mit Brennstoff versorgt wäre.

Missies Tagewerk war nun wesentlich leichter. Die neugewonnenen Mußestunden wurden ihr jedoch bald zur Bürde. Der winzige Wohn- und Schlafraum verlangte wenig Aufmerksamkeit. Missie fegte über den Lehmfußboden, schüttelte die Strohmatratze zurecht, kochte die Mahlzeiten und wusch das Geschirr auf. Hin und wieder, wenn das Wasser, das Willie in aller Frühe für sie hereinholte, aufgebraucht war, mußte sie ihren Eimer an den Brunnen tragen, doch damit war ihr Wirkungskreis auch schon abgesteckt.

Schließlich beschloß sie, ein Paar warme Strümpfe für Henry zu stricken. Anschließend strickte sie ein Paar für jeden von Willies Männern. Als die Strümpfe fertig waren, begann sie, jedem der Männer warme Wollhandschuhe für die eisigen Wintertage zu stricken. Zuerst zögerte sie ein wenig. Ob ein Cowboy sich überhaupt etwas aus selbstgestrickten Handschuhen machte? Nun, sie würde es halt auf einen Versuch ankommen lassen.

Missie kannte die Männer eigentlich kaum. Der große Dünne mit der Hakennase hieß Clem; soviel wußte sie. Der mit dem Kautabak wurde Sandy gerufen.

Smutje, der Koch, war Missie etwas vertrauter. Der stille, freundliche Mann besaß die Augen eines Adlers. Seinem scharfen Blick schien nicht die geringste Kleinigkeit zu entgehen. Hin und wieder erhellte ein Lächeln sein ernstes Gesicht. Smutje zog ein Bein nach. Als junger Mann war er einmal beim Einreiten eines jungen Pferdes schwer gestürzt. Die Knochenbrüche in seinem Bein und seiner Hüfte waren nie wieder völlig verheilt, so daß er seitdem Küchendienste verrichtete, anstatt mit den anderen Cowboys durch die Prärie zu reiten. Missie mochte Smutje gern. Sein freundlicher Gruß war ihr ein rechter Sonnenstrahl inmitten des alltäglichen Einerlei.

Zu Missies beschwerlichsten Aufgaben gehörte das Waschen der Babysachen. Das Wasser mußte von dem

Brunnen unterhalb des Hauses herbeigeholt werden, doch obwohl Willie ihr die beiden Eimer jeden Morgen füllte, ging sie selbst später mehrmals frisches Wasser holen. Da kein großes Waschfaß auf der Herdplatte Platz hatte, mußte sie das Wasser Kessel für Kessel erhitzen. Das Ganze war ein langwieriger Vorgang; bis der letzte Kessel Wasser kochte, war der erste schon abgekühlt. Missie, die von ihrer Kindheit an gelernt hatte, daß man zur Wäsche möglichst heißes Wasser benutzt, war oft der Verzweiflung nahe.

Bald tobte der erste Schneesturm über das Land. Ein scharfer Wind peitschte die schweren, nassen Schneeflocken gegen die winzigen Fensterscheiben und wirbelte sie im Kreis um das kleine Erdhaus. Bald war die Landschaft ringsum mit einer dichten Schneedecke überzogen. Missie betete inständig, daß ihre notdürftige Behausung dem Sturm standhalten würde.

Auch um Willie sorgte sie sich, weil er trotz Wind und Wetter mit seinen Männern unterwegs sein mußte. Sie trieben die Viehherde, die inzwischen dreihundert Stück zählte, zusammen, um zu verhindern, daß sich die Tiere im Schneesturm verirrten.

Am späten Nachmittag kehrten sie zurück. Sie hatten die Herde in ein kleines Seitental getrieben, wo sie vor dem Schlimmsten geschützt war. Dennoch ging Willie unruhig in dem kleinen Haus auf und ab und warf immer wieder einen besorgten Blick durch das Fenster in das Schneetreiben hinaus.

Am nächsten Tag ließ der Sturm etwas nach. Henry und Sandy ritten los, um nach der Herde zu sehen. Alle Tiere waren unversehrt, und Willie atmete erleichtert auf.

Der Schnee blieb liegen. Der lange Winter war endgültig eingekehrt. Nachdem der Brunnen zugefroren war, mußte Missie Schnee zu Wasser schmelzen. Besonders an den Waschtagen brachte sie manche Stunde mit dieser mühsamen Aufgabe zu. An den abgestandenen Geschmack des Schneewassers mußte sie sich ebenfalls erst gewöhnen.

Missies Alltag war eintönig und ereignislos. Die Zeit schien unendlich langsam dahinzukriechen. Hohe Schneewehen umgaben das kleine Haus und nahmen die Sicht auf die kahlen, weißen Hügel. Tagein, tagaus holte sie Brennstoff für das Feuer ins Haus und schmolz den Schnee kesselweise zu Trink- und Waschwasser.

Je eintöniger der Tagesablauf wurde, desto dankbarer wurde Missie für den kleinen Nathan. Er nahm inzwischen viel von seiner Umwelt wahr und strahlte seine junge Mutter an, wenn sie sich ihm näherte. Mit zärtlicher Stimme erzählte sie ihm tausend Wichtigkeiten und Nichtigkeiten. Ohne ihn wären ihr an diesen langen, grauen Wintertagen die dunklen Wände des engen Erdhauses schnell zu Gefängnismauern geworden.

„Hab Dank, Vater im Himmel“, betete Missie oft. „Danke für unseren kleinen Sohn!“

Das erste Weihnachten in der Fremde

Missie hängte gerade die frischgewaschenen Säuglingshemdchen und Windeln an der kreuz und quer durch den kleinen Wohnraum gespannten Wäscheleine zum Trocknen auf, als ihr plötzlich der Gedanke kam: in wenigen Tagen war ja Weihnachten!

Sie bückte sich unter den hängenden Wäschestücken und ging auf den selbstgemachten Kalender an der Wand zu. Richtig, nur noch vier Tage bis Weihnachten!

Sie sah um sich. Weihnachten? Hier? Schnell schluckte sie eine Träne hinunter, doch das leere, sehnsüchtige Gefühl in ihrem Herzen konnte sie nicht abschütteln. Konnte in diesem armseligen Erdhaus überhaupt eine rechte Weihnachtsfreude einkehren?

Als Willie und Missie später an dem kleinen Tisch bei Gemüsesuppe und Brot saßen, brachte sie die Sprache auf das nahende Weihnachtsfest.

„Weißt du überhaupt, daß in vier Tagen Weihnachten ist?“

„Weihnachten?“ Willie sah überrascht auf. „Ist es tatsächlich bald soweit? Liebe Güte, wie schnell die Zeit vergeht!“

Missie biß sich auf die Unterlippe.

„Weihnachten!“ fuhr Willie fort. „Kaum zu glauben!“

Er löffelte seinen Suppenteller leer.

„Also, einen fetten Gänsebraten kann ich dir dieses Jahr nicht besorgen. Tut’s auch ein Stück Wild?“

„Ich denke schon.“

„Wird wohl ein ziemlich einsames Weihnachten für uns werden, nicht?“

„Hm. Ich habe mir etwas überlegt ...“, Missie zögerte ein wenig, „... laß uns doch einfach die Männer mal einladen.“

„Was denn ... hierher?“

„Warum nicht?“

Willie sah skeptisch auf die Wäscheleine voller feuchter Babysachen.

„Ist aber nicht gerade ein Festsaal!“

„Ich weiß, aber wir werden schon irgendwie zurechtkommen.“

„Nun, wenn sie in Zweiergruppen kommen, geht's vielleicht.“

„Das wäre aber kein richtiges Weihnachtsfest.“

„Wie hast du's dir denn gedacht?“

„Also, ich stelle die Schüsseln mit dem Essen auf den Herd, und dann nimmt sich jeder seinen Teller und bedient sich selbst. Als Sitzgelegenheiten müssen halt die Schemel und das Bett herhalten. Ich glaube, im Schuppen ist noch ein Hocker, und Smutje hat auch noch einen in seiner Küche.“

Willie lachte.

„Madame, Ihr Plan ist grandios! Sie haben wohl schon etwas länger darüber nachgedacht?“

Missie senkte den Blick, ohne zu antworten.

„Also gut“, sagte Willie, „meinetwegen lade die Männer ein.“

„Würdest du sie wohl für mich einladen, Willie? Ich – ich sehe sie ja kaum.“

„Klar, mach' ich. Für welche Uhrzeit denn?“

„Ein Uhr, hab' ich gedacht.“

Willie nickte.

„Gut. Ich beschaffe dir rechtzeitig den Wildbraten.“

„Ob Smutje wohl das Fleisch in seinem Ofen für uns braten würde? Dann hätte ich meinen nämlich frei für die anderen Sachen.“

„Ich rede gleich morgen früh mit ihm", versprach Willie.

Smutje erklärte sich bereit, für den Festagsbraten zu sorgen, und früh am Weihnachtsmorgen begann Missie mit den übrigen Vorbereitungen. Was ihr an Zutaten fehlte, machte sie durch ihren Einfallsreichtum wieder wett. Sie hatte ein paar Gläser mit Marmelade und eingekochtem Obst, die ihre Mutter ihr daheim zugesteckt hatte, für ganz besondere Gelegenheiten aufgehoben. Diese öffnete sie jetzt und belegte mehrere Tortenböden mit dem Obst. Als Beilage zu dem Braten opferte sie die letzten eingemachten Karotten und Bohnen von zu Hause. An Kartoffeln besaß sie nur noch ein paar kümmerliche Exemplare, die sie im Frühjahr in ihrem Garten einpflanzen wollte. Sie hoffte inständig, daß sie den Keim des Lebens noch bewahrt hatten. Auf keinen Fall durfte sie ihre kostbaren Saatkartoffeln für den Festschmaus opfern, entschied sie. Seufzend schob sie den Gedanken an eine dampfende Schüssel goldener Kartoffelklöße beiseite und knetete statt dessen den Teig für ein Blech Maisfladen. Dazu würde sie ihr letztes Glas Honig reichen, beschloß sie.

Pünktlich zur verabredeten Zeit klopften die Männer an die Tür. Smutje trat als erster mit dem duftenden Wildbraten ein.

„Bevor wir loslegen mit dem Essen", sagte Willie, „muß ich noch schnell etwas von draußen reinholen. Viel Platz haben wir nämlich nicht gerade, wie ihr vielleicht schon gemerkt habt!" Die Männer lachten gutmütig. „Deshalb mußte es solange im Schuppen untergestellt werden."

Kurz darauf kehrte er mit einem vertrockneten Strauch in einem kleinen Eimer zurück. Die Zweige waren mit Girlanden aus Wollresten von Missies Strickerei geschmückt.

„Ohne den wär's kein richtiges Weihnachten", sagte Willie entschuldigend.

Die Männer johlten, und Missie wischte sich schnell eine Träne aus dem Augenwinkel.

Als es wieder ruhiger in dem engen Raum geworden war, stand Willie auf und sprach das Tischgebet:

„Unser Herr und Gott, wir haben soviel Grund, dir zu danken! Wir danken dir für das leckere Essen, das für uns bereitsteht; für das Dach über dem Kopf und dafür, daß wir nicht zu frieren brauchen; für unsere Freunde hier, mit denen wir dieses Fest feiern dürfen, und für unsere Freunde in der Ferne; für die Erinnerung an vergangene Weihnachtsfeste im Kreise unserer Familien; für unseren kleinen Nathan Jesaja, den du uns in diesem Jahr geschenkt hast, und ganz besonders, Vater, für meine liebe Frau, die uns dieses Fest bereitet hat. Wir wissen wohl, daß dein größtes Geschenk an uns dein Sohn Jesus Christus ist. Für Ihn danken wir dir gerade heute ganz besonders. Amen."

Während die Männer sich nun mit Appetit über das herzhafte Essen hermachten, saß Missie still da. In Gedanken war sie daheim bei ihren Lieben. Dort, in dem geräumigen, neuen Haus, saßen ihre Eltern und Geschwister jetzt beieinander und reichten Schüsseln mit Kartoffelpüree, gebackenem Kürbis und zartem Putenfleisch in der fröhlichen Tischrunde herum. Zum Nachtisch gab es sicher Apfelkuchen mit Schlagsahne, seufzte sie im stillen.

Sie sah auf den Teller auf ihren Knien hinunter: eine Scheibe Wildbraten, eingemachte Karotten, Wachsbohnen und ein Maisfladen ohne Butter. Zugegeben, sie hatte auf der Reise in den Westen manche spärlichere Mahlzeit zu sich genommen. Was sie hier vor sich hatte, war im Vergleich dazu eine wahre Delikatesse. Den Männern schmeckte es jedenfalls offensichtlich.

Missie kämpfte sich mühsam durch den Raum, um nach Nathan zu sehen. In der Enge des kleinen Hauses konnte sie sich kaum bewegen, ohne über Füße oder Schienbeine zu stolpern.

„Mein Junge“, flüsterte sie dem Kleinen zu, „du verstehst gar nicht, was hier gefeiert wird, aber deshalb sollst du mir nicht abseits sitzen. Heute ist dein erstes Weihnachten, und ich habe nicht mal ein Geschenk für dich – bloß einen Kuß und das fröhliche Lachen von Freunden.“

Nach dem Essen nahm Missie ihren ganzen Mut zusammen und überreichte jedem der Männer ein Paar Wollstrümpfe und warme Handschuhe. Auf deren Reaktion war sie nicht vorbereitet gewesen. Erst jetzt wurde ihr klar, daß dies für einige von ihnen wahrscheinlich das erste Weihnachtsgeschenk seit ihrer Kindheit war.

Smutje stand auf und murmelte etwas von „'n bißchen frische Luft schnappen gehen. Das Herdfeuer treibt einem ja das Wasser in die Augen mit diesem Qualm!“

Clem schluckte immer wieder. Er brachte kein Wort heraus.

Missie hoffte von ganzem Herzen, daß sie keinen der Männer in Verlegenheit gebracht hatte, weil sie kein Gegengeschenk für sie hatten. Nachdem sie sich auf ihre unbeholfene Art bei ihr bedankt hatten, begann Missie zaghaft: „Ich möchte Ihnen auch allen ganz herzlich für Ihr Geschenk an mich danken.“

Fünf überraschte Augenpaare blickten sie an. Da saß sie, dieses zierliche, mädchenhafte Ding in ihrem adretten Baumwollkleid, jung und hübsch, die Wangen vor Gesundheit glühend, die Augen schwimmend von Tränen, und auf ihrem Schoß der kleine pausbackige Nathan.

„Haben Sie Dank“, für sie leise fort, „daß Sie so zuverlässig für meinen Mann arbeiten. Damit haben Sie seine – und auch meine – Last leichter gemacht. Und danke, daß

Sie so genügsam sind und keinen Luxus verlangen, den wir Ihnen nicht geben können."

Sie zögerte; dann huschte ein Schmunzeln über ihr Gesicht.

„Und daß Sie mir gleich ganze Berge von Büffeldung herangeschafft haben, das werde ich Ihnen nie vergessen. Sie ahnen ja gar nicht, wie dankbar ich Ihnen dafür bin!"

Bei dem Gedanken an die Unmengen von diesem naturbeschaffenen Brennstoff fing Missie an zu kichern. Den Männern, die ihren aufrichtigen Dank annahmen, blieb der Humor der Sache nicht verborgen. Herzhaft stimmten sie in das Lachen ein.

In diesem Moment hatte Missie, ohne sich dessen bewußt zu sein, Freunde fürs Leben gewonnen. Jeder einzelne der Männer in diesem engen Raum hätte jederzeit sein Äußerstes für sie getan.

Später holte Henry seine Gitarre, und gemeinsam sangen sie die altbekannten Weihnachtslieder dazu. Nur Smutje hörte still zu. Sandy pfiff die Melodie mit, doch Clem kannte die meisten Lieder auswendig, wie Missie überrascht feststellte.

Jedermann genoß das fröhliche Beisammensein. Mehrmals mußte Missie neuen Brennstoff nachlegen, um das Feuer bei lebhafter Flamme zu halten. Der kleine Nathan wanderte von Schoß zu Schoß; sogar der hartgesottene Clem ließ den Kleinen eine Weile auf seinen Knien sitzen.

Schließlich setzte Missie frisches Kaffeewasser auf und kochte eine neue Kanne Kaffee. Es war genug von der Obsttorte übriggeblieben, daß sie allen noch ein Stück davon anbieten konnte.

Die Männer ließen sich die Torte schmecken, bevor sie sich verabschiedeten, um durch den hohen Schnee zu ihrer Baracke zurückzustapfen.

Missie summte leise vor sich hin, als sie nun das Geschirr aufwusch. Willie streifte seine warme Jacke über und ging zur Scheune, um, wie Missie annahm, nach den Pferden zu sehen.

Sie hatte das Geschirr auf das Regal zurückgestellt und fütterte gerade Nathan, als Willie mit einer Schachtel in den Armen zurückkehrte. Verwundert schaute Missie auf.

„Ich habe mich schon damals in Tettsford nach einem Weihnachtsgeschenk für dich umgesehen“, antwortete er ihrem fragenden Blick, setzte die Schachtel auf dem Tisch ab und begann, sie zu öffnen.

„Mein Geschenk paßt wohl nicht so recht in unsere Behausung hier, fürchte ich. Ich habe eher an unser richtiges Haus gedacht, als ich es gekauft habe. Na, ich zeig' es dir wenigstens mal, und dann können wir es ja wieder einpacken, bis es soweit ist.“

Und damit hob er die schönste Obstschale, die Missie je gesehen hatte, aus der Verpackung hervor.

„Willie! Die ist aber schön!“

Willie war erleichtert, daß ihr sein Geschenk gefiel. Behutsam stellte er die Schale auf den Tisch.

„Sieh sie dir nur genauer an, wenn du mit Nathan fertig bist. Dann bringe ich sie wieder in den Schuppen, damit sie dir hier nicht im Weg ist.“

„O nein!“ protestierte Missie. „Laß sie nur hier!“

Sie legte den Säugling auf das Bett und ging an den Tisch, um die Schale in die Hand zu nehmen.

„Wie hübsch sie ist!“ sagte sie und strich sanft mit den Fingern über die glasierte Oberfläche. „Danke, Willie!“

Sie gab ihm einen Kuß.

„Und bitte, bitte, trag sie nicht wieder in den Schuppen zurück. Sie ist eine Erinnerung an heute – und eine Verheißung für die Zukunft. Deshalb, deshalb brauche ich sie auch hier. Kannst du das verstehen?“

Willie zog sie an sich.

„Klar kann ich das." Er zögerte. „Missie, weißt du eigentlich, wieviel Freude du heute fünf Leuten beschert hast?"

„Fünf?"

„Ja: vier Wildwesthelden – und mir."

Missie lächelte zaghaft.

„Wenn man's so nimmt, dann sind es eigentlich sechs, denn ich selbst habe dabei die größte Weihnachtsfreude gehabt."

Enttäuschungen

Nachdem die Weihnachtszeit mit all den Vorbereitungen und der festlichen Stimmung vorüber war, verfielen die Wintertage bald wieder in ihr gleichförmiges Einerlei. Manchmal glaubte Missie, die Enge ihrer winzigen Behausung nicht länger ertragen zu können. Tagsüber hatte sie niemanden außer Klein Nathan um sich. Sie befürchtete, daß sie ihn zu sehr mit ihrer zärtlichen Aufmerksamkeit überschüttete. Jeder Laut, den er von sich gab, war ihr ein willkommener Anlaß, ihn auf die Arme zu nehmen und ihn zu herzen. Er dankte es ihr mit seinem zahnlosen Strahlen und fröhlich winkenden Fäustchen.

Während der Kleine schlief, suchte Missie krampfhaft nach Beschäftigung. Die Strickwolle und Stoffe waren längst verwertet. Die dunklen Erdwände bedrängten sie von Tag zu Tag mehr. Sie brauchte nicht einmal mehr den täglichen Bedarf an Büffeldung aus dem Schuppen nebenan zu holen; seit der Weihnachtsfeier fand sie jeden Morgen reichlich Brennstoff vor der Haustür vor. Missie erfuhr nie, welcher der Männer es war, der sie so umsichtig versorgte.

Der kleine Nathan wuchs und gedieh. Er war ein munteres, aufgewecktes Kerlchen, dessen neugierige Händchen nach allen Gegenständen in seiner Reichweite griffen. Missie mußte den Kleinen ständig im Auge behalten.

Auch Willie verbrachte jede freie Minute mit seinem Sohn. Wenn Nathan nicht wäre, spaßte Missie manchmal, dann hätte Willie bestimmt schon längst sein Lager draußen bei seinen heißgeliebten Kühen aufgeschlagen. Der

Kleine quietschte vor Vergnügen, wenn sein Vater ausgelassen mit ihm spielte. Mit jedem Tag fiel es Willie schwerer, sich von dem Kind zu trennen, um zur Arbeit zurückzukehren.

Missie hatte schon die leise Hoffnung gehegt, daß der Frühling nun nicht mehr fern war, als eines Tages plötzlich ein heftiger Schneesturm losbrach. Er traf die Männer völlig unvorbereitet, und bevor sie auch nur ihre Pferde satteln konnten, um das Vieh in Sicherheit zu bringen, tobte ein wildes, dichtes Schneetreiben. Willie wußte, daß er seine Männer unmöglich bei diesem Wetter losschicken konnte. Er hatte keine andere Wahl. Die Tiere mußten allein irgendwo Schutz suchen.

Nach zwei Tagen legte sich der Sturm wieder. Er ließ meterhohe Schneewehen zurück; der Eingang zu dem kleinen Erdhaus war so hoch verschneit, daß Willies Männer ihn von außen freischaufeln mußten.

Sobald sie sich nach draußen wagen konnten, sattelten die Männer ihre Pferde und machten sich auf die Suche nach der Herde. Nach drei Tagen kehrten sie mit erschütternden Nachrichten zurück. Nicht weniger als fünfundsiebzig Stück Vieh waren in dem erbarmungslosen Unwetter verendet. Missie brach in Tränen aus. Willie versuchte, sie zu trösten; es würde schon alles wieder gut werden, versicherte er ihr. Rückschläge müsse man halt in Kauf nehmen. Doch seine Augen sprachen eine andere Sprache. Gemeinsam schlugen sie die Bibel auf und schöpften neuen Mut aus ihrem Vers im Buch Jesaja.

Im Februar kalbte eine der Milchkühe, und Missie fühlte sich plötzlich mit einem unermeßlichen Schatz beschenkt. Selbst der Verlust des Viehs in der vorigen Woche schien bereits Monate zurückzuliegen. Man stelle sich nur vor: frische Milch! Nun fehlte ihr nur noch ein Körbchen Eier zu ihrem Glück, überlegte sie. Vielleicht würde auch dieser Traum eines Tages Wirklichkeit werden.

Der Frühling hielt schließlich doch noch seinen Einzug, wenn auch langsam und fast unmerklich. Eines Tages schnupperte Missie plötzlich Frühlingsluft. Die Schneewehen wurden allmählich niedriger, und hier und da tauchten dunkle Grasflecken unter dem abgetragenen, dünnen Schneeteppich auf. Das Eis im Brunnen taute auf, und die kleinen Büsche um ihn überzogen sich mit einem Hauch von frischem Grün.

Missie sehnte sich nach dem Anblick von knospenden, blühenden Bäumen und saftig bunten Sträuchern, doch die Hügel weit und breit boten nur ein kahles Bild. Um so mehr freute sie sich an den zierlichen Feldblumen, die sich vereinzelt aus dem Boden hervorgewagt hatten. Missie pflückte ein kleines Sträußchen und schmückte den Tisch damit. In dem lichtarmen Haus aus Erde und Gras waren die winzigen Farbflecken in der Zinntasse erst aus der Nähe zu erkennen.

Mit Beginn der Schneeschmelze verbrachten die Männer den ganzen Tag draußen auf der Weide, um die Tiere im Auge zu behalten. Beinahe täglich wurden Kälber geboren, und die Cowboys hatte alle Hände voll damit zu tun, die Neuankömmlinge mit Willies Brandzeichen, einem „W“ zu versehen.

Das Zusammentreiben der Herde hatte begonnen. Tag für Tag ritten die Männer aus, um die Tiere aus den umliegenden Tälern zu sammeln und sie in die abgeschiedene Niederung zu treiben, wo sie Schutz vor dem ersten großen Schneesturm gefunden hatten. Als die Herde endlich beieinander war, zählten die Männer einhundertundneunzig Stück Vieh und einhundertundsechs Kälber.

„Na, siehst du“, sagte Willie stolz zu seiner Frau, „jetzt ist die Herde trotz allem größer als zu Anfang!“

Die Wagen wurden in die Schlucht geschafft, wo sie während des Brandmarkens als Unterkünfte für die Männer dienen sollten. Smutje schlief im Essenswagen, der auch die Werkzeuge und die Kochvorrichtungen beherbergte.

Nachts wechselten sich die Männer ab. Willie und Sandy übernahmen die erste Wache. Die Tiere hatten sich bald an ihre neue Umgebung gewöhnt und legten sich zur Ruhe.

Um Mitternacht begannen Henry und Clem ihre Wache. Sandy und Willie sattelten ihre Pferde ab und ließen sich an Smutjes Lagerfeuer zu einer Tasse dampfenden Kaffees nieder. Bevor die Morgensonne sie zu einem neuen, harten Arbeitstag wecken würde, wollten sie nun versuchen, wenigstens ein paar Stunden zu schlafen.

Kurz vor Anbruch der Morgendämmerung geschah es. Zuerst konnten Henry und Clem die Ursache des plötzlichen Aufruhrs unter den Tieren nicht ausmachen. Dann mußten sie dem gefürchteten Unheil machtlos zusehen.

Eine Bande von Viehdieben hatte sich eingeschlichen und trieb einen großen Teil der Herde aus dem Tal. Henry und Clem ritten, so schnell ihre Pferde sie trugen, hinter ihnen her, doch mehr als ein paar einzelne Rinder konnten sie nicht von der rasenden Herde abfangen.

Es waren keine Schüsse gefallen. Henry und Clem hatten trotz der Dunkelheit fünf Viehdiebe gezählt. Bis die schlafenden Cowboys in den Wagen von dem Lärm aufgewacht waren und begriffen hatten, was geschehen war, kam jede Hilfe zu spät.

Kurze Zeit darauf ritten die Männer in weiten Kreisen aus, um die wenigen verirrten Tiere, die den Viehdieben entkommen waren, einzufangen. Nachdem der kümmerliche Rest der Herde zusammengetrieben war, zählten die Männer die Tiere: fünfunddreißig ausgewachsene Rinder und zweiunddreißig Kälber.

Mit gesenktem Kopf und gebeugten Schultern wandte Willie sich ab. Im Grunde hatte er ja gewußt, daß er mit einem solchen Überfall rechnen mußte, doch er hatte insgeheim gehofft, daß ihn der Verlust geringer und nicht gar so bald treffen würde. „Warum? Warum nur?“ kochte es in ihm. „Warum hab’ ich mir selbst was vorgemacht? So viele Rancher haben schon durch Viehdiebe bankrott gemacht. Ich sollte mich freuen, daß mir überhaupt noch ein paar Tiere geblieben sind!“

Er schluckte schwer und schob seinen breitkrempigen Hut aus der Stirn, um sich über die staubigen Brauen zu wischen. Den bitteren Druck in der Magengegend konnte er nicht abschütteln. Ob er sich je von diesem Tiefschlag erholen würde? Hätte er nur mehr Geduld gehabt und noch ein Jahr länger für seine Viehzucht gespart, dann wären jetzt genügend Geldreserven da, um ein solches Unglück schnell wieder ausgleichen zu können. Das letzte Bargeld, das er noch besaß, waren die Ersparnisse für das neue Haus.

Wie sollte er nur Missie mit dieser schrecklichen Nachricht unter die Augen treten? Er sah sie schon jetzt vor sich, wie sich das Entsetzen auf ihrem Gesicht spiegelte.

Wie gern hätte er ihr die niederschmetternde Wahrheit erspart! Doch er wußte nur zu gut, daß das unmöglich war. Seine Frau hatte ein Recht darauf zu erfahren, wie es um ihre Existenz stand. Dennoch war Willie fest entschlossen, ihr über den Schmerz und den Schrecken hinwegzuhelfen, so gut er nur konnte.

Mit bebenden Lippen berichtete er Missie in aller Offenheit, was geschehen war. Er versuchte, ihr und sich klarzumachen, daß solch ein Verlust auf lange Sicht unvermeidbar gewesen sei. Doch Missie spürte ihm ab, wie schwer ihn selbst dieser Schicksalsschlag getroffen hatte. Willie tat ihr unendlich leid. Wenn sie ihm doch nur irgendwie helfen könnte!

Schließlich flackerte eine neue Hoffnung in ihrem Herzen auf. Vielleicht würde er jetzt endlich einsehen, daß Viehzucht kein einfaches Unternehmen war, und seinen

Traum aufgeben, um nach Hause zurückzukehren. Doch ihr Mann hatte ganz andere Absichten. Zu Missies großer Überraschung erklärte er seinen Männern, daß innerhalb weniger Wochen mit dem Bau des neuen Ranchhauses begonnen werden sollte.

Erst am Abend, als sie in ihrem Erdhaus unter sich waren, brachte Missie die Sprache darauf.

„Ich habe zufällig gehört, wie du mit deinen Männern über unser neues Haus geredet hast."

„Ja. Wenn es in diesem Sommer noch fertig werden soll, dann haben wir keine Zeit zu verlieren."

„Aber, aber Willie, können wir uns das denn jetzt noch leisten?" fragte Missie zaghaft.

„Wie meinst du das?"

„Ich meine, haben wir genug Geld für das Haus, nachdem wir so viele Rinder verloren haben?"

„Das ändert gar nichts an der Sache. Das Geld für unser Haus haben wir längst auf die hohe Kante gelegt."

„Und deine Herde?"

„Die muß halt warten."

„Ist das nicht ein bißchen zu gewagt? Wenn wir nicht genug Vieh zu verkaufen haben, kommen wir ja nie auf einen grünen Zweig."

„Mit der Zeit wächst die Herde schon von allein. Das Haus habe ich dir fest versprochen, Liebling. Wir schaffen es schon. Bauen hat jetzt Vorrang."

„Willie, hör mir mal zu!"

Missie schluckte. Vielleicht würde sie eines Tages bereuen, was sie jetzt sagen wollte, aber sie mußte es einfach tun.

„Willie, ich weiß, ein Versprechen ist ein Versprechen. Ich weiß, daß du es auch halten wirst, aber es muß doch nicht sofort sein. Dein Versprechen kann warten, Willie, bis wir wieder Rinder zu verkaufen haben. Wenn wir vorläufig hier wohnen bleiben und von dem gesparten Geld die Herde wieder auffüllen, dann, ... dann können wir unser Haus vielleicht nächstes Jahr bauen."

Missie sah, wie Willies Kinnmuskeln sich spannten.

„Komm schon, Schatz!" redete sie ihm mit einem zaghaften Lächeln auf den Lippen zu. „Schließlich sind die Rinder auch meine Freunde, weißt du."

„Aber hier kannst du nicht bleiben, Missie. Nicht für ein ganzes Jahr – nicht noch einen Winter hindurch!"

„Klar kann ich das! Ich habe mich ganz gut daran gewöhnt, weißt du. Besonders geräumig ist es zwar nicht hier, aber wenigstens haben wir es warm. Und jetzt, im Frühling, kann ich Nathan tagsüber mit nach draußen nehmen. Es macht mir nichts aus, Willie. Ehrlich!"

Willie schwieg. Ob er ihr Angebot annehmen würde? Missie war sich nicht sicher, ob sie wirklich darauf hoffen sollte. Das Leben in der engen, behelfsmäßigen Unterkunft war schließlich alles andere als einfach. Zugleich wußte sie, daß Willie entschlossen war, nicht aufzugeben, und er würde dringend seine Herde aufstocken müssen. Ohne die Herde hatten sie kein gesichertes Einkommen. Aus Liebe zu ihrem Mann hatte sie sein Glück über ihr eigenes gesetzt. Willie war kein Mann, der leicht aufgab. Es würde ihm unendlich schwerfallen, seinen Traum von der Viehzucht hier zurücklassen und wieder nach Osten ziehen zu müssen.

„O Gott", betete sie in ihrem Herzen, „hilf mir doch, immer auf Willies Seite zu stehen – selbst wenn ich's manchmal lieber anders haben möchte. Hilf mir jetzt, wie du es verheißen hast." Und Gott erhörte ihr Gebet.

Missie spürte, wie eine tiefe innere Ruhe und Gelassenheit sie erfüllte. Und dann hatte Willie sie auch schon an sich gezogen. Sie wußte, daß er ihr Geschenk an ihn, mit dem neuen Haus zu warten, angenommen hatte. Als sie ihm sanft über das Gesicht strich, fühlte sie, wie feucht es war. Willie weinte.

Ein eigener Garten

Als der langersehnte Duft des Frühlings endlich in der Luft lag, konnte Missie es kaum erwarten, bis auch die letzten Schneereste geschmolzen waren. Nathan war inzwischen ein recht unternehmungslustiges Kerlchen geworden. Seine Energie schien die dunklen Mauern des Erdhauses sprengen zu müssen. Missie wagte es nicht, ihn auch nur für Sekunden unbeaufsichtigt zu lassen.

An den schalen Geschmack des Schneewassers hatte sie sich noch immer nicht gewöhnen können. Doch der Weg zum Brunnen war zu weit, und sie konnte das Bürschchen unmöglich solange im Haus lassen. Aber der Wassereimer war zu schwer, um ihn samt Nathan zu tragen. Wie sehr sie sich doch nach dem klaren Brunnenwasser sehnte! Die aufgetaute Quelle bedeutete für sie das Sinnbild des Frühlings.

Das kleine Erdhaus erschien ihr immer mehr als Gefängnis. Ihre Finger waren von den langen Stunden des Handarbeitens klamm und taub. Sie brauchte dringend eine Abwechslung.

Wie sooft in den letzten Wochen sah Missie wieder einmal zum Fenster hinaus. Draußen schien die Sonne vom strahlend blauen Himmel auf die vom Winterschlaf erwachende Landschaft herab. Wenn sie es doch nur den Männern gleichtun und frei und beschwingt zu Pferd durch die grünenden Weiden reiten könnte! Doch sie hatte niemanden, der Nathan eine Weile für sie beaufsichtigt hätte. Deshalb würde sie ihren Traum wohl oder übel begraben müssen.

Oder vielleicht doch nicht?

In einer ihrer Kisten befand sich ein Gegenstand, der noch aus ihrer eigenen Kindheit stammte. Als sie ihr Hab und Gut für die Reise nach Westen einpackte, hatte sie ihn in einer dunklen Ecke ihres Schrankes entdeckt und mit Tränen in den Augen zu den übrigen Dingen in die Kiste gelegt. Ein Außenstehender hätte in dem Gegenstand nichts weiter als eine merkwürdige Vorrichtung aus Holz und Segeltuch gesehen, doch für Missie war es ein Ausdruck wahrer Vaterliebe in Form eines einfachen, praktischen Rucksackträgers. Missie selbst konnte sich nicht mehr daran erinnern, doch Mama hatte ihr einmal das Tragegestell gezeigt und ihr erzählt, daß ihr Pa es für sie gebastelt hatte, um sie darin mit aufs Feld nehmen zu können, nachdem ihre erste Mutter gestorben war. Er hatte sie keinen Augenblick allein im Haus gelassen, sondern seine Feldarbeit mit ihr auf dem Rücken verrichtet.

In ihrem Eifer lief sie jetzt in den Schuppen, so schnell sie ihre Füße trugen. Mit Hilfe des alten Tragegestells brauchte sie nun doch nicht auf ihren Ausritt zu verzichten!

Am selben Tag noch zeigte sie Willie das Gestell und erzählte ihm von ihrem sehnsüchtigen Wunsch. Er suchte eine sanftmütige Stute für sie aus, die ihr von jetzt an jederzeit zur Verfügung stehen sollte. Endlich konnte sie dem Einerlei des Alltags entfliehen – war es auch nur für die kurze Zeit eines Ausritts in der Nähe des Hauses, bis ihr das Kind auf dem Rücken zu schwer würde.

Aber die eintönigen Mahlzeiten tagein, tagaus blieben und waren die Ursache wachsender Unzufriedenheit für Missie. Es gab keine frischen Lebensmittel, und die eingekochten oder getrockneten Waren, die sie zur Hand hatte, boten einen kümmerlichen Anreiz für Auge und Gaumen. Nicht einmal ihre Gewürze trugen zur Geschmacksverbesserung bei. Ob Willie das Essen ebenso fade fand wie sie? Doch aus Höflichkeit würde er natürlich kein Wort darüber verlieren.

Wenn sie doch nur bald einen Gemüsegarten anlegen könnte! Das würde ihre müden Lebensgeister wieder erfrischen. Unruhig ging sie in dem kleinen Haus auf und ab und wünschte sich nichts sehnlicher, als daß die zusammengeschrumpfte Schneedecke im Handumdrehen vom Erdboden verschwand. Als ein kühler Wind von Norden her neue Flocken durch die Luft wirbelte, wischte sich Missie Tränen der Enttäuschung mit dem Schürzenzipfel aus den Augenwinkeln.

Endlich wurde aus dem Schneegestöber ein sanfter Regen. Missie atmete auf.

Aber nur allmählich schmolzen die Schneereste. Besonders hartnäckig waren die Schneewehen am Brunnen, wo Missie ihren Garten anlegen wollte. Am liebsten wäre sie dem Schnee dort mit der Schaufel zu Leibe gerückt. Doch letzten Endes verlor er den Kampf mit der warmen Frühlingssonne, und eines Morgens, als Missie zum Fenster hinaussah, war auch die letzte Spur des Winters verschwunden.

Noch am selben Abend bat sie Willie, ihren Gartenfleck in den nächsten Tagen zu pflügen, doch Willie zeigte mehr Geduld als sie.

„Dazu ist's aber noch ein bißchen zu früh“, erklärte er ihr. „Der Boden ist noch ziemlich hart. Wir haben ja noch nicht mal Ostern. Du mußt bedenken, wie nahe wir hier an den Bergen sind. Es kann immer noch unerwartete Nachtfröste geben.“

Die Aussicht, noch länger auf ihren ersehnten Garten warten zu müssen, bedrückte Missie sichtlich. Schließlich gab Willie nach und pflügte ein Gartenstückchen, obwohl er im Grunde wußte, daß die Zeit zur Aussaat noch längst nicht gekommen war.

Es war wie das Ende einer langen Gefangenschaft, als

Missie endlich ihr Saatgut sortieren und einen Plan für ihr Beet entwerfen konnte. Nathan wurde draußen auf eine warme Decke gelegt – und nun konnte es losgehen. Der Kleine teilte jedoch ihre Freude an der frischen Luft und dem warmen Sonnenschein durchaus nicht; er sah verwundert um sich, um dann in ein durchdringendes Geschrei auszubrechen. Alle Versuche, ihm sanft zuzureden, schlugen fehl, so daß Missie ihn schließlich auf den Bauch legte und ihm über den Rücken strich, bis er eingeschlafen war. Nun, wenigstens würde ihm die frische Luft guttun, überlegte sie.

„Du ahnst ja nicht, was dir alles im Schlaf entgeht, mein kleiner Prinz", flüsterte sie ihm zu. „Der strahlende Himmel, Vogelgezwitscher überall, der Duft der braunen Erde! Eines Tages wirst du bestimmt auch vergnügt in der warmen Frühlingsluft herumtollen. Einstweilen muß deine Mama die herrliche Welt halt allein genießen."

Dann begann sie mit dem Säen. Wie froh war sie, eine reiche Vielfalt an Sämereien zu besitzen! Das frische, wachsende Grün hatte sie in den langen Wintermonaten bitter vermißt. Mit zunehmender Ungeduld legte sie jedes Saatkorn in die Erde.

Die bunte Gemüsesuppe, die sie bald kochen würde, konnte sie förmlich auf der Zunge schmecken.

Bald war ihre Arbeit getan. Nathan schlief noch immer fest. Missie setzte sich neben ihn auf die Decke und lauschte auf das weiche Murmeln des nahen Quellwassers. Ach, wie gut es tat, wieder frei atmen zu können! Sie dankte ihrem Gott von Herzen, daß auf jeden Winter, mochte er noch so endlos erscheinen, ein Frühling folgte. Jeder Frost mußte schließlich der Wärme und dem neuen Leben weichen.

Als Nathan aufgewacht war, hob Missie ihn an ihre Schulter und sprach sanft mit ihm.

„Sieh mal, mein Kleiner, wie vielversprechend unser

Garten aussieht! Er steckt voller verborgener Schätze! Freust du dich auch so arg auf die erste grüne Pflanze?"

Doch die Welt des Kleinkindes bestand nur aus den liebenden Armen, dem Lächeln und den zärtlichen Worten seiner Mutter.

Schließlich mußte Missie den Zauber des Augenblicks durchbrechen und mit dem Kind zum Haus zurückkehren. Nathan war hungrig und würde bald lautstark nach seiner Mahlzeit verlangen.

In der folgenden Nacht schneite es wieder. Als Missie am Morgen zum Fenster hinausschaute, war die ganze Landschaft mit einer neuen Schneedecke überzogen. Willie hatte ihren versteinerten Ausdruck bemerkt und stellte sich zu ihr ans Fenster.

„Na, prima?" beeilte er sich zu sagen. „Das gibt 'ne Menge Bodenfeuchtigkeit für deine Saat. Sobald die Sonne wieder scheint, hast du dein Beet frisch begossen!"

Anstatt in Tränen auszubrechen, verzog Missie den Mund zu einem kläglichen Lächeln. Willies Optimismus konnte sie zwar nicht teilen, aber seine Liebe zu ihr war ihr ein großer Trost.

Es sollte noch mancher Morgen folgen, an dem Missie frischen Schnee auf ihrem Gemüsebeet vorfand. Jedesmal betete sie, daß noch keins ihrer jungen Pflänzchen den Kopf aus dem schützenden Erdreich gehoben hatte. Zugleich sehnte sie sich jedoch nach dem ersten Grün, das sie vom Beet her grüßte, und hielt täglich Ausschau nach den jungen Sprossen.

Endlich tauchten tatsächlich hier und da die ersten Blattspitzen auf. Allmählich gesellten sich zarte grüne Farbspritzer dazu, bis die Form einer ganzen Reihe zu erkennen war. Nicht lange darauf konnte Missie Zwiebeln, Radieschen, Bohnen, Erbsen und Karotten unterscheiden. Ihr Beet trug das Versprechen einer vollen Sommerernte!

Und dann überraschte sie eines Nachts der gefürchtete Frost. Einige der robusteren Pflanzen überstanden den Witterungsabfall unbeschadet, doch die zarteren Pflänzchen lagen am nächsten Morgen welk am Boden.

„Hast noch reichlich Zeit zum Nachsäen", versicherte Willie. „Soll ich dir die paar Reihen umgraben?"

Missie schüttelte entschlossen den Kopf.

„Laß nur! Die Arbeit an der frischen Luft tut mir gut – und du hast doch selbst alle Hände voll zu tun."

So säte sie die zerstörten Gemüsereihen neu ein und wartete ungeduldig auf die Pflänzchen. Es erschien ihr wie eine halbe Ewigkeit, bis sie endlich aus dem Boden hervorbrachen.

Eines Tages, als Missie in ihrem Garten nach dem Rechten sah, entdeckte sie zu ihrer Überraschung eine beinahe küchenreife Zwiebel. Sie war zwar noch nicht besonders groß, aber sie strömte ein unverwechselbares, kräftiges Zwiebelaroma aus. Missie befreite sie von der erdigen äußeren Haut und steckte sie in den Mund. Oh, welch ein himmlischer, erfrischender Genuß! Sie hatte beinahe vergessen, wie gut eine gewöhnliche Gartenzwiebel schmecken konnte.

Sie zog eine zweite Zwiebel aus der Erde hervor und verspeiste auch sie mit Appetit. Schritt für Schritt ging sie an der Reihe entlang, um eine Zwiebel nach der anderen von der äußeren Haut zu befreien und zu verzehren. Am Ende des Beetes angekommen, sah sie sich um. Achtlos zu Boden geworfenes Zwiebelgrün lag zu beiden Seiten der Reihe. Liebe Güte, wie hatte sie nur so viele Zwiebeln verschlingen können? Sie bückte sich nach einem der Büschel und bekam unverzüglich die Folgen ihrer ausgiebigen Schlemmerei zu spüren: sie mußte herzhaft aufstoßen. „Ach du Schreck!" kicherte sie. „Wenn Willie bloß nichts merkt!"

Schuldbewußt ging sie an der merklich spärlicheren

Zwiebelreihe entlang, um die verräterischen Spuren ihrer „Naschhaftigkeit“ zu beseitigen. Schließlich zog sie noch ein paar Zwiebeln für ihren Suppentopf aus der Erde, bevor sie mit Nathan ins Haus zurückging.

Die Zwiebeln wollten ihr nicht recht bekommen, und Missie fühlte sich den ganzen Tag über unwohl. Als Willie zum Abendessen ins Haus kam, hätte sich Missie am liebsten nicht einmal zu ihm an den Tisch gesetzt. Der köstliche Duft der mit den frischen Zwiebeln gewürzten Suppe konnte sie nicht im geringsten zum Essen verleiten. Willie sah ihr besorgt in das bleiche Gesicht.

„Du bist mir doch nicht etwa krank, oder?“

„Ach, es ist nichts Ernstes. Mir ist nur nicht ganz wohl, weiter nichts.“

„Ganz bestimmt?“

„Hm, ja.“

„Am besten legst du dich gleich hin. Ich bedien' mich hier schon selbst. Wo fehlt's dir denn? Hast du Schmerzen?“

„Nur ein winziges bißchen.“

„Wo denn?“

„Mein Magen ... Ich glaub', ich habe mir den Magen verdorben.“

„Hast du schon einen Löffel von der Medizin genommen, die deine Ma uns mitgegeben hat? Du weißt schon, dieses bittere Zeug ...“

„Laß nur, es geht bestimmt bald besser.“

Willie war jedoch nicht zu überzeugen, und Missie begann selbst an ihren Worten zu zweifeln. Stöhnend schleppte sie sich zum Bett und legte sich darauf. Willie breitete die Decke über sie. Dann hob er die Kiste mit den Hausmitteln auf den Tisch und begann, Flaschen und Döschen hervorzuziehen.

„Sag mir mal genauer, wo's dir weh tut“, sagte er, „damit ich weiß, wonach ich suchen muß.“

Anstatt einer Antwort stieß Missie lautstark auf und brach in schallendes Gelächter aus. Willie fuhr herum und sah sie prüfend an. Ob ihr die Einsamkeit in der Prärie am Ende doch aufs Gemüt geschlagen war? Oder hatte sie sich etwa einen kräftigen Schluck von Smutjes „Medizin“ genehmigt? Nein, Missies Lachen war nicht unnatürlich oder übernervös – es war die reine Fröhlichkeit, die ihr aus den Augen sprühte.

„Du, gegen Zwiebeln wirst du wohl kaum ein Mittelchen in der Kiste finden!“ brachte sie endlich hervor.

„Zwiebeln?“

„Unsere eigenen Gartenzwiebeln. Sie sind nämlich schon groß genug, daß man sie essen kann. Du ahnst ja nicht, wie gut sie mir geschmeckt haben – jede einzelne von ihnen! Aber jetzt ... jetzt ist mir der bloße Gedanke an Zwiebeln schon zuwider!“

„Sag bloß, du hast rohe Zwiebeln gegessen, bis ...?“ fragte Willie ungläubig.

Missie nickte nur und stieß noch einmal auf.

Jetzt war alle Besorgnis aus Willies Gesicht verschwunden. Er ließ sich auf einen Schemel fallen und begann ebenfalls, laut zu lachen.

„Du alberne Gans!“ stieß er schließlich mit Lachtränen in den Augen hervor, und sie stimmte in sein Gelächter ein. Er trat zu ihr ans Bett und beugte sich über sie, um ihr einen Kuß zu geben.

„Gnädige Frau“, sagte er naserümpfend, „die Diagnose steht fest: Überdosis an Gartenzwiebeln!“

Dennoch bestand Willie darauf, daß Missie einen Löffel der Arznei für den Magen einnahm, damit sie eine ruhige Nacht verbringen sollte.

Am nächsten Morgen fühlte Missie sich tatsächlich wieder wohl, doch nun hatte der kleine Nathan qualvolle Blähungen durchzustehen. Er schrie und litt den ganzen Tag über an Magenkrämpfen. Missie machte sich unentwegt Vorwürfe, daß sie den Säugling bei ihrem Zwiebelgenuß nicht bedacht hatte. Erst als Nathan endlich ruhig schlief, konnte Missie wieder lächeln. Jeder Bissen dieser frühlingsfrischen, saftigen Knollen war den Preis wert gewesen. Sie hatten einfach köstlich geschmeckt!

Sommer

Endlich zog auch der Sommer ins Land. Tag für Tag brachte Missie ein farbenfrohes Gemüsegericht auf den Tisch. Willie hatte neues Vieh angeschafft und brauchte nun dringend mehr Cowboys, bevor die Tiere auf seiner Ranch ankamen. Sobald wie möglich sollte die Herde mit Willies Brandzeichen versehen werden und unter ständiger Bewachung stehen.

Willie und Henry bauten eine zusätzliche Behausung aus Erde und Grasnarbe für die neuen Cowboys. Danach machten sich die beiden Männer mit zwei Gespannen auf den Weg in die Stadt, um Geräte zu kaufen und die neuen Männer anzuheuern. Es war ein Donnerstag, an dem sie losfahren wollten.

Missie studierte ihren selbstgemachten Kalender. Willie und Henry würden drei Wochen lang unterwegs sein. Wie gerne hätte sie sie begleitet! Und wie sehnte sie sich nach so langer Zeit danach, wieder einmal mit einer Frau zu plaudern, sich nach Herzenslust Schaufensterauslagen anzuschauen und im Hotel eine Portion Kaffee mit Kuchen zu bestellen. Die Fahrt in die Stadt war jedoch weit, und die Mittagssonne war stechend, so daß sie Willie gegenüber ihren Wunsch nicht einmal verlauten ließ. Statt dessen gab sie ihm kurze Briefe an Melinda, Kathy und das Pastorenehepaar mit. Auch an Frau Taylorson schrieb sie ein paar Zeilen und berichtete ihr von Nathans Fortschritten.

Gemeinsam hatten Willie und sie eine lange Einkaufsliste zusammengestellt. Missie zerbrach sich den Kopf. Die Vorräte, die Willie kaufen würde, mußten auf ein ganzes Jahr bemessen sein. Noch schwieriger war es, die Dinge einzuplanen, die Nathan im kommenden Jahr brauchen würde. Der Kleine wuchs und veränderte sich von Tag zu Tag. Wie sollte sie nur im voraus wissen, was ihm in einem Jahr fehlen würde? Nun, bis dahin würde er bestimmt laufen und draußen spielen können; also schrieb sie Stoffe für Hemden und Hosen auf die Liste. Schuhe würde er auch brauchen – aber in welcher Größe?

Sie stellte eine gesonderte Liste auf, die sie Willie für Melinda mitgab. Melinda sollte ihr Handarbeitsmaterial und zwei Geschenke für Willie aussuchen: eins für seinen baldigen Geburtstag und ein Weihnachtsgeschenk. Auch bat sie Melinda, ein kleines Spielzeug für Nathans ersten Geburtstag zu besorgen.

Willie steckte die Briefe in seine Hemdtasche und überflog ein letztes Mal die Einkaufsliste. Dann wandte er sich an Missie.

„Soll ich dir noch was Besonderes mitbringen?"

„Und ob!" kam die prompte Antwort. „Ungefähr ein Dutzend Hühner und zwei Hähne."

Willie starrte sie verständnislos an.

„Hühner?"

„Jawohl, Hühner. Denk doch mal, wenn wir erst Hühner haben, dann können wir die herrlichsten Sachen essen: Spiegeleier, gekochte Eier, Rührei – und gegrilltes Hähnchen, Brathähnchen, Huhn im Topf ..."

„Momentchen mal!" unterbrach Willie sie. „Das klingt alles schön und gut, aber wie willst du hier Hühner halten?"

„Warum denn nicht?"

„Wir haben doch gar kein Hühnerfutter."

„Sie können sich ihr Futter selbst im Freien suchen."

„Und ein Gehege brauchen sie auch."

„Wenn ich in einem Erdhügel hausen kann, können es Hühner schon lange!" beharrte Missie.

Willie sah ein, daß sie durch nichts in der Welt von ihrem Vorhaben abzubringen war.

„Also schön!“ lachte er. „Ich will mal sehen, ob ich dir deine geliebten Hühner besorgen kann.“

„Prima!“ sagte Missie zufrieden. Sie wußte, daß sie sich auf Willie verlassen konnte.

Maria

Nach Willies Abreise wurde Missies Dasein noch eintöniger als zuvor. Jeden Morgen, bevor die Sonne heiß vom Himmel brannte, unternahm sie einen kurzen Ausritt mit Nathan. Während der Kleine seinen Mittagsschlaf hielt, ging sie oft an den Brunnen oder in ihren Garten. Um ihr Gemüsebeet war es auf das beste bestellt. Jedesmal, wenn sie dort nach dem Rechten sah, zupfte sie ein paar Unkrautpflanzen aus dem Boden und begoß ihre durstigen Kohlköpfe und Radieschen mit frischem Brunnenwasser.

Hin und wieder schaute sie bei Smutje herein. Seit Willies Abreise schien er ständig um ihr Wohl besorgt zu sein. Missie sah ihm oft vom Fenster entgegen, wie er mit ihrem gefüllten Wassereimer vom Brunnen auf ihr Haus zuhumpelte.

Während der heißesten Stunden des Tages blieb sie mit Nathan in der kleinen Erdhütte. Die Hütte aus Erdblökken und Grasnarbe, die im Winter so wetterfest und warm gewesen war. erwies sich bei den hochsommerlichen Temperaturen als ein überraschend kühler Unterschlupf. Die Luft in dem kleinen Raum wurde jedoch manchmal recht stickig, so daß Missie sich nach einer frischen Sommerbrise sehnte, wie sie sie daheim im Schatten der hohen Bäume oft genossen hatte.

So verstrich ein Tag nach dem anderen. Bald zeigte der selbstgemachte Kalender an der Wand den achtzehnten Tag nach Willies Abfahrt an. Missies Augen suchten von früh bis spät den Horizont ab. Vielleicht hatte Willie seine Verhandlungen in der Stadt unerwartet schnell abschließen können und würde vorzeitig zurückkehren.

Eines frühen Nachmittags, als Missie wieder zum Fenster hinaus auf die fernen Hügel schaute, sah sie zu ihrer grenzenlosen Überraschung eine einsame Gestalt zu Pferd auf ihr Haus zureiten.

„Was kann da nur sein?“ rätselte sie. Es war weder Clem noch Sandy.

„Aber ... das ist ja eine Frau!“ rief sie dann erstaunt und hastete zur Tür hinaus.

Helle Freudentränen rannen ihr über die Wangen, als sie der Besucherin entgegeneilte. Sie hatte nicht geahnt, wie sehr sie die Gesellschaft einer Frau vermißt hatte! Man stelle sich nur vor: eine gemütliche Plauderstunde bei Tee und Plätzchen! Welch eine Freude!

Schnell fuhr sie sich mit dem Schürzenzipfel über die Wangen und zwang sich, der fremden Frau etwas gemäßigter entgegenzugehen, damit sie sie nicht etwa durch ihr sonderliches Verhalten erschreckte. Und dann standen sie sich auch schon gegenüber und begrüßten einander mit einem Lächeln.

Missies Besucherin war fast noch ein junge Mädchen. Das lange, dunkle Haar umrahmte ihr feingeschnittenes Gesicht mit den pechschwarzen Augen. Ihre Hautfarbe hatte den geheimnisvollen Schimmer der Abenddämmerung. Aus ihrem vollen Lächeln sprach die reine Lebensfreude. Missie fühlte sich zu diesem unbekannten weiblichen Wesen hingezogen.

„Oh, wie ich mich freue, daß du gekommen bist!“ rief sie. Lachend und weinend zugleich umarmte sie das Mädchen. Die Fremde erwiderte das Willkommen und schlang auch die Arme um Missie. Dann traten beide zurück und sahen einander an.

„Wo wohnst du denn?“ fragte Missie, doch das Mädchen antwortete mit einer Flut von unverständlichen Worten.

„Bitte, sprich doch Englisch! Ich kann dich nicht verstehen“, sagte sie.

Wieder folgte ein Schwall fremdartig klingender Worte.

„Kannst du denn kein Englisch sprechen?“

Das Mädchen zuckte nur mit den Achseln. Missie hätte in Tränen ausbrechen können, doch statt dessen nahm sie ihren Gast beim Arm und führte ihn auf die Haustür zu.

„Komm trotzdem herein!“ sagte sie. „Wenigstens eine Tasse Tee können wir zusammen trinken.“

Sie bot der jungen Frau einen Stuhl an und zündete das Feuer in ihrem Herd an. Plötzlich hörte sie ein entzücktes „Oooh!“ hinter sich. Als sie sich umsah, stand die junge Besucherin vor dem Bett und deutete lachend auf Nathan, der dort zufrieden mit seinen winzigen Fingern und Zehen spielte. Sie sagte etwas, das wie eine Frage klang. An ihren Augen konnte Missie ablesen, daß es Nathan betraf, und sie nickte ihr aufmunternd zu.

Die junge Frau nahm das Kind behutsam auf die Arme und flüsterte ihm zärtliche Worte zu. Nathan strahlte sie an, ohne den Sinn des Gesagten zu erfassen.

Bald brannte das Feuer im Herd. Missie schob den Kessel in die Mitte der Herdplatte und trat dann neben ihren Gast.

„Nathan“, sagte sie und deutete auf den Kleinen.

„Na – than“, wiederholte das Mädchen.

Missie zeigte auf sich selbst.

„Missie“, sagte sie.

„Mis – sie.“ Das Mädchen lächelte. Dann deutete sie auf sich selbst und sagte: „Maria.“

Es gab tausend Dinge, die Missie von ihrer Besucherin wissen wollte. Die Fragen in ihrem Kopf überschlugen sich förmlich, und ihr Herz drohte zu bersten vor dem Bedürfnis, sich mitteilen zu können. Doch statt dessen konnten sie sich nur durch Gesten unterhalten, einander anlächeln und an ihren Teetassen nippen.

Nach einer Weile bedeutete Maria ihrer Gastgeberin, daß es Zeit für ihren Heimweg sei. Missie brachte es kaum übers Herz, ihre neue Freundin schon gehen zu lassen. Sie hatte die Gesellschaft einer anderen Frau so sehr vermißt. Mit Marias Besuch waren sehnsüchtige Erinnerungen an ihr Zuhause erwacht. Oh, wie sehr ihr Mama und die gemütlichen Stunden bei Kaffee und Kuchen mit ihr fehlten!

„Warte", sagte sie. „Laß uns doch noch zusammen beten, bevor du gehst, ja?"

Maria sah sie verständnislos an.

„Beten", wiederholte Missie und zeigte auf Maria und sich selbst; dann faltete sie die Hände zum Zeichen, daß sie ein Gebet sprechen wollte.

„Si!" rief Maria erfreut. Gemeinsam knieten sie auf dem Erdfußboden nieder.

„Lieber Gott", begann Missie, „ich danke dir von Herzen, daß du Maria hergeführt hast. Ich bin so froh, daß ich sie kennenlernen durfte, selbst wenn wir uns nur mühsam verständigen konnten. Ich spüre so deutlich ihre Freundschaft und die Wärme, die von ihr ausgeht. Vielleicht kann sie mich bald wieder besuchen. Ich möchte gern ein paar Worte ihrer Sprache lernen, damit ich ihr sagen kann, wie ich mich über ihren Besuch freue. Begleite du sie jetzt auf ihrem Heimweg, wo sie auch immer wohnen mag. Amen."

Missie wollte sich gerade erheben, als Maria zu beten begann. Missie öffnete die Augen und sah, daß ihre neue Freundin das Gesicht zum Gebet himmelwärts erhoben hatte. In den gefalteten Händen hielt sie die Holzperlenschnur, die sie um den Hals trug.

Marias Stimme floß hell und klar wie das Quellwasser dahin. Im Strom der Worte erkannte Missie ihren eigenen und Nathans Namen und auch das „Amen" am Schluß.

Gemeinsam erhoben sie sich und lächelten einander an. Missies Wangen waren tränenfeucht. Noch nie zuvor hatte sie mit einer katholischen Schwester zusammen gebetet. Sie war überzeugt, daß auch diese junge Frau ein Kind Gottes war. Beide hatten sie Trost und Stärkung im Gebet erfahren. Missie war Gott von ganzem Herzen dankbar, daß er Maria zu ihr geschickt hatte. Vor der Tür umarmte sie ihre neue Freundin ein letztes Mal zum Abschied.

Willies Rückkehr

Missies Kalender zeigte den einundzwanzigsten Tag nach Willies Abfahrt an, doch bisher war ihr Warten vergeblich gewesen. Kein Gespann war auf den Hügeln nach Norden hin zu erkennen; nirgendwo kündigte ein knarrendes Wagenrad die Ankunft der Männer an.

Missie schob den Suppentopf an den Rand der Herdplatte, um das Essen für Willie warmzuhalten, doch die duftenden Rosinenbrötchen wurden trotz aller Bemühungen bald kalt. Schließlich zündete sie die Lampe an und versuchte, ein wenig zu lesen. Ihre Gedanken kehrten zu dem Vers zurück, aus dem sie in den vergangenen Monaten so viel Mut und Kraft geschöpft hatte. Obwohl sie ihn längst auswendig kannte, schlug sie die Bibel auf, um ihn schwarz auf weiß vor Augen zu haben.

„Fürchte dich nicht", las sie, „ich bin mit dir, weiche nicht, denn ich bin dein Gott. Ich stärke dich, ich helfe dir auch, ich halte dich durch die rechte Hand meiner Gerechtigkeit."

Missie las den Vers mehrmals laut vor sich hin, bis sie endlich ruhiger geworden war und zu Bett gehen konnte.

Am nächsten Tag suchten ihre Augen wieder die fernen Hügel nach herannahenden Reitern und Wagen ab, doch wieder ohne Erfolg. Mit der Abenddämmerung mußte sie ihre Wache schließlich aufgeben. Wieder schlug sie den Bibelvers im Buch Jesaja auf und las ihn im sanften Schein der Lampe. Mit dem Vers auf den Lippen ging sie zu Bett.

Der dritte Tag dämmerte heran. Stundenlang ging Missie vor dem kleinen Haus auf und ab und suchte den Horizont ab. Gegen Abend bereitete sie die dritte Mahlzeit für ihren Mann zu. Er hätte längst zurück sein müssen. Die Unruhe in ihr wuchs. Was, wenn Willie nicht zurückkommen würde? Plötzlich mußte sie an ihre Mutter denken, die vor vielen Jahren einmal vergeblich auf die Rückkehr ihres ersten Mannes gewartet hatte.

War es nicht vermessen von ihr zu denken, daß ihr ein solches Unglück erspart bleiben müßte? Das Herz drohte ihr stillzustehen. Verzweifelt warf sie sich auf ihr Bett.

„Ach, Gott", schluchzte sie, „ich weiß wohl, was in deinem Wort steht, und ich habe mich auch daran festgehalten, aber so richtig geglaubt habe ich wohl nicht, Herr – nicht von ganzem Herzen. Hilf mir doch, Vater im Himmel, dir ganz fest zu vertrauen und zu glauben, daß alles, was kommt, aus deiner Hand kommt. Ich befehle dir mein Leben an ... und auch meinen Willie. Hilf mir, dir kindlich zu vertrauen."

Missie weinte leise weiter, bis ihre Herzensangst einem tiefen Frieden gewichen war.

Sie wachte erst auf, als donnernde Hufschläge von draußen an ihr Ohr drangen. Erschrocken sprang sie auf und lief ans Fenster. Im bleifarbenen Mondlicht sah sie mehrere fremde Männer auf ihren Pferden im Hof. Smutje kam gerade auf die Gruppe zu.

„Es ist passiert!" flüsterte sie tonlos. „Willie ist was Entsetzliches zugestoßen."

Sie stützte sich auf die Tischkante und wartete auf die Nachricht, die Smutje ihr zu bringen hatte. Sie war nicht einmal zu Tränen fähig. Eine dumpfe Leere breitete sich in ihr aus.

Und dann hörte sie Smutjes Schritte vor der Tür. Er rief leise ihren Namen, und sie bat ihn hereinzukommen. Der Mond zeichnete ein schräges Viereck durch die geöffnete Tür auf den Fußboden. In der Dunkelheit des Hauses konnte Smutje sie nicht gleich erkennen.

„Frau LaHaye?"

„Ja."

„Ich wollte Ihnen nur schnell Bescheid sagen, was der Lärm draußen zu bedeuten hat. Die Cowboys, die Ihr Mann in der Stadt eingestellt hat, sind gerade angekommen. Die Gespanne kommen morgen nach."

Missies Herz klopfte zum Zerspringen. Die neuen Männer! Und die Wagen waren nicht mehr fern! Und Morgen würde Willie bei ihr sein!

Sie brauchte einen Moment, bis sie die gute Nachricht begriffen hatte. Am liebsten hätte sie laut gejubelt und gelacht. Sie wollte sich auf das Bett werfen und in Freudentränen ausbrechen. Statt dessen sagte sie nur mit einem Kratzen in der Stimme: „Danke, Smutje. Das war nett von Ihnen."

Als Smutje die Tür wieder hinter sich geschlossen hatte, legte sie den Kopf auf die Arme und schluchzte: „Danke, Herr! Danke! Ach, ich danke dir so sehr!"

Missie verschwieg Willie ihre angsterfüllten Stunden und den qualvollen Moment der Spannung in der Nacht vor seiner Rückkehr. Bestimmt würde er das alles nur als weibliche Zimperlichkeit abtun, dachte sie. Als die Gespanne am nächsten Tag in den Hof einfuhren, begrüßte eine ruhige, lächelnde Missie ihren Mann. Die Wagen waren bis unter das Verdeck mit Geräten, Kisten und Säcken beladen. Selbst die Hühner fehlten nicht.

Willie wandte sich von Missie ab, um seinen Männern einige Anweisungen zu geben. Dann folgte er ihr in das kleine Erdhaus.

Er zog sie an sich.

„Ach, Missie, ich hab' dich so sehr vermißt. Ich dachte schon, der Heimweg nimmt kein Ende mehr. Die Fahrt erschien mir geradezu endlos!" Er küßte sie. „Hast du mich denn auch vermißt – wenigstens ein kleines bißchen?" Er lächelte schelmisch.

„Na ja, ein kleines bißchen vielleicht", schmunzelte Missie. „Ein ganz winzig kleines bißchen."

Willie zog die Briefe hervor, die er aus der Stadt mitgebracht hatte, doch bevor sie sie öffnete, hatte er ihr ein paar Neuigkeiten zu berichten.

Die Pastorsfrau war gestürzt und hatte sich die Hüfte gebrochen. Die arme Frau tat Missie unendlich leid.

Kathy Weiss hatte einen Verehrer.

„Das wird Henry ja das Herz brechen!" rief Missie.

„Von wegen Herz brechen! Weißt du auch, daß dieses Schlitzohr von Henry uns alle an der Nase herumgeführt hat? Kathy ist nie die Dame seines Herzens gewesen. Gleich zu Anfang hat ihm Melinda Emory, die junge Witwe, gefallen. Henry hat bloß den richtigen Zeitpunkt abwarten müssen, um's ihr zu gestehen."

„Aber ... Das darf doch nicht wahr sein!" Missie war grenzenlos überrascht. „Melinda? Also, jetzt bin ich aber platt!"

„Das ist noch längst nicht alles", fuhr Willie fort. „Henry hat ein Stück Boden gleich neben unserem Land gekauft. Nicht mehr lange, und wir haben Nachbarn!"

Missie konnte ihr Glück kaum fassen. Melinda sollte ihre Nachbarin werden! Dann hatte sie noch eine Frau in der Nähe, die sie oft besuchen konnte.

„Und weißt du was?" Willie hatte noch mehr Neuigkeiten zu berichten. „Demnächst soll eine Bahnlinie hierher gelegt werden. Die Verladestation für das Vieh soll bloß achtzehn oder zwanzig Meilen südwestlich von uns gebaut werden – vielleicht sogar noch näher. Stell dir mal vor, was das bedeutet: eine Bahnstrecke, eine Stadt, neue Leute, Verbindungen zum Osten – wir werden uns vor Nachbarn kaum noch retten können!"

„Was? Ist doch nicht möglich!" rief Missie ein ums andere Mal, während ihr Tränen des Glücks über die Wangen rollten. „Wann denn, Willie? Wann?"

„Nun, über Nacht wird's wohl nicht gerade passieren", antwortete Willie nüchtern, „aber der Anfang ist immerhin gemacht. Das erste Stück der Bahnstrecke am anderen Ende ist schon verlegt. In zwei Jahren dürfte sie hier angelangt sein – vielleicht schon nächstes Jahr, meinen manche. Wenn die Strecke erst fertig ist, kommen die neuen Nachbarn in Strömen, sollst mal sehen. Denk doch bloß: eine Eisenbahnlinie und eine Verladestation! Mehr kann sich ein Viehzüchter gar nicht wünschen. Das Vieh braucht nicht mehr wochenlang zur nächsten Verladestation getrieben zu werden. Die Verluste bleiben niedriger. Jedes Rind, das wohlbehalten auf dem Viehmarkt ankommt, bedeutet Bargeld in unserer Tasche! Wir sind gerade zur rechten Zeit hergekommen, Missie. Hätten keinen besseren Zeitpunkt erwischen können! Von jetzt an wird das Land hier wie warme Semmeln gekauft werden, und mit dem Bodenpreis steigt auch der Viehpreis!"

Willie faßte Missie um die schmale Taille und wirbelte sie in ihrer kleinen Behausung im Kreis herum. Dabei stieß er den Tisch und das Bett an.

„Elende Grashütte!" lachte er. „Sobald wir im Frühling ein paar Stück Vieh verkaufen, bauen wir uns einen Palast. Hier läßt sich's ja kaum atmen!„

„Aber Willie!" schalt Missie, obwohl sie seine Ansicht im Grunde teilte. „Immerhin ist's unser Zuhause. Wir könnenhier essen und schlafen, und warm und trocken haben wir's auch."

Wieder lachte Willie und nahm sie in die Arme.

„Wie geht's Herrn LaHaye junior?"

„Der ist gesund und munter und quietschfidel."

„Keine Zwiebelwehwehchen mehr?"

„Nein. Du weißt ja: aus Schaden wird man klug!"

Willie beugte sich über seinen schlafenden Sohn.

„Sieh ihn dir nur an!" flüsterte er. „Er ist doch glatt 'ne Handbreit gewachsen, während sein Papa unterwegs war!"

Behutsam hob er das Kleinkind aus dem Bett und legte es an seine Schulter. Nathan wachte auf. Überrascht und vor Freude strahlend, zappelte er in den Armen seines Vaters.

Willie drückte den Kleinen zärtlich an sich und küßte sein flaumweiches Köpfchen. Missie wischte sich schnell eine Träne aus den Augenwinkeln.

„Hab' dir was mitgebracht, kleiner Mann!“ erklärte Willie seinem Sohn. „War längst nicht so 'ne Schererei wie die Sache mit den Hühnern für deine Mama.“

„Meine Hühner!“ rief Missie. „Wo sind sie denn?“

„Die Männer haben sie inzwischen hoffentlich hinter Gitter und Verschlag gesperrt. So ein lärmendes, unzufriedenes Hühnervolk!“

„Wie viele hast du mitgebracht?“

„Zwei Hähne und elf Hennen. War gar nicht so einfach, sie aufzutreiben. Die Leute hier haben wohl Besseres zu tun, als sich mit Hühnern abzugeben.“

Missie ließ sich sein Necken gutmütig gefallen und lief nach draußen, um ihre Hühnerschar zu begutachten. Willie folgte mit Nathan auf dem Arm.

Die Männer nagelten gerade das letzte Stück Drahtgitter an die Zaunpfähle, die sie zuvor in den Boden geschlagen hatten. Während Henry noch das kleine Tor in den Eingang hängte, machten sich die beiden anderen Männer schnell auf und davon. Sie hatten ihren Teil getan; sollte sich jetzt jemand anderes um das lärmende Federvieh kümmern!

Willie reichte Missie das Kleinkind und hob die große Versandkiste vom Wagen. Die Hühner veranstalteten ein lautstarkes Gegacker und Flügelschlagen, als sie aus ihrem engen Gefängnis befreit wurden. Sie gaben ein klägliches Bild ab. Eigentlich hatten sie wenig Ähnlichkeit mit Martys stolzen Hennen daheim. Missie wußte nicht zu sagen, ob sie überhaupt je ein Körbchen Eier aus dem

Gehege tragen würde. Eines der Tiere hatte die Strapazen der Reise und den heftigen Läusebefall, unter denen es gelitten hatte, nicht einmal überlebt. Willie versprach, es gleich zu begraben.

„Na, mir scheint", bemerkte er, „daß dem Rest der Schar eine großzügige Portion Läusepulver nicht schaden könnte. Wir lassen sie vorerst draußen im Gehege. In den Stall können sie erst, wenn sie das Ungeziefer losgeworden sind. Vor der Abfahrt habe ich sie alle schon kräftig eingepudert. Zwischen Tettsford und hier liegt jetzt bestimmt 'ne lange Spur von toten Läusen am Wegrand!"

Missie lachte, doch sie mußte Willie recht geben. Die Tiere brauchten tatsächlich eine gründliche Entlausungskur.

„Das mit dem Läusepuder mach' ich", sagte Willie, „aber danach bist du ihr Frauchen. Habe noch nie viel für Hühner übriggehabt."

Armer Willie! Es mußte ihn eine echte Überwindung gekostet haben, die Hühner herbeizuschaffen.

„Willie", sprudelte Missie hervor, „ich habe dich einfach lieb. Ganz doll sogar!"

Willie setzte das Huhn, das er gerade aus dem Gehege geholt hatte, wieder auf den Boden und wandte sich ihr zu. Seine Augen funkelten vor Übermut.

„In dem Fall, Frau LaHaye, war das Vergnügen ganz auf meiner Seite. Bitte schön, stets zu Diensten!"

Willies Überraschung für seinen kleinen Sohn war ein junges Hündchen mit klugen, braunen Augen.

„Das wird mal ein großer Bursche, wenn er ausgewachsen ist", erklärte er Missie. „Einen Hund können wir hier draußen gut gebrauchen, dachte ich mir. Der wird dir schon die Kojoten von deinem Hühnerstall verscheuchen – und obendrein", fügte er grinsend hinzu, „kann man nie wissen, was für 'ne Sorte Nachbarschaft die Eisenbahn uns bescheren wird. Da ist ein guter Wachhund Gold wert!"

Beim Anblick der kahlen Landschaft um sich herum mußte Missie beinahe lachen. Nachbarn in Hülle und Fülle – in dieser Einsamkeit? Plötzlich fiel ihr ein, daß sie Willie noch gar nicht von Marias Besuch berichtet hatte.

„Willie, stell dir vor, ich habe Besuch gehabt, während du weg warst. Eine richtige Frau! Manchmal denke ich noch immer, es war alles nur ein Traum. Ich wünsche mir ja so sehr, daß sie bald wiederkommt. Ich mag sie gern – und gebetet haben wir auch zusammen!"

„Wo wohnt sie denn?"

„Das weiß ich nicht."

„Hast du sie denn nicht gefragt?"

Jetzt mußte Missie lachen.

„Ich habe ihr die Haare vom Kopf gefragt, aber erfahren habe ich gar nichts. Vielleicht hat sie mir ja geantwortet; ich weiß nicht genau. Jedenfalls haben wir's schließlich aufgegeben und uns einfach einen schönen Nachmittag gemacht."

Willie runzelte die Stirn.

„Sie spricht kein Englisch, und ich habe kein Wort von dem, was sie gesagt hat, verstanden", erklärte Missie.

„Und trotzdem habt ihr einen schönen Nachmittag miteinander gehabt?"

„O ja!"

„Und gebetet habt ihr auch zusammen?"

Missie nickte.

„Obwohl ihr kein Wort voneinander verstanden habt?"

„Nicht die Wörter, Willie, aber den Sinn. Sie ist so nett! Jung ist sie auch. Jeden Morgen wünsche ich mir, daß sie wiederkommt. Dann könnten wir wieder gemütlich zusammen Tee trinken und mit Nathan spielen – und miteinander lachen und beten."

Willie legte die Hand sanft unter ihr Kinn und hob ihr Gesicht zu sich empor, bis er ihr in die Augen sehen konnte.

„Ich hab' ja nicht geahnt, wie einsam du hier bist, Missie", sagte er mit rauher Stimme. „Und vor lauter Weidezäunen und Rindern habe ich nicht daran gedacht, wie verlassen eine Frau sich mitten in der Wildnis fühlen kann.

Vielleicht hätte ich dich in die Stadt mitnehmen sollen, Liebling. Ein Besuch in der zivilisierten Welt hätte dir sicher gutgetan. Warum habe ich eigentlich nicht daran gedacht? Aber dir, ... dir kommt ja nie eine Klage über die Lippen. Du läßt mich einfach in meiner Blindheit gewähren. An einer Bande von ungehobelten Cowboys, einem arbeitswütigen Ehemann und einem Baby, das außer ‚Gagaga' noch nicht viel sagen kann, hat eine Frau nicht viel Gesellschaft. Und du hast kein Wort darüber verloren! Ich Idiot!"

Geselliges Teetrinken

Früh am nächsten Morgen, noch bevor Nathan aufgewacht war, verließ Missie das Haus, um ihren Hühnern frisches Brunnenwasser zu bringen. Sie war fest entschlossen, dem Federvieh sobald wie möglich die ersten Eier zu entlocken.

Ein heißer Tag kündigte sich an. In dem kleinen Haus würde es heute wieder nahezu unerträglich stickig werden. Missie nahm sich vor, die frühen Nachmittagsstunden mit Nathan im Schatten der Büsche am Brunnen zu verbringen.

Ein Lied summend, schwang sie den Eimer hin und her. Sie war guter Dinge. Willie war endlich zurück, und sie hatte Nachricht von ihren Bekannten und Freundinnen aus der Stadt bekommen. Ihr anfangs so kärgliches Dasein hatte bedeutende Verbesserungen erfahren: Zuerst durch frische Milch, dann durch ihr grünendes Gemüsebeet und nun durch das gackernde Hühnervolk. Bald würde sie reichhaltige Mahlzeiten auf den Tisch bringen können, die der gepflegten Kost von daheim in nichts nachstehen würden.

Auf dem Weg zum Brunnen dachte Missie wieder an die Briefe, die Willie ihr aus der Stadt mitgebracht hatte. Die arme Pastorsfrau! Daß ihr aber auch dieses Mißgeschick passieren mußte! Und dann Frau Taylorson – welch ein goldenes Herz sie doch besaß! Sie hatte sogar ein Paar Kinderschühchen für Nathan mitgeschickt. Nun, es würde bestimmt nicht mehr lange dauern, bis er darin seine ersten Gehversuche unternahm. Kathys Brief war ein einziges Loblied auf ihren zukünftigen Mann. Missie mußte lächeln. Dieser junge Herr schien ja geradezu die biblische Tugend in Person zu sein! Und den Brief von Melinda hatte Missie ein ums andere Mal gelesen. Sie konnte den Tag kaum erwarten, an dem Melinda ihre Nachbarin wurde. Wenn es doch nur bald soweit wäre!

Melinda hatte ausgiebig von ihrer Arbeit an der Schule und von der kleinen Gemeinde in Tettsford berichtet. Sie hatte auch geschrieben, daß der große Kummer über den Verlust ihres Mannes nun schon ein wenig leichter zu tragen sei, wenn die Erinnerung an ihn auch oft noch Tränen mit sich bringe. Nun hatte sie Trost an Henrys Seite gefunden, den sie wegen seiner rücksichtsvollen Art und seines unerschütterlichen Glaubens immer mehr liebgewann.

„Ja", dachte Missie bei sich, „Henry und Melinda passen zueinander. An den beiden werden wir liebe Nachbarn haben!"

Mit dem gefüllten Eimer ging sie vom Brunnen zu dem Hühnergehege. Während sie den Tieren ihr Wasser und Futter gab, drohte sie ihnen:

„Und ihr Gesindel, wenn ihr nicht schleunigst mit dem Eierlegen anfangt, dann landet ihr, ehe ihr euch's verseht, in meiner Bratpfanne!" Die Hühner drängten sich derweil, völlig unbeeindruckt von Missies Worten, um den Futternapf.

„Ihr seid mir vielleicht 'ne zerrupfte Meute!" lachte Missie dann. „Wollen doch mal sehen, ob wir euch nicht ein bißchen Fleisch an die Knochen füttern können!"

Sie nahm ihren Eimer und beeilte sich, wieder zum Haus zurückzugehen. Nathan konnte nun jeden Moment aufwachen.

Hinter dem Küchenschuppen stieß sie auf Willie und seine Männer, die sich dort zu einer kurzen Besprechung versammelt hatten. Einige der Cowboys standen lässig an die Wand der Hütte gelehnt; andere saßen auf der Erde oder lagen der Länge nach ausgestreckt, den Kopf auf den Ellbogen gestützt, im Gras. Offensichtlich hatte Willie ihnen bedeutet, es sich getrost bequem zu machen. Smutje, der auf der Bank vor seiner Hütte saß, hatte seine „Chefin" als erster bemerkt. Missie blieb stehen, um die kleine Versammlung nicht zu stören.

„... und ich hoffe", sagte Willie gerade, „daß wir alle gut miteinander auskommen werden. Inzwischen habt ihr sicher Scottie kennengelernt. Scottie weiß mit der Viehzucht Bescheid wie kein anderer. Er führt hier die Aufsicht über alles, was die Herde betrifft. Von ihm erfahrt ihr, was ihr zu tun habt. Wenn ihr Fragen oder Beschwerden habt, kommt ruhig damit zu ihm. Er wird sie dann an mich weiterleiten. Außerdem macht er die Schichteinteilung. – Smutje hier ist für euer leibliches Wohl verantwortlich. Er tischt euch das Essen jeden Tag pünktlich um die ausgemachte Zeit auf. Frischer Kaffee steht jederzeit für euch bereit, auch während der Nachtschicht."

Smutje nickte Willie zu und deutete lächelnd auf Missie. Willie wandte sich um.

„Und hier haben wir den Sonnenschein der ganzen Ranch", sagte er und streckte die Hand nach ihr aus. „Das ist meine Frau, Melissa LaHaye."

Missie trat schüchtern näher.

„Missie", sagte Willie, „hier sind also unsere neuen Männer. Scottie ist der Aufseher."

Missies Blick begegnete einem freundlichen, tiefblauen Augenpaar, aus dem ein lustiges Zwinkern hervorleuchtete. Sein kleingewachsener, drahtiger Körper verriet lange Jahre der Erfahrung im Sattel. Missie faßte gleich Vertrauen zu diesem Mann. Mit ihm hatte Willie zweifellos eine gute Wahl getroffen, fand sie.

Scottie nickte ihr zu, als ob er sagen wollte: „Wenn irgendwo mal Not am Mann sein sollte, bin ich jederzeit zur Stelle."

Missie lächelte dankbar zurück.

„Und das hier ist Rusty", fuhr Willie fort. Missies Augen wanderten zu einem dicht mit Sommersprossen übersäten Gesicht unter einem widerspenstigen, flammend roten Schopf. Ein breites Grinsen grüßte sie.

„Er ist ja noch ein halbes Kind", mußte Missie unwillkürlich denken. Ihr mütterliches Herz fragte sich, ob seine Mutter überhaupt wußte, wo er war, oder ob sie Tag und Nacht mit sorgenvollem Herzen für ihn betete. Sie lächelte ihn warm an.

„Und Smith", sagte Willie jetzt. Missie sah in ein wettergegerbtes Gesicht mit einem Paar pechschwarzen Augen. Sein Nicken war fast unmerklich. Den Blick hielt er gesenkt.

„Wenn ich nur wüßte", dachte Missie, „was diese Menschenseele so sehr mit Bitterkeit erfüllt hat!"

„Und dort drüben ist Brady", stellte Willie vor. Missies Blick traf ein eiskaltes, berechnendes Augenpaar, das sie schamlos von Kopf bis Fuß musterte. Missie nickte ihm gezwungen zu und warf Willie dann einen flehenden Blick zu, daß er nur schnell fortfahren mochte. Noch immer spürte sie den zudringlichen Blick auf sich gerichtet.

„Und das hier", sagte Willie und deutete auf einen jungen Mann, der sich zur Begrüßung vom Boden erhoben hatte, „ist Lane." Lane sah aus, als wäre er am liebsten im Erdboden versunken. Er warf Missie einen schüchternen Blick zu, um dann verlegen zu Boden zu schauen. Eine tiefe Röte breitete sich auf seinem Gesicht aus. Die Hände ließ er unbeholfen herabhängen. Missie lächelte aufmunternd. Ein solch unsicherer Mann war ihr noch nie begegnet. Sie hoffte von ganzem Herzen, daß er seine Scheu vor ihr verlieren möchte.

Sie wandte sich an alle Männer und sagte:

„Ich freue mich, Sie kennenzulernen. Ich weiß zwar, daß wir einander nicht allzuoft sehen werden – Sie haben

Ihre Arbeit, und ich habe meine –, aber wenn Sie je unsere Hilfe brauchen, sind mein Mann und ich gern für Sie da." Sie lächelte in die Runde. „So, jetzt wird's aber Zeit für mich, nach meinem Baby zu sehen", sagte sie und wandte sich um.

Scottie leitete den Rest der Zusammenkunft, und Willie begleitete seine Frau ins Haus.

„Übrigens, Missie, ich glaube, ich weiß inzwischen, wer deine geheimnisvolle Nachbarin ist", sagte er zu ihr.

„Du meinst Maria?"

„Ja."

„Wie hast du sie denn ausfindig gemacht?"

„Scottie ist beim Geländeritt auf das Grundstück gestoßen, das ihr und ihrem Mann gehört. Sie wohnen gar nicht weit von hier, ungefähr sieben Meilen südlich. Sie kommen aus Mexiko."

„Aus Mexiko?"

„Ja. Der Mann spricht ein paar Brocken Englisch. Hat wohl seine Gründe gehabt, so weit nach Norden zu ziehen."

„Was Ernstes kann aber nicht dahinterstecken. Maria würde nie einen Mann heiraten, der ..."

„Natürlich nicht."

„Vielleicht wollten sie ja bloß ein bißchen abgeschieden leben. Vielen Leuten wird's in den Städten zu eng. – Nur sieben Meilen von hier, sagst du?"

„Ja, ungefähr sieben Meilen südlich."

„Das ist doch gar nicht so weit, Willie, oder? Ach, stell dir bloß vor: unsere ersten Nachbarn! Und so nahe! Ich könnte ja direkt mal rüberreiten zu ihr – wenn ich den Weg wüßte, heißt das", fügte sie kleinlaut hinzu.

Willie lachte.

„Allerdings! Wenn du den Weg wüßtest und wenn du nicht unterwegs einen Fluß überqueren müßtest und wenn du Spanisch sprechen könntest – dann könntest du sie tatsächlich mal besuchen. Aber Spaß beiseite. Ich will mein Bestes tun, um dich sobald wie möglich auf ein paar Stunden zu deiner neuen Freundin zu bringen. Wie wär's, wenn du inzwischen ein bißchen Spanisch lernst? Maria würde sich bestimmt freuen."

„Nichts lieber als das – aber wie?"

„Von Smutje natürlich. Smutje spricht fließend Spanisch. Als junger Bursche hat er bei einer mexikanischen Familie gearbeitet. Manchmal redet er gerade so, als wäre er am liebsten für immer bei diesen Leuten geblieben. Dann muß ihn aber doch die Wanderlust gepackt haben. Seitdem hat er zu Pferd wohl den halben Kontinent durchquert und sich überall und nirgends als Cowboy verdingt."

„Du liebe Zeit!" sagte Missie besorgt, „es wird ihn doch hoffentlich nicht bald wieder in die Ferne ziehen, oder?"

„Da brauchst du keine Angst zu haben. So jung und abenteuerlustig wie damals ist er immerhin nicht mehr. Und obendrein glaube ich kaum, daß er seit seinem Sturz besonders gern im Sattel sitzt."

Erleichtert fragte Missie: „Und er spricht also Spanisch?"

„Wie seine Muttersprache. Du mußt nur aufpassen", lachte Willie, „daß er dir nicht mehr beibringt, als sich für eine Frau schickt!"

„Meinst du, daß er mir helfen würde?"

„Ich könnte mir denken, daß ihm ab und zu jeder Grund recht ist, um sein böses Bein mal für 'ne Stunde hochzulegen."

So trat Missie schüchtern an den alten Cowboy heran und bat ihn, ihr Spanischunterricht zu erteilen. Sie hatte gerade die ersten Worte gelernt, als Maria wieder zu Besuch kam.

Maria herzte den kleinen Nathan und überschüttete

das Kind mit einem zärtlichen Wortschwall in Spanisch. Als Missie ihr zulächelte und nickte, redete Maria um so heftiger weiter.

„Warte mal einen Moment!“ rief Missie schließlich. „Geh nur nicht weg – ich bin gleich wieder da! Setz dich und mach's dir mit Nathan bequem. Ich hole uns ganz schnell Hilfe.“

Missie lief zur Tür hinaus. Weder Maria noch sie hatten auch nur ein Wort von dem, was die andere sagte, verstanden.

„Smutje!“ rief sie, als sie die Kochhütte erreicht hatte. „Smutje, würden Sie wohl bitte mal rüberkommen und mit zwei Frauen eine Tasse Tee trinken? Bitte, bitte!“

Smutjes Augen weiteten sich vor Entsetzen.

„Bitte, Smutje!“ bettelte Missie. „Maria ist hier, und ich kann sie einfach nicht verstehen. Sie versteht mich auch nicht, und dabei würden wir uns so gern miteinander unterhalten! Bitte, würden Sie für uns dolmetschen? Ich mache Ihnen auch eine Tasse Kaffee, wenn Ihnen das lieber ist.“

Der gutmütige Smutje lächelte ein wenig gequält und wischte sich die Hände an der fleckenübersäten Schürze ab.

„Na, wenn Ihnen so viel daran liegt.“

„Oh ja, das tut es!“

„Aber nur für ein paar Minuten“, warnte Smutje. „Ich muß die Steaks nämlich bald in die Pfanne werfen. Und wegen des Kaffees machen Sie mal bloß keine Umstände. Ihr Tee ist mir schon recht – wenn ich ihn nur nicht aus einem von diesen eleganten Täßchen trinken muß.“

Missie hastete mit ihm zum Haus zurück.

„Maria!“ jubelte sie ihr zu. „Smutje ist hier. Er kann Spanisch!“

Als Smutje die junge Mexikanerin in ihrer Muttersprache begrüßte, brach sie in ein silberhelles Lachen aus und antwortete vergnügt.

Smutje wandte sich an Missie.

„Sie sagt, daß dieser Nachmittag lustiger als jede Fiesta wird“, übersetzte er achselzuckend. Aus seinen eigenen Augen sprach noch immer der Zweifel an dieser Feststellung. Missie schenkte ihm eine große Steinguttasse Tee ein und reichte ihm den Brotkorb und das Buttertöpfchen.

Smutje machte gute Miene zum bösen Spiel, doch bald schien er die Plauderei beinahe ebensosehr wie die beiden Frauen zu genießen. Missie achtete darauf, daß seine Tasse stets gefüllt war, und reichte ihm mehrmals den Brotkorb.

Als Maria endlich aufstand, um sich auf den Heimweg zu machen, fühlten sich die beiden jungen Frauen wie langjährige Nachbarinnen. Missie ließ Maria durch Smutje sagen, daß sie sie sobald wie möglich auch einmal besuchen würde.

„Und Smutje ist natürlich wieder mit von der Partie, nicht wahr?“ neckte Maria. Smutje murmelte verlegen etwas vor sich hin, und Missie und Maria lachten.

Smutje legte Nathan, der auf seinen Knien gesessen hatte, auf das Bett zurück und erklärte, daß er nun wirklich in seine Küche zurückkehren müßte. Besonders eilig schien er es jedoch damit nicht zu haben, fand Missie.

„Ich weiß, Ihre Arbeit wartet, Smutje. Haben Sie vielen, vielen Dank, daß Sie sich die Zeit für uns genommen haben. Ich glaube, jetzt kommen wir schon ohne Sie zurecht.“

„Muchas gracias“, sagte auch Maria, und Smutje verabschiedete sich.

Marias Frage war eher eine Geste als Worte: „Beten?“ Missie nickte.

So knieten die beiden Frauen von unterschiedlicher Herkunft, Kultur und Denomination nebeneinander auf dem Fußboden nieder und beteten, jede in ihrer Sprache, zu dem einzigen und wahren Gott. Missie spürte, wie wohl auch Maria diese Gemeinschaft im Gebet tat.

„Lieber himmlischer Vater“, betete Missie, „hilf du mir doch, Marias Sprache schnell zu lernen, damit ich ihr von meinem Glauben an dich weitersagen kann und von dem ewigen Leben, das du uns durch deinen lieben Sohn geschenkt hast. Ich möchte ihr so gern mehr von dir erzählen, von deiner großen Liebe zu uns, deinen Verheißungen und deinem Segen. Hilf mir doch bitte, daß ich bald Spanisch sprechen kann.“ Sie zögerte, bevor sie schnell hinzufügte: „Und, lieber Herr, hilf, daß Smutje mir auch die richtigen Wörter dafür beibringt!“

Ein neuer Winter steht vor der Tür

Zwei Wochen nach Marias Besuch bei Missie machten Missie und Willie sich, wie verabredet, auf den Weg, um ihre Nachbarn zu besuchen. Missie hatte gehofft, daß Smutje sie begleiten würde, doch statt dessen ritt Scottie, der ebenfalls ein wenig Spanisch sprach, mit ihnen.

Missie war erleichtert, die Wegstrecke zu Pferd anstatt in dem schaukelnden Wagen zurücklegen zu können. Der kleine Nathan wurde zu seinem Vater in den Sattel gehoben, und los ging der Ritt. Scottie schlug ein Reittempo an, das Missie in ihrer Ungeduld unendlich langsam erschien.

Die Flußdurchquerung ließ Missies Herz vor Angst schneller schlagen. Der Anblick des in den Fluten versinkenden Wagens der Emorys stand ihr noch immer lebhaft vor Augen. Als ihr Pferd jedoch sicher und kräftig durch die Niederung schwamm, wußte sie, daß die Strömung nicht sehr stark war.

Juan und Maria wohnten in einem stattlichen, aus Stein gebauten Haus, das angenehmen Schutz vor dem heißen Sommerwetter bot. Missie war sofort klar, daß ein Haus aus Stein von jetzt an das Ziel ihrer Träume sein würde. Juan führte Willie um das Haus herum und erläuterte ihm die Vorzüge eines solchen Baumaterials. Die Bauweise selbst war südländischer Prägung, doch das Haus erschien Missie äußerst komfortabel und geräumig im Vergleich zu der winzigen Behausung aus Erde und Grasnarbe, die sie mit Willie und Nathan teilte. Juan versprach seinen Nachbarn, bei ihrem Hausbau mitzuhelfen.

Zeitig machten sie sich wieder auf den Heimweg. Durch heftige Regenfälle im Gebirge war der Fluß breiter als gewöhnlich. Obwohl die Überquerung nicht übermäßig gefährlich war, zog Scottie es vor, sie bei vollem Tageslicht zu unternehmen.

Maria und Missie waren von Herzen froh, sich als Nachbarn in erreichbarer Nähe zu wissen. Sie schmiedeten Pläne für einen baldigen Gegenbesuch.

Zu Hause angekommen, nahm Willie Missies Pferd beim Halfter und reichte ihr Nathan. Missie ging ein wenig vor dem Haus auf und ab, um die kühle Abendbrise zu genießen.

Willie rief ihr vom Stall aus zu: „Laß dir nur Zeit mit dem Essen, Liebling! Ich reite schnell noch zur Quelle an der oberen Weide, um nachzusehen, ob die Tiere genug Wasser haben. In zwei Stunden bin ich wieder da!“

Missie nickte. Sie war dankbar, bei diesem Wetter das Feuer im Herd noch nicht gleich anzünden zu müssen. Sie stellte den kleinen Nathan behutsam auf die Erde, nahm ihn bei der Hand und führte ihn auf das Haus zu. Wie unscheinbar und bescheiden es doch gegen Marias großes Steinhaus wirkte! Sie freute sich schon jetzt auf den Tag, an dem sie endlich bunte Teppiche auf größere Fußböden ausbreiten und duftige Vorhänge an richtige Fenster hängen konnte.

Vom Hof her hörte sie die Hufschläge von Willies davonreitendem Pferd. Den von dem aufregenden Tag erschöpften Nathan legte sie auf das Bett. Kaum hatte sie ihr Strickzeug zur Hand genommen und sich auf einen Stuhl gesetzt, als der Kleine auch schon fest eingeschlafen war.

Plötzlich klopfte jemand an die Tür. Missie war es nicht gewohnt, um diese Tageszeit noch Besucher zu empfangen. Vielleicht wollte Henry auf ein paar Minuten hereinkommen, überlegte sie. Sie hatte ihn seit dem vergangenen Sonntag nicht gesehen. In der Erwartung, Henry oder Smutje draußen vorzufinden, öffnete sie die Tür, doch es war Brady. Unter seinem berechnenden Blick wurde ihr beklommen zumute.

„Oh ...“, stotterte sie, doch da hatte er sich schon an ihr vorbeigeschoben und war in das Haus eingedrungen. Der kleine Raum erschien Missie plötzlich unerträglich heiß.

„’tschuldigen Sie, daß ich so hereinplatze“, sagte er, aber in seiner Stimme lag keine Spur von Bedauern. „Ich habe gedacht, Sie als Frau können mir bestimmt einen kleinen Dienst erweisen.“

Missie dachte an ihr leicht dahingesagtes Versprechen, Willies Männern jederzeit mit Rat und Tat zur Verfügung zu stehen. Jetzt wünschte sie, sie hätte damals größere Vorsicht walten lassen. Sie blieb an der Tür stehen.

„Ich habe nämlich einen kleinen Splitter im Finger, und denken Sie bloß: kein einziger von den Rauhbeinen draußen auf der Weide hatte ’ne Nadel bei sich.“

„Ach so ...“ Missie brauchte einen Moment, bevor sie die Sprache wiedergefunden hatte. „Aber natürlich. Eine Nadel. Warten Sie.“

Sie ging von der offenen Tür weg zu ihrem Nähkorb. Hinter ihrem Rücken fiel die Klinke ins Schloß.

Während sie fieberhaft in dem Korb nach dem Päckchen mit den Nähnadeln suchte, überschlugen sich ihre Gedanken. „Was macht Brady bloß hier? Um diese Zeit haben die Cowboys doch gewöhnlich alle Hände voll zu tun. Nicht mal Smutje ist in der Nähe. Den habe ich doch vorhin mit zwei Wassereimern zum Brunnen gehen sehen.“

Endlich hatte sie eine Nadel gefunden und wandte sich um. Brady stand unmittelbar vor ihr.

„Bitte, da ist die Nadel!“ sagte sie so beherrscht, wie sie nur konnte, doch er nahm sie nicht aus ihrer ausgestreckten Hand.

„Ich fürchte, da muß ich Sie schon bitten, mir den Splitter zu entfernen. Solch winzige Werkzeuge sind nichts für ausgewachsene Männerhände!“

„Ich?“ fragte Missie verwirrt. Um keinen Preis der Welt wollte sie sich über die grobschlächtige Hand dieses Mannes beugen. In der Enge des kleinen Hauses konnte sie seinen Atem förmlich auf sich spüren.

„Das tut mir leid“, sagte sie ruhig, „aber da werden Sie sich schon selbst bemühen müssen. Vielleicht kann Smutje Ihnen helfen.“

„Aber, aber, Ma'am!“ stieß er zwischen den Zähnen hervor und rückte noch dichter an sie heran. „Sie werden mir doch wohl nicht männerscheu sein, oder?“

Er faßte sie beim Arm. Missie trat einen Schritt zurück und stieß dumpf gegen den Bettpfosten hinter ihr. Ein Schrei erstickte ihr in der Kehle. Die Knie drohten unter ihr nachzugeben. „O Gott!“ wollte sie rufen. „Hilf mir doch! Bewahre mich, wie du's versprochen hast!“

In diesem Moment flog die Tür auf.

„Frau LaHaye?“ Ohne anzuklopfen, war Scottie eingetreten. „Ist der Chef zu Hause?“

„Sie wissen doch selbst, wo er ist“, dachte Missie, ohne ein Wort hervorzubringen. „Sie waren doch dabei, als er zur oberen Quelle losritt!“

Schweigend schloß sie die Augen und rang um ihre Fassung.

„Ach, Brady!“ sagte der Aufseher scheinbar überrascht. „Ist der Zaun denn schon geflickt?“

Mit flammendem Zorn in den Augen wandte Brady sich um. Wortlos verließ er das kleine Haus und schlug die Tür hinter sich zu. Scottie holte einen Stuhl für Missie. Sie setzte sich. Dann reichte er ihr ein Glas Wasser. Mechanisch nahm sie einen Schluck.

„Hatte Brady Schwierigkeiten, Ma'am?“ fragte Scottie beiläufig, doch seine Stimme klang messerscharf.

„’n Splitter … in der Hand.“

„Haben Sie ihn rausgeholt?“

Ihr Blick fiel auf die Nadel, die sie noch immer in der zitternden Hand hielt. Sie schüttelte den Kopf.

„Ich hab’ ihm gesagt, er soll’s selbst machen oder zu Smutje gehen.“

„Haben Sie Angst vor Splittern?“

„Nein“, antwortete Missie tonlos, „aber vor Brady. Ich weiß nicht mal genau, warum. Ich …“ Sie schluckte. „Hier“, sagte sie dann und reichte ihm die Nadel, „würden Sie ihm die bringen?“

„Lassen Sie nur, Ma’am. Ich kümmere mich schon um ihn!“ So unvermittelt, wie er gekommen war, verließ er den kleinen Raum wieder.

Missie saß eine Weile wie betäubt da, bevor sie sich endlich erheben konnte. Schließlich zündete sie ein Feuer im Herd an und begann, das Abendessen zu richten.

Willie gegenüber erwähnte sie nichts von dem Zwischenfall – wenigstens vorläufig nicht, nahm sie sich vor. Sie würde sich ein Schloß besorgen und es an der Haustür anbringen. Dieser Brady sollte nie, nie wieder unangekündigt ins Haus eindringen.

Als sie am nächsten Morgen zum Brunnen ging, um frisches Wasser zu holen, sah sie sich beklommen um. „Wie furchtbar, auf dem eigenen Grund und Boden in Angst leben zu müssen!“ dachte sie. Dann hörte sie plötzlich Stimmen hinter der Wohnbaracke der Männer. Die eine war Willies tiefe Männerstimme.

„Henry sagte, daß Brady sich seinen Lohn abgeholt hat.“

„Stimmt“, antwortete Scottie.

„Gefällt’s ihm nicht mehr bei uns?“

„Darüber hat er nichts gesagt.“

„Trotzdem hat er einfach gekündigt?“

„Ganz so war’s nicht.“ Und nach einer Pause: „Ich habe ihn rausgeworfen.“

„Komisch, ich dachte immer, er versteht was von der Viehzucht." Es klang verwundert.

„Das tut er wohl auch." Scottie wollte sich nicht festlegen.

„Da wirst du wohl deine Gründe gehabt haben. Schließlich bist du hier für die Männer verantwortlich."

„Ja", sagte Scottie nur, „ich habe meine Gründe gehabt."

Missie setzte ihren Weg zum Brunnen fort. Ihre Welt war plötzlich wieder heil. Sie konnte sich sicher und beschützt fühlen. Willies Männer waren doch aufmerksam und zuverlässig. Sie arbeiteten nicht nur für ihn, sondern waren auch auf die Sicherheit seiner Frau bedacht. Willies Männer und ihr himmlischer Vater sorgten für ihren Schutz. So konnte sie getrost ihren Aufgaben nachgehen. Es gab keinen Grund mehr zur Sorge.

Missie stellte sich einen Stuhl in den Schatten hinter dem Haus und nahm ihr Nähzeug zur Hand. Nathans Hund lag nicht weit von ihr im Gras. Der schwarze Mischling war inzwischen zu seiner vollen Größe herangewachsen. Er war ein kluges Tier, das dem kleinen Jungen mit beinahe mütterlicher Sanftheit begegnete.

Die Abende waren jetzt ein wenig kühler, und Missie war dankbar für die erfrischende Brise nach der Hitze des Tages. In den letzten Wochen hatte sie Berge von Obst und Gemüse aus ihrem Garten eingekocht. Je höher sich die Einmachgläser stapelten, desto verzweifelter fragte sie sich, wo sie sie nur den Winter über aufbewahren sollte. Wenn Willie bis dahin keinen Einmachkeller ausschachtete, würden sie das Eingemachte im Heu in der Scheune vor dem Frost schützen müssen. In einem größeren Haus wäre alles viel einfacher, seufzte Missie, doch sie hütete sich, auch nur ein Wort über ihre Lippen kommen zu lassen. Sie wußte ja, daß Willie das neue Haus bauen würde, sobald er konnte.

Sie sah von ihrer Arbeit auf. Henry kam von der Scheune her auf sie zu.

„Nanu, so hoher Besuch?“ rief sie ihm munter zu. „Reiten Sie überhaupt noch für uns? Ich habe Sie ja eine halbe Ewigkeit nicht mehr gesehen!“

„Da müssen Sie sich schon bei meinem Chef beschweren“, gab Henry schlagfertig zurück. „Bei dem heißt's immer nur: Arbeit, Arbeit, Arbeit!“

Missie lachte.

„Aber zugegeben“, fuhr Henry fort, „es gibt schlimmere Sklavenschinder als ihn. Immerhin hat er mir zwei Wochen Urlaub gegeben.“

„Ach, wirklich? Wollen Sie verreisen?“

„Allerdings!“ Henry platzte förmlich vor Vergnügen. „Und zwar so schnell, wie der gute Flint mich tragen kann. Es kommt mir vor, als seien es schon Jahre her, seitdem ...“

„Ich freue mich so sehr für Sie und Melinda“, sagte Missie warm. „Sie vermißt Sie bestimmt unheimlich.“

„Wenn sie mich nur halb so arg vermißt, wie ...“ Wieder ließ er den Satz unvollendet.

„Haben Sie sich denn schon auf ein Hochzeitsdatum geeinigt?“ erkundigte sich Missie. „Oder ist das zuviel gefragt?“

„Ich wünsche mir ja selbst, daß ich es Ihnen sagen könnte, aber es kommt halt darauf an.“

„Woran hapert's denn?“

„Ich weiß nicht, wann ich uns ein Haus bauen kann.“

„Wenn die anderen Männer mit anpacken, können Sie Ihr Haus in ein paar Tagen stehen haben.“

„Ich habe ein Haus gemeint, Missie, und keine Hütte aus Erde und Gras!“

Missie war überrascht, wie heftig es geklungen hatte.

„Zugegeben“, sagte sie, ihre Worte sorgfältig wählend, „so eine Erdhütte ist nicht gerade überwältigend, was die

Gemütlichkeit betrifft, aber man kann darin leben, wenn's sein muß."

„Das würde ich nie von Melinda verlangen", erwiderte Henry. „Meinen Sie vielleicht, mir wäre der Ausdruck auf Ihrem Gesicht entgangen, als Sie den Erdfußboden sahen, die schmutzigen, winzigen Fenster, den engen ..."

„Henry", unterbrach Missie ihn sanft, „sagen Sie mal ganz ehrlich: wann haben Sie diesen Ausdruck zum letzten Mal auf meinem Gesicht bemerkt? Seh' ich vielleicht immer noch so enttäuscht und verletzt aus?"

Henry schwieg einen Moment, bevor er antwortete: „Nein, das tun Sie nicht. Sie haben sich tapfer geschlagen, Missie, und das rechne ich Ihnen hoch an. Schließlich haben Sie ja mal bessere Zeiten gesehen. Und das alles haben Sie für so ein primitives Dasein an den Nagel gehängt. Ich habe Sie deshalb oft bewundert – aber nehmen Sie's mir nicht übel, wenn ich Melinda so was nicht zumuten will."

„Und ich rechne es Ihnen hoch an, daß Sie Melinda gegenüber so rücksichtsvoll sind, Henry, aber ..." Sie suchte nach den richtigen Worten. „Wissen Sie, ich möchte tausendmal lieber mit Willie in dieser engen, einfachen Hütte wohnen als in dem herrlichsten Palast der Welt ohne ihn."

Henry lächelte nachdenklich.

„Ihr Frauen seid doch seltsame Geschöpfe", sagte er lachend, um seine innere Bewegtheit zu überspielen. „Kein Wunder, daß wir Männer unser Lebtag an euch herumrätseln! Aber Gott sei's gedankt, daß er euch so, wie ihr seid, gemacht hat. – Das haben Sie vorhin wirklich ernst gemeint, nicht wahr?"

„Darauf können Sie sich verlassen", sagte Missie bestimmt, und plötzlich war sie selbst überwältigt davon, wie aufrichtig sie es meinte. Irgendwie hatte dieses Wissen sie aus der Enge der kleinen Erdhütte befreit und zu den lichten Höhen ihrer Liebe zu Willie emporgehoben. Die Aussicht auf einen weiteren langen, bitterkalten Winter erschien ihr nun nicht mehr so bedrückend, selbst wenn sie ihn auf engsten Raum beschränkt zubringen mußte. Sie, Willie und Nathan mochten ein einfaches, kärgliches Leben führen, doch sie waren von dem warmen Mantel der Liebe umgeben.

Sonntag

Henry wurde nach seinem Besuch bei Melinda wesentlich stiller. Eine nie gekannte Einsamkeit war seitdem sein ständiger Begleiter. Missie fragte sich manchmal, ob er es jetzt bereuen mochte, nicht der Hochzeit statt des Hausbaus den Vorrang gegeben zu haben. Doch Henry ließ sich nichts dergleichen anmerken. Wie sehr er seine Melinda vermißte, war jedoch nicht schwer zu erraten. Oft kam er unter einem Vorwand zu Missie und Willie ins Haus, um die leeren Stunden mit Plaudern und Spielen zu füllen.

Henry und der junge Rusty schienen Freundschaft geschlossen zu haben. Sie ritten oft zum gleichen Schichtdienst aus. Missie wußte, daß Scottie gern Männer zur gemeinsamen Arbeit einteilte, die gut miteinander auskamen. Abends saßen Henry und Rusty oft in der Wohnbaracke beieinander, wo Henry seinen Kameraden einige Gitarrengriffe beibrachte. Oft klagen alte Volksweisen und Prärielieder zu ihnen herüber.

Eines Sonntags saßen Willie, Missie und Henry nach ihrer gemeinsamen Andacht noch eine Weile beisammen und unterhielten sich über die Eisenbahnlinie, die nun bald durch ihre neue Heimat führen sollte und neue Nachbarn, Geschäfte, Schulen und sogar einen Doktor mit sich bringen würde.

Unvermittelt seufzte Willie: „Wißt ihr, was mir am meisten fehlt? Eine richtige Kirche, wo man sich sonntags mit anderen Christen versammelt, Lieder singt, betet und in der Bibel liest – so wie in der kleinen Kirche daheim."

Bei dem Gedanken an die Gottesdienste in ihrer Heimatkirche wurden Missies Augen ein wenig feucht. Dort saßen ihre Eltern Sonntag für Sonntag nebeneinander und stimmten in die Choräle mit ein, ihr Pa in seinem klaren Bariton und ihre Mama leiser, aber voll innerer Zuversicht. Clare und Arnie, Ellie und der kleine Luke waren dabei, und auch Nandry und Cathy mit ihren Familien fehlten nicht.

Tausend Fragen schossen Missie durch den Kopf. Ob Nandrys und Cathys Kinderschar sich inzwischen vergrößert hatte. Und wuchs Clare noch immer mit rasender Geschwindigkeit aus seiner Kleidung heraus? Bestimmt konnte Arnie es noch immer nicht lassen, seine Späße mit Ellie zu treiben, und die ganze Familie überschüttete das Nesthäkchen Luke mit ihrer Liebe und verwöhnte ihn. Ob Marty wohl Abend für Abend zum Fenster hinaus nach Westen schaute und still im Gebet an ihr kleines Mädchen in der Ferne dachte! Und ob ihr Pa, wie sie es nie anders von ihm gekannte hatte, noch täglich die alte Familienbibel aufschlug und mit fester Stimme die Verheißungen seines Gottes vorlas! Ging es ihnen gut, den Lieben daheim? Ach, wenn sie doch nur irgendwie die vielen Meilen überfliegen und einen einzigen Sonntag mit ihnen verbringen könnte!

Seufzend schob sie ihre sehnsüchtigen Gedanken beiseite, um in die Wirklichkeit zurückzukehren.

„Ich freu' mich schon darauf", sagte Willie gerade, „endlich einige Nachbarn für einen richtigen Gottesdienst beisammen zu haben."

Dann sah er prüfend um sich.

„Wißt ihr noch, wie wir alle zu Weihnachten in unserer engen Stube gesessen haben?"

„Es war zwar eng wie in einer Sardinenbüchse, aber es ging!" lachte Missie.

„Na, also!" sagte Willie. „Was einmal funktioniert hat, kann wiederholt werden."

Er nahm seinen Hut vom Haken.

„Setz frisches Kaffeewasser auf, Missie!" sagte er. „Ich geh' die Gemeinde einladen."

Und so kam es, daß alle Cowboys auf der Ranch zur Sonntagsandacht in die kleine Erdhütte gebeten wurden.

Zuerst folgten nur Rusty und Henry der Einladung. Man genoß das gemeinsame Singen zu Henrys Gitarre und die Bibelverse, die Willie vorlas. Am nächsten Sonntag brachte Henry wieder nur Rusty mit.

Zwei Sonntage darauf klopfte Smutje an die Tür, räusperte sich und schaute verlegen drein, als ob er sich schämte, ein Weichling zu sein, der etwas für „frommes Zeug" übrighätte.

Trotz der Spötteleien von dem hartgesottenen Smith, der sich bisher bei niemandem mit seinem vollen Namen vorgestellt hatte, wuchs die kleine Versammlung von nun an beständig. Am Weihnachtssonntag war Smith der einzige, der dem Treffen fernblieb. Er sattelte sein Pferd, um in die Einsamkeit der schneebedeckten Hügel hinauszureiten. Missie betete im stillen, daß Gott sich doch einen Weg in dieses bittere, verschlossene Menschenherz bahnen mochte.

Nach der gemeinsamen Andacht brachte Missie ein festliches Weihnachtsessen auf den Tisch. Sie hatte erwogen, zwei ihrer Hühner für diesen Zweck zu opfern, hatte es dann aber doch nicht übers Herz gebracht. Mittlerweile fand sie im Hühnerstall Tag für Tag vier oder fünf Eier. Da sie noch nicht herausgefunden hatte, welche der Hennen die fleißigen Legerinnen waren, beschloß sie, der ganzen Hühnerschar Gnade vor Recht ergehen zu lassen.

Aus den Eiern, frischer Milch und ein paar aufgesparten Rosinen hatte sie einen Brotpudding gekocht. Selbst diejenigen unter den Männer, die Missies Hühnerzucht anfangs abschätzig belächelt hatten, ließen sich die Eierspeise gut schmecken, und manch einer erbat sich eine zweite Portion.

Nathan, der inzwischen seinen ersten Geburtstag gefeiert hatte, fand seine helle Freude an dem fröhlichen Beisammensein. Als der letzte Gast die kleine Hütte verlassen hatte, schüttelte er betrübt den Kopf. „Alle, alle“, seufzte er. „Alle, alle!“

Nach der gemeinsamen Weihnachtsfeier war auch für den letzten Außenseiter das Eis gebrochen. Alle, die sonntags dienstfrei hatten, klopften pünktlich um zwei Uhr nachmittags an Willies und Missies Tür und bürsteten sich den Schnee von den Stiefeln, bevor sie zur gemeinsamen Andacht eintraten. Nur Smith hatte den Weg zu den Zusammenkünften um Gottes Wort noch nicht gefunden.

Missie betete oft, daß der junge, muntere Rusty die tiefe Bedeutung der Bibelverse und Choräle erfassen möchte. Er schien freudig bei der Sache zu sein, doch ob er eine persönliche Beziehung zu Jesus Christus hatte, wußte sie nicht zu sagen.

Zu Missies Überraschung war es der schüchterne, in sich gekehrte Lane, der eines Abend vor der Tür stand und verlegen stotterte: „Ist der Chef wohl zu Hause?“

Missie führte ihn zu Willie. Dort stand er nun und drehte seinen Hut nervös in den Händen.

„Ich, ... ich wollt' mal fragen, Chef, ob, ... ob Sie ...“ Er räusperte sich. „Also, ich versteh' nicht recht, was es mit der Bibel eigentlich auf sich hat. Können Sie wohl, ... würden Sie's mir wohl mal erklären, wenn's Ihnen nichts ausmacht?“

So setzten sich die beiden Männer an den Tisch. Beim sanften Licht der Petroleumlampe schlug Willie die Heilige Schrift auf und legte dem jungen Lane den Heilsplan aus.

„Wenn du mit deinem Munde bekennst Jesus, daß er der Herr sei, und glaubst in deinem Herzen, daß ihn Gott von den Toten auferweckt hat, so wirst du gerettet" (Römer 10,9).

Missie saß still im Hindergrund und strickte. In ihrem Herzen betete sie, daß Gott doch diesem jungen Mann seine gute Botschaft deutlich machen wolle. Plötzlich erfüllte sie ein tiefes Gefühl der Dankbarkeit. Gottes Wege waren wirklich wunderbar. Sogar inmitten dieser trostlosen Wildnis hatte er ihnen eine eigene kleine Gemeinde geschenkt!

Ausblicke

Der zweite Winter in der kleinen Erdhütte neigte sich dem Ende zu. Der scharfe Nordwind hatte bereits ein wenig nachgelassen. Missie sehnte sich danach, daß der Frühling der klirrenden Kälte und dem Eingeschlossensein in der Enge ihres Erdhauses nun bald ein Ende bereiten würde. Mit ihren Gedanken war sie schon bei ihrem Gemüsebeet, das sie wieder anlegen wollte, obwohl sie sich bis zur Aussaat noch mehrere Wochen würde gedulden müssen. In diesem Frühjahr, so nahm sie sich vor, würde sie Willies Ratschläge beherzigen und nicht allzufrüh mit dem Säen beginnen. Oh, wie schwer ihr das Warten fiel!

Sie hoffte, daß einige ihrer Hühner bis zum Sommer eine Kükenschar ausbrüten würden. Jeden Tag nahm sie ein paar Eier für das Gelege beiseite.

Rosa, die Milchkuh, stand kurz vor dem Kalben. Keins der trächtigen Tiere draußen auf dem Weideland wurde mit so viel Aufmerksamkeit und Fürsorge umgeben wie die Milchkuh im Stall. Pansy wurde noch täglich gemolken, wenn ihre Milch nun auch spärlicher floß. In einigen Monaten sollte auch sie ein Kälbchen zur Welt bringen.

Und dann war da die Vorfreude auf das neue Haus! Missie hatte besorgt gemeint, das Geld für das Haus sollte für ein weiteres Jahr aufgespart werden, doch Willie war fest entschlossen, jetzt sobald wie möglich mit dem Bau zu beginnen. Ein guter Teil der Baumaterialien würde sie nichts kosten, hatte er ihr versichert; schließlich gab es Natursteine in Hülle und Fülle, und auch die Lohnkosten würden recht niedrig sein.

Scottie sollte an Willies Stelle die Aufsicht über die Ranch führen, sobald der Grundstein für das Haus gelegt war, und Juan hatte versprochen, zwei Männer, die sich mit dem Hausbau auskannten, zu den LaHayes zu schikken. Abend für Abend saß Willie nun an dem kleinen Tisch und arbeitete an den Plänen für das Haus. Er hatte ein flaches, weitläufiges Steingebäude gezeichnet, das die Wohnräume im mittleren Teil, Küche und Eßzimmer im linken Flügel und die Schlafzimmer im rechten Flügel beherbergen sollte. Die überdachte Veranda würde Missie ein schattiges Plätzchen für ihre Handarbeiten bieten, während Nathan in dem eingefriedeten Hof spielen könnte. Willie besprach die Einzelheiten mit Missie und fertigte unzählige verbesserte Zeichnungen an. Missie versuchte nach Kräften, ruhig zu bleiben und ihre Vorfreude auf das neue Haus in Grenzen zu halten, um nicht etwa eine unvorhergesehene Enttäuschung erleben zu müssen.

Dennoch hatte sie nicht verhindern können, daß das geplante Haus zu ihrem Traumschloß geworden war. Welch ein Freudenfest würde es sein, wenn sie endlich all die Kisten aus dem Schuppen hervorholen und auspacken konnte: den großen neuen Küchenherd, die Nähmaschine, die Teppiche und Vorhänge und das feine Geschirr! Manchmal fürchtete sie, die Vorfreude nicht mehr aushalten zu können.

Auch Henry plante den Bau seines Hauses für das Frühjahr. Er hatte ein Stück Land gekauft, das direkt an das Gut der LaHayes angrenzte, weil er beabsichtigte, sein Haus so nahe wie möglich neben Missies und Willies neuem Haus zu errichten, damit die beiden Frauen sich gegenseitig besuchen konnten, ohne weite Wegstrecken zurücklegen zu müssen. Missie konnte den Tag von Melindas Ankunft kaum erwarten.

Willie verkaufte Henry fünfzig Stück Vieh mit den Kälbern dazu. Mit diesem Handel war beiden Männern geholfen: Henry hatte den Grundstock für seine eigene Herde beisammen, und Willie konnte den Erlös für den Hausbau beiseite legen.

Rusty beschloß, sich bei Henry zu verdingen, so daß Scottie gleich zwei neue Cowboys für Willies Ranch suchen mußte. Er versprach seinem Chef, die neuen Männer auf das sorgfältigste auszuwählen.

Scottie hatte gehört, daß die anderen Viehzüchter in der weiteren Umgebung ihre Herden im Herbst gemeinsam zum Verkauf treiben würden. Auf diese Weise bot sich die Gelegenheit für Willie, sich anzuschließen und einen Teil seiner Herde mitzuschicken. Willie erwog das Angebot, entschied sich aber schließlich doch dagegen. Er wollte in diesem Jahr keine Tiere verkaufen, es sei denn, daß sie plötzlich in Geldknappheit gerieten. Bis zum Herbst darauf hatten sie vielleicht schon den Eisenbahnanschluß hier in der Nähe, was ihm das kostspielige, zeitaufwendige Viehtreiben ersparen würde.

Die Verluste während der Wintermonate waren gering gewesen, und sie erwarteten eine beträchtliche Anzahl an Jungtieren. Mit jeder Viehzählung stiegen Missies Hoffnungen auf das neue Haus. So sah sie dem Sommer in erwartungsvoller Spannung entgegen. Nicht einmal der Gedanke an die glühende Hitze des Hochsommers konnte ihre Vorfreude dämpfen.

Sie ließ ihren Blick über die weitläufige Berglandschaft wandern. Sie und Willie wohnten noch nicht einmal sehr lange hier, und schon hatten sie manche Veränderung erlebt. Die Zukunft war vielversprechend. Ob sich all ihre Pläne und Träume erfüllen würden? Was auch immer geschehen mochte, so hatten sie doch einen guten Anfang gemacht. Zum ersten Mal hatte sie nicht die geringsten Zweifel daran, dieses Leben so, wie es war, weiterleben zu können.

Sobald Nathan aufgewacht war, würde sie mit ihm einen Ausritt unternehmen. Sie war neugierig, welches Farbenkleid die Berge an diesem klaren Morgen im Vorfrühling tragen mochten.

Smutje tauchte mit seiner Spülschüssel vor seiner Hütte auf. Mechanisch schüttete er das Wasser neben dem Fußweg aus und blieb dann stehen, um den Himmel über sich eingehend zu betrachten. Missie fragte sich, ob er sich wohl ebensosehr nach dem Frühling sehnte wie sie.

Nathan

Willie ging nach draußen, um noch ein letztes Mal nach den Pferden zu sehen, während Missie das Geschirr vom Abendbrot aufwusch und Nathan zu Bett brachte.

„Liebe Güte, wie groß du geworden bist!“ sagte sie zu dem Kind. „Ehe man sich’s versieht, paßt du nicht mal mehr in dein Bettchen! Dein Pa wird dir bald ein neues schreinern müssen.“

Nathan strahlte sie an.

„Troßer Junge!“ sagte er.

Missie gab ihm einen Kuß auf die prallen Wangen.

„Da hast du recht: Mamas großer Junge!“ lachte sie.

Nathan erwiderte ihren Kuß und schlang seine Ärmchen um ihren Hals.

„So, mein kleiner Prinz“, sagte Missie, „jetzt wollen wir unser Abendgebet sagen.“

Sie sprach ihm das Gebet vor und machte oft eine Pause, um ihn die Worte wiederholen zu lassen. Als sie ihn dann zudeckte, bemerkte sie, daß sein Atem heute ein wenig schwerer ging als gewöhnlich.

„Du wirst dich doch nicht am Ende erkältet haben, oder?“ sagte sie. „Sollst mal sehen, bald wird’s Frühling, und du kannst wieder draußen im warmen Sonnenschein spielen.“

„Wauwau?“

„Aber klar darfst du dann auch mit deinem Wauwau spielen. Bei Sonnenschein denkst du immer gleich an Maxi, nicht wahr? Nun, jetzt ist’s nicht mehr lange hin, bis du mit ihm draußen nach Herzenslust herumtollen kannst.“

Missie gab ihm seinen Gutenachtkuß und füllte die Lampe mit Öl auf. Willie würde vielleicht noch an seinen Plänen für das Haus arbeiten wollen.

Bald kam auch Willie zurück und setzte sich, wie Missie vermutet hatte, an den Tisch, um seine Baupläne darauf auszubreiten. Etwas schien mit dem Hauseingang nicht zu stimmen. Willie zeichnete mehrere Versuche, während Missie ihm dabei zusah und hier und da einen Vorschlag machte. Endlich kam Willie zu dem Schluß, daß sein ursprünglicher Entwurf doch die beste Lösung gewesen war.

Sie gingen früh zu Bett. Ein langer, harter Arbeitstag erwartete Willie; seine Herde sollte morgen gebrandmarkt werden.

Missie lauschte noch eine Weile auf Nathans Atemzüge, bis Willies tiefes Atmen das sanfte Geräusch übertönt hatte. Eine unerklärliche Unruhe begleitete Missie bis in ihre Träume hinein.

Plötzlich war sie hellwach. Verstört setzte sie sich auf. Willie war schon aufgesprungen.

„Was ist denn los?" rief sie in die Dunkelheit hinein.

„Nathan! Er kann kaum atmen!"

Jetzt hörte Missie es selbst. Der Kleine rang verzweifelt nach Luft.

„Um Himmels willen, nein!" schrie sie und folgte Willie aus dem Bett.

„Mach schnell die Lampe an!" ordnete Willie von Nathans Bettchen her an.

Missie tat es hastig. Unter ihren bloßen Füßen spürte sie den kühlen Erdfußboden.

„Was fehlt ihm denn bloß, Willie?"

„Ich weiß nicht. Hast du was an ihm bemerkt, als du ihn zu Bett brachtest?"

„Er, ... er hat ein bißchen schwerer als gewöhnlich geatmet, ... aber längst nicht so schlimm wie jetzt! Ach, lieber Gott, was sollen wir nur tun? Was mag ihm fehlen, Willie?“ Jeder gequälte Atemzug des Kindes wollte ihr schier das Herz zerreißen.

„Kein Doktor!“ rief es verzweifelt in ihr. „Kein Doktor weit und breit! Niemand, den wir zu Hilfe holen könnten!“

„Ist so was schon mal in deiner Familie vorgekommen?“ fragte Willie angstvoll.

„Nein, noch nie!“ Missies Wangen waren tränenüberströmt. „Ich habe ja keine Ahnung, was es sein könnte! Meinst du, es ist eine Lungenentzündung? Er kriegt ja kaum noch Luft!“ In ihrem Herzen schrie sie zu Gott: „Herr, wir brauchen dich! Unser kleiner Junge braucht dich so sehr! Ach Herr, zeig uns doch, was wir tun sollen, oder schick uns Hilfe! Schick uns jemanden, der uns helfen kann. Bitte, Vater im Himmel!“

„Hast du denn keine Medizin im Haus?“ beschwor Willie sie. „Wo ist die Kiste mit den Arzneimitteln?“

„Außer Verbandszeug und ein paar Hausmitteln hab' ich nichts hier. Die Kiste steht noch in der Scheune. Wir haben sie ja bis jetzt noch nie gebraucht!“

„Ich geh' schnell und hol' sie. Bleib du hier bei ihm und halt ihn warm, Missie!“

„Nein, Willie, du weißt ja nicht mal, welche Kiste es ist. Du würdest viel zu lange danach suchen. Ich lauf' schnell selbst.“

Hastig schlüpfte sie in ihre Stiefel, streifte sich Willies Jacke über und zündete eine Laterne an. Durch Schlamm und Pfützen lief sie, so schnell sie ihre Füße trugen, auf die Scheune zu.

„Ach, lieber Gott“, flehte sie unterwegs mit bebenden Lippen, „hilf uns doch bitte jetzt! Wir haben keinen Doktor in der Nähe ... nicht mal einen Nachbarn, der uns helfen könnte. Wir sind so ratlos! Steh uns doch jetzt bei, Herr! Ich könnte es nicht ertragen, wenn ihm etwas zustoßen würde. Es würde mir das Herz brechen. Mach du doch unser Kind wieder gesund!" Die Tränen strömten ihr über das Gesicht.

Bald hatte sie die Arzneikiste entdeckt. Auf dem Rückweg zum Haus betete sie unentwegt weiter um das Leben ihres kleinen Sohnes.

Durch das winzige Fenster konnte sie Willie mit Nathan auf dem Arm in der Stube umhergehen sehen. Seine Lippen bewegten sich im Gebet. In seinem tränennassen Gesicht stand helle Verzweiflung.

„O Gott", betete sie weiter, bevor sie eintrat, „Nathan ist doch Willies ein und alles. Wenn du ihn von uns nehmen mußt, dann, dann gib Willie die Kraft, es zu tragen. Er hängt so sehr an dem Jungen. Oh, hilf uns doch bitte! Steh uns bei! Ach, wenn wir nur jemanden hätten, der ..." Damit stürzte sie ins Haus.

Sie stellte die Kiste auf den Tisch. Ohne die schwere Jacke erst abzulegen, riß sie den Hammer vom Haken neben der Tür und stemmte die Nägel los. Mit einem lauten Ächzen gab der Kistendeckel nach.

Mit fliegenden Händen durchstöberte sie die Flaschen und Dosen. Sie wußte nicht im geringsten, wonach sie suchen mußte. Willie ging derweil mit Nathan auf dem Arm in dem kleinen Raum auf und ab und rieb ihm über die Schultern, um ihm das Atmen zu erleichtern.

Plötzlich klopfte jemand energisch an die Tür. Gleich darauf stand Smutje in der Stube.

Er stellte keine Fragen. Seine wachen Augen und Ohren hatten ihm schon alles gesagt.

„Krupp!" stieß er hervor.

„Was sagst du?" rief Willie.

„Krupp."

„Du weißt, was ihm fehlt?"

„Klarer Fall. Diese Atemnot – das ist Krupp."

„Können Sie ..." Missie wagte kaum weiterzusprechen.

„Ich will mein Bestes tun. Machen Sie Feuer im Herd und kochen Sie einen Kessel Wasser, so schnell es geht."

Willie reichte Missie das um Atem ringende Kind und füllte die Brennkammer eilig mit Kuhdung. Darüber goß er das Öl aus der Lampe. Bald brannte das Feuer lichterloh. Es erschien ihm wie eine Ewigkeit, bis das Wasser endlich kochte.

Smutje rückte einen Stuhl in die Mitte des Zimmers. „Ich brauche eine Decke."

Willie riß die Flickendecke vom Bett.

„Und jetzt eine Schüssel für das Wasser."

Willie nahm die Spülschüssel vom Haken.

Smutje sah sich die Arzneiflaschen, die Missie auf dem Tisch verstreut zurückgelassen hatte, prüfend an.

„Das ist das richtige", sagte er dann. „Haben Sie einen Löffel zur Hand?"

Willie reichte ihm einen Löffel, und Smutje gab eine große Portion von der Arznei in die Schüssel. Als das Wasser endlich kochte, schüttete Smutje es zu der Medizin in die Schüssel und streckte die Arme nach dem Kind aus. Missie zögerte, doch Smutje war ihre letzte Hoffnung. Sie hatte keine andere Wahl, als dem alten Mann ihren kleinen Sohn anzuvertrauen.

„So, jetzt setzen Sie gleich nochmals frisches Wasser auf und lassen das Feuer auf keinen Fall ausgehen!" ordnete Smutje an und setzte sich auf den Schemel.

„Schieben Sie die Schüssel heran und werfen Sie die Decke über uns beide. Wir nehmen nämlich jetzt ein ordentliches Dampfbad."

Sie breiteten die Decke über Smutje mit dem Kind aus und warteten. Willie stocherte in dem Feuer herum, während Missie unruhig in dem engen Raum umherging. Die Minuten verstrichen unendlich langsam. Plötzlich kam Smutjes Stimme dumpf unter der Decke hervor.

„Kocht das Wasser schon?"

„Ja."

„Ziehen Sie die Schüssel unter der Decke weg und füllen Sie sie neu mit heißem Wasser. Tun Sie wieder ein paar Löffel von der Medizin dazu!"

Sie folgten seinen Anweisungen, und bald darauf schob Willie die dampfende Schüssel wieder unter das Zelt.

Missie verging fast vor Angst. In ihrem Herzen schrie sie unablässig zu Gott, während Willie das lodernde Feuer ständig mit neuem Brennmaterial versorgte. Das Häuschen war inzwischen völlig überheizt.

Nathan begann zu schreien. Helle Panik ergriff Missie.

„Gutes Zeichen!" rief Smutje dumpf unter der Decke hervor. „Vorhin hatte er nicht genug Luft zum Schreien. Es scheint ihm ein bißchen besser zu gehen."

„Das stimmt, ja!" jubelte es in Missie. „Sein Atem geht schon viel leichter!" Mit Tränen in den Augen flüsterte sie vor sich hin: „Fürchte dich nicht, ich bin bei dir, weiche nicht, denn ich bin dein Gott. Ich stärke dich, ich helfe dir auch ..." Weiter kam sie nicht. Dankbar und erleichtert atmete sie auf. „Danke, lieber Herr, danke! Wir danken dir so sehr!"

Willie wechselte noch einmal das Wasser in der Waschschüssel und schob sie zu Smutje unter die Decke. Nathan war inzwischen viel ruhiger geworden und atmete wieder freier.

„Er ist eingeschlafen", flüsterte Smutje nach einer Weile. „Er kriegt jetzt genug Luft."

Missies Arme verlangten nach dem Kind, doch Smutje behielt es unter der Decke.

Die ersten goldenen Wolkenränder über dem östlichen Horizont kündigten schon den neuen Morgen an, als Smutje sich endlich die Decke vom Kopf streifte.

„So, Frau LaHaye, jetzt kochen Sie uns aber 'ne anständige Kanne Kaffee, ja?" war alles, was er zu sagen hatte.

Willie nahm ihm die feuchte Decke ab und goß die Spülschüssel aus. Missie ging mechanisch an den Herd und setzte das Kaffeewasser auf. Hinter ihr reichte Smutje dem erschöpften Vater das schlafende Kind.

„Legen Sie ihn ruhig in sein Bett", sagte er. Dann fügte er nüchtern hinzu: „Das Ganze kann Ihnen in den nächsten paar Nächten wieder passieren, aber wenn Sie's rechtzeitig bemerken, können Sie's gleich bekämpfen. In zwei, drei Tagen ist der Zauber dann vorbei. Kruppanfälle kommen meistens mitten in der Nacht. Ein kräftiges Dampfbad ist dann das einzige, was hilft."

Missie sah den kleingewachsenen Mann an. Er hatte ruhig und mit einer unerschütterlichen Selbstverständlichkeit gesprochen, als ob ein Wunder etwas völlig Alltägliches wäre. Sein Hemd war naß von Dampf und Schweiß, und das feuchte Haar klebte ihm an der Stirn. Auf seinem bleichen, erschöpften Gesicht glitzerten Schweißperlen. Er gab ein klägliches Bild ab, doch in Missies Augen gab es keinen schöneren Anblick auf der ganzen Welt.

Sie ging quer durch die Stube auf ihn zu und strich ihm über seine unrasierten Wangen.

„Smutje Adams", sagte sie mit zitternder Stimme, „mir können Sie nichts vormachen. Sie sind gar kein alter, rauhbeiniger Cowboy – Sie sind ein richtiger Engel!"

Liebe findet ein Zuhause

Endlich war es an der Zeit, daß Missie ihr Gemüsebeet herrichtete und ihre Hennen setzte. Junges Grün sproß bald überall aus der Erde hervor, und im Hühnergehege tummelten sich achtzehn flaumige gelbe Küken. Missie lief das Wasser im Mund zusammen, wenn sie an den herzhaften Hühnereintopf dachte, den sie eines Tages auf den Tisch bringen würde. Selbst Willie mußte zugeben, daß Missies Hühnerzucht eine lohnende Idee gewesen war. Die Milchkuh kalbte und sorgte bald reichlich für frische Milch.

Nur ein paar Schritte von der kleinen Erdhütte entfernt, begannen Willie und Juans Männer mit dem Bau des neuen Hauses. Missie beobachtete täglich mit großer Spannung, wie es Gestalt annahm.

Henry hatte sich inzwischen auf seiner eigenen Ranch selbständig gemacht. Missie vermißte ihn und den rothaarigen Rusty und freute sich über jeden Besuch der beiden. Sonntags nahmen sie regelmäßig an den Andachten teil. Missie wußte nicht recht, was die beiden neuen Männer von einem Chef hielten, der Sonntag für Sonntag zu einem frommen Beisammensein um die Bibel einlud. Bislang waren die beiden Smiths Beispiel gefolgt und den Andachten ferngeblieben.

Willie ließ die Arbeit an dem Haus für eine Weile ruhen, um zu einer Versammlung der Viehzüchter bei Juan zu reiten. Missie hätte ihn für ihr Leben gern begleitet, sah aber ein, daß sich ein gemütliches Plauderstündchen unter Frauen schlecht mit der geschäftlichen Besprechung der Männer vereinbaren ließ. Statt dessen nahm sie sich vor, Maria bald wieder einen ausgedehnten Besuch abzustatten. Maria hatte sogar schnellere Fortschritte mit ihrem Englisch gemacht als Missie mit ihrem Spanischunterricht. Jede der beiden jungen Frauen lachte oft herzlich über die urkomischen Fehler der anderen.

Nach seiner Rückkehr hatte Willie aufregende Neuigkeiten zu berichten. Ein paar Männer waren dabei, den Boden für die Bahnstation zu vermessen. Jemand hatte ein Stück Land für eine Gemischtwarenhandlung aufgekauft. Nun würden die Häuser bald wie Pilze aus dem Boden schießen! Doch damit nicht genug: die Bahnstation sollte nur fünfzehn Meilen von hier errichtet werden. Man stelle sich das vor: fünfzehn Meilen! Anstatt der Einkaufsfahrt nach Tettsford, die ganze zwei Wochen beanspruchte, konnte man die neue Siedlung bequem an einem Tag erreichen! Mit dem Eintreffen des ersten Zuges rechnete man schon im kommenden Frühjahr.

Missie war sprachlos. Eine richtige Stadt in greifbarer Nähe zu haben, auf Bürgersteigen von Geschäft zu Geschäft zu gehen, um Einkäufe zu erledigen, Bekannte auf der Straße zu begrüßen – ach, es war fast zu schön, um wahr zu sein!

„Natürlich kommt das alles nicht von heut' auf morgen", beschwichtigte sie Willie, „aber eines Tages ist's dann doch soweit, sollst mal sehen. Und weißt du was? Die Bahnstation ist nicht bloß zum Viehverladen gedacht. Sie bauen auch ein Postamt daneben. Dann können wir endlich Briefe nach Hause schicken!"

Missie war überwältigt. Sie würde ihren Eltern einen Brief schicken können! Endlich konnte sie ihnen von Nathans Fortschritten berichten, von dem neuen Haus, von dem treuherzigen Smutje, ihrem Garten, ihrer Hühnerschar. Oh, wie sie darauf brannte, ihrem Pa und ihrer

Mama ausführlich zu schildern, wie gut es ihr und ihren Lieben in der Zwischenzeit ergangen war! Und dann erst die Antwortbriefe von daheim! Sie versuchte sich den ersten Brief von ihren Eltern auszumalen: Luke war nun fast ein erwachsener junger Mann; Ellie hatte einen Verehrer, Clare besaß ein eigenes Stück Farmland, und Arnie half seinem Vater bei der Feldarbeit. Die Apfelbäume standen in voller Blüte, das schattige Ufer des Baches war zur Kühlhaltung der Milch und Sahne für den Sommer hergerichtet worden; ein zarter Teppich aus frischem Grün überzog das Land, und die Schulglocke erklang hell durch die klare Morgenluft.

„Ach, Willie", seufzte sie leise, „auf so ein Wunder hätte ich nie zu hoffen gewagt!"

„Hm, weißt du, ich hab' mir überlegt", begann Willie zögernd, als ob er befürchtete, sein Traum könne wie eine Seifenblase platzen, „ich hab' mir überlegt, daß deine Eltern vielleicht eines Tages mit der Eisenbahn nach Westen reisen könnten, um uns zu besuchen!"

„Was? O Willie!" Missie fiel ihm um den Hals. „Meinst du wirklich? Ist die Eisenbahn denn nicht nur für die Kühe gedacht?"

„Natürlich nicht!" lachte Willie. „Bei der Viehzüchterversammlung haben sie gesagt, daß die Leute bald in Scharen angereist kommen würden. Ein richtiger Personenwaggon soll angehängt werden – vielleicht sogar zwei. Es gibt keinen Grund, weshalb wir deine Eltern nicht eines Tages hier an der Bahn abholen könnten."

„Mir schwirrt ja jetzt schon der Kopf!" lachte Missie. „Wenn du nicht gleich aufhörst, zerspring' ich noch in tausend Stücke!"

„Nun mal langsam!" schmunzelte Willie und zog sie erneut an sich. „Immerhin haben wir noch keinen Doktor hier, der dich wieder zusammenflicken könnte – und Nathan und ich brauchen dich doch noch 'ne Weile. Wer soll uns denn sonst das Essen kochen und aus den kahlen Steinwänden da draußen ein gemütliches Zuhause machen?“

Missie strahlte.

„Und apropos Steinwände“, fuhr Willie fort, „wenn das Haus bald für deine Eltern empfangsbereit sein soll, gibt's keine Zeit mehr zu verlieren. Die Arbeit ruft! Ich hab's mir mit dem Viehverkauf übrigens anders überlegt. Ich schicke doch zwanzig oder dreißig Stück mit zur Versteigerung, damit sich's auch lohnt. Sobald Scottie mit dem Geld zurück ist, schnapp' ich mir einen von den Männern und fahre nach Tettsford. Diesmal nehme ich dich aber mit, Liebling! Wenn du nicht bald unter zivilisierte Leute kommst, verlierst du noch deinen ganzen weiblichen Charme!“ An seinen Augen konnte sie jedoch ablesen, daß er das nicht im entferntesten ernst gemeint hatte.

Missie brach in helles Lachen aus, bevor sie gespielt würdevoll und steif antwortete: „Nun, mein Herr, ich werde Ihr Angebot in Erwägung ziehen.“

„Bei der Gelegenheit können wir dann auch gleich unsere Einkäufe für den Winter erledigen“, fügte Willie hinzu.

„Ich werde ganze Berge von Einmachgläsern brauchen“, seufzte Missie. „Mein Gemüsebeet gibt mehr her, als Smutje und ich gemeinsam verarbeiten können.“

Willie schmunzelte und ließ sie los.

„Am besten fängst du gleich an, eine Liste zusammenzustellen“, meinte er. „Wollen doch mal sehen, ob wir nicht den ganzen Laden leerkaufen können!“ Er nahm sein Werkzeug und machte sich, ein fröhliches Lied vor sich hinpfeifend, auf den Weg zur Baustelle.

Hinter der Küchenbaracke tauchte der humpelnde Smutje auf. Nathan folgte ihm eifrig auf den Fersen, und auch Nathans treuer vierbeiniger Freund war mit von der Partie. Der Kleine plapperte unentwegt; Smutje brummte hin und wieder eine Antwort, und der Hund freute sich schwanzwedelnd an seiner heilen Welt.

Missie ging wieder auf die kleine Erdhütte zu. Es war an der Zeit, das Feuer im Herd anzuzünden und das Abendbrot zu richten. Auf dem Weg zum Haus griff sie in Gedanken zu Feder und Papier, um ihren ersten Brief an ihre Eltern zu schreiben.

„Liebe Mama, lieber Pa!“ würde sie anfangen.

„Gott hat seine Verheißung aus Jesaja 41,10 wunderbar erfüllt. Ihr solltet mal unseren Nathan sehen! Aus ihm ist ein richtig aufgeweckter kleiner Kerl geworden. Alles Neue und Aufregende saugt er wie ein Schwamm in sich auf. Die Nase und das Kinn hat er von Willie geerbt, aber er hat Deine Augen, Pa.

Und wißt Ihr was? Wir bekommen wieder ein Baby! Es wird zwar noch ein paar Monate dauern, aber wir freuen uns jetzt schon darauf. Ich hoffe und bete, daß wir bis zur Geburt jemanden hier in der Nachbarschaft haben, der uns helfen kann, so daß wir nicht nach Tettsford Junction reisen müssen.

Willie baut uns gerade ein neues Haus aus Stein. Das Haus, in dem wir bis jetzt gewohnt haben, hat uns gute Dienste geleistet, obwohl es recht klein ist. Bis zum nächsten Winter hoffen wir aber, in das neue einziehen zu können.

Ich habe einen prächtigen Gemüsegarten. Unten beim Brunnen wächst und gedeiht alles bestens. Der Boden ist fruchtbar und leicht zu pflegen. Smutje, der Koch für Willies Mannschaft, holt sich auch von dort sein Suppengrün und Gemüse.

Eine stattliche Hühnerschar habe ich auch inzwischen. Im Frühjahr sind achtzehn Küken dazugekommen, und wir haben nur zwei davon verloren! Ich sammele jeden Tag sieben oder acht Eier in mein Körbchen. Zu Weihnachten können wir uns ein saftiges Brathähnchen leisten!

Und stellt Euch vor: wir haben Nachbarn! Juan und Maria wohnen gar nicht sehr weit von hier entfernt. Maria ist mir eine liebe Freundin geworden. Manchmal beten wir zusammen. Bald wird auch Melinda in unserer Nähe wohnen. Ihr erinnert Euch sicher an Henry, der unseren zweiten Wagen auf der Reise hierher steuerte. Nun, Henry und Melinda haben sich unterwegs kennengelernt, und sobald Henry ein Haus gebaut hat, heiraten sie. Ich freue mich ja so sehr auf die beiden!

An Scottie haben wir einen zuverlässigen Aufseher. Auch mit den anderen Männern ist Willie zufrieden. Smutje, der Koch, ist Nathans großer Freund. Ich mag ihn auch furchtbar gern. Dann gibt es noch Lane, Smith, Clem und Sandy und zwei neue Cowboys, die ich noch nicht näher kenne. Die beiden Neuen sind bis jetzt noch nie zu unseren Sonntagsandachten gekommen, aber wir beten alle für sie. Sie heißen Jack und Walt. Mit Nachnamen läßt sich hier niemand anreden – außer Smith natürlich. Bitte denkt in Euren Gebeten an sie. Lane hat den Weg zu Gott gefunden, aber Smith treibt seitdem seinen Spott mit ihm. Er hätte es bestimmt leichter, wenn Jack und Walt sich von Smith lösten und sonntags auch zur Andacht kämen. Betet bitte ganz besonders für Smith. Er ist so abweisend und bitter und braucht Gott so dringend!“

Missie schob den Kessel in die Mitte der Herdplatte und ging nach draußen, um neuen Brennstoff zu holen. Ihr Blick wanderte über den weiten Horizont. Die Berge erschienen ihr längst nicht mehr wie eine kahle, bedrohliche Front, sondern eher wie eine Gruppe von guten Freunden, von denen jeder eine eigene Persönlichkeit besaß. Auf dem vordersten Berg hatte sie neulich einen Kojoten erspäht, und während sie manche Stunde lang nach Willie Ausschau gehalten hatte, war ihr die Silhouette des Berges im Nordosten bis auf die kleinste Erhebung vertraut geworden. Auf den ferneren Berghängen sah sie oft das Vieh grasen, und die in der Nähe erfreuten sie jeden Tag mit ihrem bunten Kleid von wilden Frühlingsblumen. Einige davon hatte sie mit der Wurzel ausgegraben und vor ihrem Häuschen wieder eingepflanzt. Täglich begoß sie ihre winzigen Zöglinge mit ihrem gebrauchten Spülwasser. Wie hatte doch Frau Taylorsons Hausregel Nummer vier gelautet: „Wasser muß vor dem Ausschütten mindestens zweimal benutzt werden ..."

Missie wandte sich nach Westen. Das schneebedeckte Gebirgsmassiv war ihrem Blick verborgen, doch sie hatte es oft in seiner schillernden Farbenpracht bewundert: rotgolden, strahlend weiß und dann wieder bleigrau. „Genau wie die Frauen", hatte Willie einmal geschmunzelt. „Sie wechseln laufend ihre Laune und Garderobe!"

Jetzt richtete sie den Blick auf die Hügel hinter ihr. Sie besaßen eine einzigartige, dem Neuling nur schwer zugängliche Schönheit. In der Ferne konnte Missie Willies grasende Herde ausmachen. Eine Gestalt zu Pferd näherte sich gerade den Tieren, um bald wieder hinter einer Erhebung zu verschwinden: einer von Willies Männern, der bei der Herde nach dem Rechten sah. Drüben bei den Weidezäunen ritt ein anderer Cowboy in den Hof. Missie konnte den Hufschlag hören. Sie selbst hatte ihren morgendlichen Ausritt heute versäumt. Aber morgen würde sie ganz bestimmt mit Nathan wieder losreiten, nahm sie sich vor. Der Morgenwind auf ihren Wangen und der Duft der wildwachsenden Kräuter erfrischten sie jeden Morgen neu, so daß sie froh und munter an ihr Tagwerk zurückkehrte.

„Wißt Ihr noch", schrieb sie in Gedanken weiter, „wie Willie damals von seinem Stück Land geschwärmt hat? Glaubt mir, es ist noch viel hübscher, als er es geschildert hat! Es hat zwar eine Weile gedauert, bis ich das entdeckt habe, aber jetzt bin ich restlos begeistert. Die Luft ist frisch und so klar wie Kristall, und das Gebirge im Westen zeigt sich ständig in einem anderen Farbenkleid."

Missie füllte ihren Eimer und trug ihn zu dem Erdhaus zurück.

„Willie hat heute aufregende Nachrichten nach Hause gebracht", fuhr sie fort. „Er sagt, daß die Eisenbahn nicht nur für den Viehtransport gebaut werden soll, sondern auch für Passagiere. Er meinte, daß Ihr uns bald per Eisenbahn besuchen könntet! Ist das nicht umwerfend? Zuerst klang es wie im Traum, aber jetzt kann ich kaum erwarten, bis es soweit ist! Noch bei unserer Abreise von daheim hätte ich es nie für möglich gehalten, Euch einmal meine neue Heimat zeigen zu können!"

Eine ungebetene Träne rollte ihr über die Wange. „Meine neue Heimat", wiederholte sie flüsternd. Zum ersten Mal hatte sie diese Worte gebraucht. „Meine neue Heimat! Der Westen ist mir wirklich zur neuen Heimat geworden. Mein Herz hängt gar nicht mehr so sehr am Osten! Ja, dies ist jetzt mein Zuhause. Willie und ich, wir gehören hierher." Dieser Gedanke machte sie froh und stolz zugleich.

„Ach, wenn sie's doch nur sehen könnten!" seufzte Missie. „Hier würde es ihnen bestimmt gefallen! Wie schön diese Landschaft doch ist: die Berge, die Hügel und Quellen ... Ob unten am Brunnen wohl ein Apfelbaum wachsen würde? Vielleicht bitte ich Pa, uns ein paar Stecklinge mitzubringen. Probieren geht über Studieren!"

Inzwischen hatte sie die kleine Hütte aus Erde und Grasnarbe erreicht.

„Und du", sagte sie zu dem Häuschen, „du wirst mir am Ende noch mächtig fehlen! Ich glaub', ich werde Willie einfach bitten, dich hier stehenzulassen. Du sollst mir als Zufluchtsort dienen. Dann kann ich jederzeit, wenn mir danach zumute ist, herkommen und zurückdenken, wie es damals war: Weihnachten mit allen Cowboys in der engen Stube; Smutje mit dem kranken Nathan auf dem Stuhl; die Pläne für das neue Haus, die Willie auf dem kleinen Tisch gezeichnet hat; das Lachen und Weinen, all die Träume und Hoffnungen, die wir hier miteinander geteilt haben. Ich habe ein ganzes Stück dazugelernt, seitdem ich zum ersten Mal über diese Schwelle getreten bin, und ich fürchte, ich hab' noch längst nicht ausgelernt!"

Missie sah sich um. Was hatte sie ihren Eltern sonst noch zu berichten? Eigentlich nichts mehr. Vielleicht war es am besten, wenn sie einfach herkamen, um alles mit eigenen Augen zu sehen. Hoffnungen und Träume ließen sich nur schwer mit Feder und Papier einfangen: Träume von einer Zukunft, die eine richtige Kirche und eine Schule für Nathan und seine Geschwister mit sich brachte; Träume von schneeweißen, duftigen Vorhängen und einem sonnenhellen Nähzimmer; Willies Traum von einer stattlichen Herde; der Traum, Nachbarn und Freunde in der Nähe zu haben, die jederzeit zur Stelle waren, wenn man sie brauchte.

All das könnte sie nicht in nüchternen Worten zu Papier bringen. Viel lieber wollte sie die Tür weit öffnen, ihren Pa und ihre Mama mit ausgebreiteten Armen empfangen und ihnen entgegenrufen: „Willkommen! Tretet nur ein! Hier ist die Liebe zu Hause. Eine Liebe, die drüben auf eurer Farm ihren Anfang nahm, die uns über unzählige Meilen hinweg begleitet hat und die von Tag zu Tag stärker und reiner wird! Es ist Gottes Liebe, wie er sie uns verheißen hat. Eure Liebe zu uns als euren Kindern. Und unsere Liebe zueinander und zu unserem Sohn. Wißt ihr: Heimat ist dort, wo die Liebe wohnt!"

Haben Sie auch schon die anderen Bücher von Janette Oke gelesen:

Janette Oke
Nur einen Sommer lang

Sicher, normal ist es nicht gerade, wenn man eine 18jährige Mutter hat und selbst schon zwölf ist. Aber wenn ich Ihnen sage, daß ich eine Waise bin und sie meine Tante, dann ist das doch klar, oder? Jedenfalls war sie meine Mutter, und alles lief prima bei uns. Gerade deswegen hat es mich so umgehauen, als ich erfahren habe, daß Onkel Charlie und Großvater meine Tante Lou verheiraten wollten. Eigentlich hätte ich ja nicht lauschen dürfen, doch die beiden haben mich zum Glück nicht erwischt.
Aber etwas unternehmen mußte ich, das ist doch wohl klar! Ich konnte doch nicht zusehen, wie unsere Familie auseinandergerissen wurde! Großvater und Onkel Charlie haben sich ja mächtig angestrengt, aber ich war immer ein bißchen besser. Alles lief gut, bis schließlich dieser Prediger auftauchte. Bevor ich gemerkt habe, was gespielt wird, war schon alles zu spät. Da konnte auch die Situation mit dem Schweinefuttereimer nichts mehr ändern. Was es damit auf sich hat, fragen Sie? Also, um das zu erklären, reicht der Platz auf dieser Seite nicht aus. Aber in dem Buch erkläre ich Ihnen die Geschichte von Anfang an. Und zwar ganz genau. Da erfahren Sie dann auch alles Weitere.
Viel Spaß beim Lesen!
Ihr Josch

240 Seiten
2. Auflage
Best.-Nr. 15 363

Über eine Million Exemplare der Bücher von Janette Oke sind bisher in den USA verkauft worden. Gerade die humorvolle Erzählweise der Autorin macht jedes Buch von ihr zu einem besonderen Lesevergnügen.

Janette Oke
Liebe wächst wie ein Baum

Der Siedlertreck in den amerikanischen Westen endet für ein Ehepaar in der Katastrophe: der Mann verunglückt tödlich und läßt seine blutjunge Frau Marty als Witwe zurück. In ihrem großen Schmerz und der bodenlosen Verzweiflung findet sie eine erste Hilfe in verständnisvollen Nachbarn.
Doch eine Lösung ist nicht in Sicht. So muß Marty auf das Angebot eines Farmers eingehen und ihn heiraten. Sie soll seinem Kind die Mutter und ihm die Ehefrau ersetzen. In ihrer Not fügt sich Marty diesem Ansinnen voller Widerwillen.
Erst langsam lernt sie den fremden Mann achten. Beeindruckt von seinem Einfühlungsvermögen, seiner Rücksichtnahme und seinem Gottvertrauen gibt sie sich Mühe, ihre Aufgaben sorgsam zu erledigen. Dabei merkt sie zuerst nicht einmal, daß in ihrer Vernunftehe die Liebe wie ein Baum zu wachsen beginnt: langsam, aber stark und unaufhörlich.

220 Seiten
2. Auflage
Best.-Nr. 15 364

Dieses Buch ist das erste der vierteiligen Familiensage, in der Janette Oke einen Eindruck von den Härten und Freuden der Besiedlung des amerikanischen Westens vermittelt.
Die Geschichte dieser Familie steht beispielhaft für den großen Glauben und die Einsatzbereitschaft der damaligen Siedler.

Janette Oke
Liebe trägt durch Freud und Leid

Allmählich füllt sich das kleine Farmhaus von Clark und Marty immer mehr mit Leben. Vier weitere Kinder werden den glücklichen Eltern geboren, dazu vervollständigen zwei anfangs völlig verschüchterte Pflegekinder die Familie. Aber neben den vielen Aufgaben auf der Farm erwartet die beiden auch manche Arbeit in der Gemeinde: eine Schule und eine Kirche werden gebaut. Allmählich gerät das Leben in der Siedlung in immer geordnetere Bahnen.
Doch neben der vielfältigen Freude gibt es manchen traurigen Tag. Und die Sorgen werden nicht weniger, sie werden nur anders. Wie wird der sonderbare Lehrer mit den halbwilden Kindern fertig werden? Und der so lange gesuchte und erbetene Pastor, ist er tatsächlich der richtige Mann für die kleine Landgemeinde?
Schließlich verlassen die ersten Kinder der Siedler die Farmen ihrer Eltern. Einige gehen in den Osten, um ihre Ausbildung zu vervollständigen, andere heiraten und ziehen weiter nach Westen, um neues Land in Besitz zu nehmen. Als Missie heiratet, mischt sich auch bei Clark und Marty immer in die Freude über die gute Entwicklung ihrer Kinder der Schmerz einer langen Trennung.

240 Seiten
Best.-Nr. 15 365

Dieses Buch ist die Fortsetzung der Erzählung „Liebe wächst wie ein Baum“, in der Janette Oke von den Anfängen der Siedlung im amerikanischen Westen und dem traurigen Beginn der Ehe von Clark und Marty berichtet.